藤井貞和

増補新版

言葉と戦争

水平線

増補新版　言葉と戦争

目次

II 詩のするしごと

V　アジア、社会、個人

増補新版　言葉と戦争

詩織

愛をそだて、手さぐりするあなたへ、
わたしの名まえをおしえてあげる。
あなたのところへ行こうとして、
とどかなかったわたしのからだのうえの愛を、
風俗のお店で、あなたに見せた、
わたしのうたの一部で、返すわ。
真実なら、ちょうだい。　詩織の詩で、
もうすこしましな、戦争で隠されたあなたに、
真実へ、にじりよってほしいと思うから。
そうなんだ、戦争だったから。　わたしが、
あなたのところへ行こうとして、
殺された、ということを、そこに書いてください。
愛を隠した戦争で吐いたわたしのげろ、
あなたのところへ行こうとして、

あなたのところへ行こうとして、
わたしには越えられない戦争だったから、
わたしの名まえを書いてくださ い、 そこに。

——詩織

砂に神の誘い子を置く

「幼虫を大切にした時代、
つゆを受けてこどもたちに飲ませたおとなたち、
巣はだれのもの、子のために、
親の二の腕から血を与える洞窟のとき、
こどもたちを大切にした時代。」

「誘い子、たましいになってしまった野ウサギの子の、
綾あることば、祈願詞。　ここは野の精霊に満ちて、
素焼きの円筒のうえに、
鳥を飾る、追悼の旗を立てる遺跡。
きょうから行く、悄沈のとき、シャーラ船。」

「こどもたちを大切にした時代は、
いつだったろう。　いつやってくるだろう、

こどもを大切にする日。　期待をうらぎらなかった美しい日々は、
きっといつの日にかもっと美しく滅び去ることだろう。」

「化石をあつめること。　こどもたち、
もっと大切にもっと美しく化石はきみたちの手に。
地面がきみたちを抱いて、さらに深く降りてゆくだろう、
億という年を、一千年がうらぎりませぬように。」

ちいさな質問のあと、
大きな質問は、
火であった。　上陸した神の蛇体と子へび（こどもたちだ）、
あわせて通り過ぎる、黒い結婚の葬列の推定時刻にこそ、
過ぎてゆく、火の街道に沿って。

こんなばかげた戦争をと、ひいでた語部が語る。
ありふれてるよな、「むごたらしい」とか、
ちぎれた蛇体のどこがおかしいか、
火の通り過ぎたあとを、
子へびの死体数百は、

タイヤに引きちぎられ追いすがり頭脳を粉砕されて。

石のかげには、うめきをやめぬ、
目を刺される針のために、
赤いうろこをしたたらせる子犬と子猫と、
砂にうずもれて、
終わりし砂漠は、ここではなくて。

（反歌）
ベイルート、バグダッド、サラエボ、ベツレヘム、カブール、
と女性詩人は書いて、「むろん、ここではなくて」と、
書き加える。　むろん、ここではなくて、われらは、
限定された死後の手を挙げる。　すっくと挙げて、どうする?
「廃墟のなかの学校」を見てきたばかりで、何が書ける?
好きになれない詩を、きっと書くことだろう。　書いたあとは、
二度とひらかないはずのノートが、きみのうえにひらかれていまある。
そう思った?　討論はいまある、と思った?　こどもたち。

I　言葉と戦争

言葉と戦争

一　戦争――記憶する未来

「特集＝戦争」

　言葉は戦争に向き合えるだろうか。青土社の『現代思想』一九八一年一月号は「特集＝戦争」であった。四半世紀まえの特集をここに顧みる必要はどこにあるのだろうか。そこにあるのは人類学者たち、哲学者たち、歴史家、美術史家、動物行動学者たちの〝発言〟であった。言葉をあいてとする、文学者や、あるいは詩人らの意見ではなかったにしても、たくさんの言葉が特集のなかを飛び交う。それらはすべてだいじな言葉の群だったたし、〝同時代〟のそれらだった。

　思想雑誌の一九八〇年代の始まりが〝戦争〟であることには、ちょっと分かりにくさが感じられるかもしれない。ちょうど十年後の、同じ『現代思想』一九九一年五月号が戦争の特集であることには、それなりに納得できる。それの表紙には「思想としての湾岸戦争」とあった。その年、一九九一年一月から三月にかけての湾岸戦争の直後なのだから、特集が組まれることに疑問はない。一九八〇年代の始まりはどうだったのか。

一九七九年にはソ連軍によるアフガニスタン領土への出兵があり、一九八〇年九月からイラン・イラク戦争が始まった。アフガニスタン情勢も、イライラ戦争と言われたイラン・イラク戦争も、前者は約十年つづき、後者は八年つづいて、正確に言うとソ連軍は一九八八年五月から一九八九年二月にかけて撤兵し、イラン・イラク戦争の終結は一九八八年八月である。

『現代思想』の三浦雅士編集長が一九八〇年代の初頭で「特集＝戦争」を組んだのは、だからほとんど予感として、一九八〇年代戦争が存在させられ、そして予感のままに組まれた特集だったと言うに尽きる。思想雑誌が予感や未来にかかわることは重要なしごとの一環だ。それら一九八〇年代戦争や戦争状態は、そこから十年かけてつづき、ついで湾岸戦争へと、さらには一九九〇年代のタリバーン台頭を含むアフガニスタン内戦、そして9・11（二〇〇一年）以後のアメリカによる報復、第二次湾岸戦争（イラク戦争）へとつづいてしまう。そんなことが展望もならない早い段階での、大きな思想的特集だった。私はその特集からずいぶん教えられるところがあったと言いたい。

戦争を論じる要点には何があるだろうか。ある戦争が開始される一年まえに、その戦争の起きることを国民の多数が本気に考えていない、あるいは回避されるだろうと思っていたのに、一年後の時点で起きてしまう。日本・ロシア戦争（日ロ戦争、一九〇四年二月〜一九〇五年八月）の始まる数箇月まえの時点で、「日本側の指導者の大部分、政党勢力、国民は」「戦争に消極的な態度であったといえる」（加藤陽子『戦争の論理』勁草書房、二〇〇五、五六ページ）。それが数箇月のあれよあれよというあいだに戦争気分になって、国民たちの多くが熱心に戦争に参加する。

実際に、対ロ強硬論の出てくるのは一九〇三年後半になってからで、意見書が出されたり（七博士建議書、六月）、新聞ジャーナリズムが開戦論へ傾いたりするようになって、国民レベルでの〝思考停止〟と一体化する。そういう事例をいくた歴史上に思うとき（太平洋戦争開始期はもっとも大きなそれだった）、予感的な段階で思想家や研究者たちの一部が戦争特集においてどのような言説群をもたらしていたか、見直しておくことは無駄であるまい。（なお『現代思想』には一九九五年一月号の「戦争の記憶」という特集もある。）

生物学的考察

河合雅雄氏によれば（＝「戦争の生物学的考察覚え書き」）、一八二〇年から一九四五年までのあいだに五千九百万人の人間が「戦争、殺戮などで殺されたという」。この数値はルイス・リチャードソン「死闘の統計学」からの引用という。歴史的証拠のある事件からのみの数量で、実数ははるかに大きく見積もられる。その後、朝鮮半島、ヴェトナム（＝ベトナム）、カンボジアにおける戦争(注)や、アフリカ諸国の内乱など、殺戮による死者は増加するばかりであると、一九八〇年代初頭での河合氏は言う。

もうすこし氏につき従おう。どうしてそんなに大量の死者を出すのであろうか。戦争とは、E・O・ウィルソンが言うように（と河合氏が引用するのによれば）、「組織された社会集団によるテリトリ（なわばり）の侵入破壊行為であるといえるであろう」。天敵のいない人類社会では、みずからの社会のなかで食う食われるの関係を創出する（河合『森林がサルを生んだ』〈平凡社、一九七九〉に論じられるところ）。もし棲み分けるのでなければ、食う食われるの関係を選択するわけで、「後者が戦争といわれるものなのである」。

戦争に〝副次的効果〟があるかどうかという点については、人口制限要因の役割などが取り上げられてきたという。人口制限要因とは、殺し合いをして人減らしするということだろうか。また氏はつぎのような仮説を紹介する。未開社会における戦争という文化伝統は、包括的な遺伝的適度を上昇せしめる諸特性が、自然淘汰によって保持されたために進化してきたものであって、繁殖上の成績をあげ、ダーウィニズムの立場に立っても適応的であるとする仮説である（W・H・ドゥルハムの意見だという）。

紹介したうえで、氏は反論する。その仮説をおしすすめてゆくと、勝利戦争による生存者は好戦的であり、戦争技術や指導にすぐれた遺伝子を持った者の確率を高めることとなり、やがて集団は凶暴な勇気と狡猾な才智とを遺伝的にプログラムされることとなろう。このような推論は一つの部族を中心に考えるなら淘汰理論として有効かもしれないが、複数の部族の共存を認めえないことになる。人類全体の存続という観点から見ると、「絶えざる闘争あるいは戦争の永続性を正当化することが、ヒトという種の維持に正の淘汰をもたらすとは、とうてい考えることはできないのである」。河合氏はそのように〝反論〟する。

戦争は文化の所産であるから、文化を放棄できない以上、戦争を不可避だと、ペシミスティックになる必要はないので、悪を産み出すとともに、文化は善や美の世界を創造する母体でもあった。河合氏はそのように結論づける。自然の進化は億年を単位とすることだろうが、人類はまだ三、四百万年しか経っていず、しかも本格的な文化環境はここ数万年まえからであろう。「本格的な戦争が発生したのも、そのころからであろう」。人類は進化を急ぎすぎた。人類は自然にならった自動制御機構を内蔵した動的平衡をつくらねばならない。以上が氏の「戦争の生物学的考察覚え書き」の要約である。

（注）朝鮮戦争〈韓国戦争〈動乱〉、一九五〇・六〜一九五三・七〉、インドシナ戦争（一九四六〜一九五四）、ヴェトナム戦争（一九六五〜一九七五）、および一九七六年の民主カンボジア（ポル・ポト派）による虐殺など。

攻撃本能という説

福島章氏の「人間はなぜ攻撃について考えるか」をも「特集＝戦争」から読むことにする。しかしながら、ここに私が福島氏のこの一文を取り上げることについて、疑問視する方があってよかろう。私も大いに躊躇する。第一に、「戦争について論じる前に、紙数が尽きた」〝未完〟の一文である。第二に、攻撃性については紙数を割いているが、そこから戦争についてどう論を展開しようとしているか、よく見えない。雑誌論文には往々にして〝書きかけ〟ということがあろうし、そのような場合、軽々に取り上げたり、逆に目くじらを立てたりということは避けるのが礼儀としてあるかもしれない。そのことを承知のうえで、一九八〇年代初頭という時代を知るために、あえてここに取り出してみる。

氏によれば、戦争を「心理学的ないし精神病理学的に考察しようとすると、どうしても攻撃性のテーマを避けることができない」。攻撃性は生得的にプログラムされた生物学的な「宿命」であるのか、それとも幼児期からの躾（しつ）けや教育、社会体制、文化など環境の所産であるのか。一九六〇年代から一九七〇年代にかけて、全面戦争による人類絶滅の脅威——核戦争がもたらす絶滅の可能性の認識——に刺激されてか、攻撃性は、シンポジウムやワークショップが数多くひらかれるなどして、流行のテーマであった。しかし残念ながら、それらの学際的研究は、期待したほどの成果をもたらさずに熱意が冷めていった。

その理由はというと、専門家たちが、各自に「幻想」を持っている、つまり多くの研究者たちは、あらかじめ見ようと思い、あるいはそうであると考えたことを、客観的、科学的な観察や実験においてきわめて容易に発見するのであって、予想外の結論や、先入見と矛盾する事実や真理を発見することは困難に近い。「攻撃性や戦争といったテーマが研究者に大きな情緒的負荷を与えるテーマであるということが悟られねばならないであろう」。

なるほど精神科医らしく、一九六〇年代から一九七〇年代にかけてのシンポジウムやワークショップの流行それじたいを氏は〝精神鑑定〟する。もし科学者たちが真剣に討論しすすめて、互いの専門性から来る幻想性をしっかり自覚していったならば、情緒的なとらわれを克服して、さまざまなタブーをとっぱらった議論が可能になったであろうという趣旨となろう。この一文は〝未完〟なためにか、そこまで言ってないようながら、どのようなタブーを氏が考えたかは、〝未完〟だとしてもこの一文のさいごに明らかにされるかのようである。

「戦争・闘争・憎悪・破壊・攻撃などに対する傾向が人間の生れつきの「本能」であるとする考えは昔からあ」る。摂食本能や遊戯本能などとならべて、人間には攻撃本能や闘争本能があると。しかしそれではたくさんの「本能」――優越本能など――をならべたカタログの一つにすぎないから、何も言ったことにならない。そういう素朴「本能」説から離れて、「超本能論」を展開したのが言うまでもなくフロイト（一八五六～一九三九）であったと。福島氏はフロイト以下、クライン、ストー、フロム、ローレンツ、さらに心理学派の説、そしてライヒにはページを割いてつぎつぎに検討にさらしてゆくが、ここではフロイトを取り上げると、後期のフロイトが攻撃性についてどう考えたか。

　人間をはじめとするあらゆる生物には原初の、無機体にもどろうとする、逆らいがたい傾向がある。それをニルヴァーナ原則と言う。それを「死の本能」と言ってよければ、そのような死への傾向は、生の本能といろいろな割合、いろいろなかたちで結びつくことによって、人間の生涯を支配する。死の本能（―タナトス）が純粋かつ完全に実現すればそれは個体の死であるが、その原初形態、つまり原初的マゾヒズムが何らかの理由で阻止されて外界に向かえば、他者に対する攻撃となり、破壊が起きる。他者や外界に対する攻撃性が抑止されれば、この衝動はふたたび自己へもどり、二次的マゾヒズムと言われる状態や行動が生じる。たとえば自傷行為、神経症のたぐいや、慢性中毒、過度の罪責感など、いろいろの状態を氏は挙げる。

フロイト批判の誤解とは

　いまさらフロイトをここに紹介するのは気が引けるけれども、律儀につき従ってみよう。このタナトス理論は、多くの人が批判してきたし、認めない者も多かった。それらの批判は、福島氏に言わせると誤解ということになる。「タナトス理論は人間の中の悪（攻撃性やサディズムなど）を仕方のないものとして容認し、戦争や殺戮や搾取などを人間性の名のもとに合法化し、あるいは人をペシミズムに導くというような誤解である」。

　どのように誤解かというと、「ある事象の存在を認識することと、その正当性を容認することとは違うはずだし、好ましくないものがあるのを見ることは不快だから、眼をつぶって無いかのように振る舞うことの方が容易だが、それでそれが無くなるわけではなかろう。フロイトのタナトスの概念は人に不快であり、人を不安にする」。不快だから避けたり、不安を除いたりするのが一般かもしれないが、フロイトはそれらを直視したのであり、その限りでけっして彼はペシミストでなかった。「彼は本能を認識しコントロールする理性の力を信じていたのであるから」。

フロイトの「死の本能」論は、たしかに愉快な考えではない。人は、死の本能論がペシミズムを助長し、戦争や諸悪に対する人間の努力に水をさすと批判する。しかし、死の本能論を認めているカール・メニンジャーやメラニー・クラインが熱心で有能な心理療法家であったことを例に引くまでもなく、死の本能論が平和や幸福に対する人間の努力を麻痺させるわけではない。その重みに——より限定した言葉で言えば罪責感に——耐えることができる人がいかに少ないかが問題なのである。（福島氏）

一見、正しいように見えて、なかなか問題含みである。ここから氏が論としてはほとんど投げ出して〝未完〟の雑誌論文にしてしまうあたりを以下に見よう。「人間の本性に攻撃性なり暴力への傾向があると述べることは、しばしば戦争賛美者やペシミストというラベルをはられる危険がある」と氏は言う。これはどういうことを言おうとする行文だろうか。人間の本性に攻撃性なり暴力への傾向なりがあると「述べること」の〝危険〟を氏は取り立てるのだ。これは述べることがタブーとなっている社会に対しての告発ということか。つまり戦後社会＝「平和が信仰の対象となっている社会で、戦争や暴力の意味を論じることはむしろタブーである」と。「平和主義は憲法に謳われた日本の錦の御旗であるから、戦争について論ずることは論外の行為であるという風潮がある」と。

何だか論点のすり替えのように見えるけれども、けっしてすり替えでないことは、戦争を論じることのタブーを取り去ってでなければこれを論じられないとする、氏の一貫した態度によって明らかである。ただし、あえて言ってよければ、これは一九八〇年代初頭での議論である。このあとまだ論じられていない戦争論議のなかで、議論のすり替えがむしろすすむかもしれないとは言っておこう。戦争原因説として氏は人間の闘争や暴力について心理学派に対し批判的なスタンスをとる以上、やはり一種の本能説に立つこととなる。それはそれでよいから、科学者としてそこを徹底して思考してほしいし、もし科学者としての限界やとらわれのゆえに期待できないというならば、科学そのものへの方法的告発をきちんとしてほしい。しかるに現実の日本社会では戦争や暴力に関する議論がタブーであるために、その社会がますます集団妄想のような状況に陥ってしまうというのであっては、憲法論議（改憲議論を含む）や、非武装平和国家という考え方への疑問までもが内包された、戦後日本社会のタブーをとっぱらうことがまずもって氏にとり案件となり、先決事項となってしまう。その段階で議論がどんどん現実主義的な対策へとすり替えられてゆく恐れは十分にあろう。

氏によると、一九七九年の総理府（現・内閣府）青少年対策本部による「国際比較・日本の子供と母親」という調査のなかで、子供たちに、「あなたと同じ年ごろの子が絶対にしてはならないこと」を選ばせたところ、「友達とけんかをすること」を挙げた子供は日本で二十四パーセント、タイや韓国で七十パーセント以上、欧米で五十パーセント前後だった。友人に殴り倒されて、「やったな、今度は僕の力を見せてやる」と反撃する反応は三十三パーセントを占めてトップだったという。「平和主義教育が標榜され、「軍隊」を持たず、人間性の中に攻撃性を認めることを潔しとしない社会で、好戦的な子供が増加し、テレビや劇画の世界にまで血なまぐさいシーンがあふれ、受験生が両親を金属バットで殴り殺す事件さえ起こっていることを、われわれはいったいどう理解したらよいであろうか」と氏は結んでいる。

氏への論評をここでは避けて、一九八一年の時点でたしかにあった論調として記憶するために、やや長めに見てきた。

「戦争の起源」対談

つぎにルイス・S・B・リーキー、ロバート・アードリー両氏による対談「戦争の起源」(一九七二、折島正司訳)があるので、これを読むことにする。〝戦争の起源〟にかかわる、大小の言説どもにはやはりきちんと向き合わなければならない現代だと思う。そういうタイトルが付けられているので、ひらいてみる。リーキー氏(一九〇三年生まれ)は東アフリカで化石人類の発掘につぎつぎと従事してきた(アウストラロピテクス、ホモ・ハビリスの化石発見など)。アードリー氏(一九〇八生まれ)には『アフリカ創世記』『狩りをするサル』などの著書がある。

アードリー　「人類の起源は?」とか、「われわれの善行、悪行は自然状態から発したわれわれの起源とどう関わっているのか?」とかの疑問を初めて呈したのはジャン゠ジャック・ルソーでした。気の毒にルソーは考え出した答えを支える証拠を一つも持っていませんでした。この二、三十年のあいだに、あなたは人類が自身の過去を探求するのに役立つ証拠を、いくつか見つけられました。……人間が仲間の人間に対してひどい仕打ちをする理由について何か考えがおありですか。動物はそんなことをしません。なぜ人間は他の動物と違うのか。いつ暴力が始まったのでしょう。

みぎのアードリー氏の言い出しに見るように、〈人間の暴力はいつ始まったのか?〉といった、われわれのたえず発するたぐいの、素朴な疑問がいっぱい出てきて、一読に値する。リーキー氏の回答もまた、われわれの日常談話にしょっちゅう交わされるたぐいの、ある種の思い込みをついてくる。ライオンはシマウマを食べるが、これは攻撃でなく、食物を狩っているのだ。野生の霊長類にしても、一般に互いに組織的な攻撃を行うような段階には達していない。ゴンベ川保護区でジェーン・グドールは、望みの写真を撮るためにバナナの房をぶら下げた。すると時折、ヒヒがやってきて、チンパンジーとの戦いが始まる。「しかしこれは人間によって作り出された状況です。霊長類が他種の霊長類と食物のためにいさかいを起こすのを、何も手を加えない状況で私は見たことがありません」(リーキー氏)。

アードリー氏はそれに対して、動物行動学者であるから、仲間と一緒になって戦闘する霊長類が数種あることを知らないわけでない。リーキー氏の、ときにユーモアをたたえながら出してくる意見や事例に対し、異論や別の事例を用意して対談しすすめる。互いの意見の相違をたしかめながら、さいごには大きな同意に至るという対談の妙(—あるいはルール)である。霊長類のそれは戦闘ごっこになってしまう。ベルモット・モンキーやコノハザルが毎朝わざわざ出かけていって隣の群(むれ)と戦うのは、かれらはちょっと楽しんでいるだけなのだ。すべての動物がなわばり性を持っているわけでなく、なわばりを持っていても防衛しない、ヒヒなどの種もある。だれも他人のなわばりに侵入しないからで、「侵入しようなどというのはみっともない考え方だということを、彼らは進化の途中のどこかで知ったのです」（アードリー氏）。ついでにかれは「ヴェトナムの体験を経てアメリカ人も、侵略は得にならないと知ってほしい、私は切にそう願っています」と加える。一九七二年という時点での対談らしい雰囲気を覗かせる。

リーキー氏によれば、人間（や人間の祖先たち）が動物的な人間から社会心理的な人間になったとき、つまり火、言語能力、抽象的思考、宗教、呪術、これらを発明したとき、暴力化した。おそらく三万年から四万年まえに、この変化が生じて、嫉妬や憎悪や悪意を考え出し、あまつさえそれにふける暇を産み出したのだと。

「あなたの仮説には例外がいくつかあります」と、アードリー氏は反論する。北京原人（ホモ・エレクトス）は明らかに首狩りの食人種だった。ヴェルテゼレス人はかれが傍らで発見された石器の一つで殺されたことを疑う余地がない。首を刎ねられ、脳を抉られ、その頭蓋骨の周りを石で囲われたモンテ・キケロ人やネアンデルタール人も見つかる。こんにち、殺人の三分の二は互いに顔見知りのあいだで起きる。ある男が女房に腹を立てて頭を殴って殺す。「あなたがたが見つけた最初のホモ・ハビリスも非業の死のあとをとどめてはいなかったですか」。

「そう、私たちの発見した最初のホモ・ハビリス、この十一歳の子供の頭頂部には穴があいていました」とリーキー氏。自然死でないことはたしかである。しかしこの段階の人間が、互いに腹を立てたからといって深刻な殺し合いを演ずるということはなかったと思うと。たしかに周口店の遺跡には食人の証拠をいくらか見いだす、しかし北京原人は人類全体から見ると例外なのだ。一つの洞穴、狭い空間に、たくさんのよその家族と隣り合わせていれば、嫉妬も敵意も芽生える。それに対して初期のホモ・サピエンスは、たいへん「小さな群を作って生活していましたし、敵意を発達させるような暇な時間というものを持っていませんでした」。

「では人類全体が北京原人に追いついたときには何が起こったのでしょう」。

リーキー氏によると、北京原人は火を野生動物のようにつかまえてくることができても、それをつくることはできなかった。それに対して有名なラスコーを含む、ドルドーニュの洞穴生活者たちは火をつくることができた。風と寒さとからの避難場所である洞穴群で、密集した共同生活を形成するようになる。そこから狩りのためにずっと遠くへ出かけてゆくようになる。こうして人類は火によって新しい段階を得ることになったと。

言語能力もまた人類が火とともに発達させたのではないかとリーキー氏。狩りのあいだや獲物を探しているあいだは、男も女も口をきいてはいけない（獲物がさらに手にはいるかもしれないし、ツキが回ってきているかもしれないから）。火をつくるようになると、かれらは家に帰って料理をし、それから火を囲んで夜遅くまで話すようになる。これが攻撃性の始まりで、つまり「憎悪や悪意や戦争といった、それまではけっして意識のなかに存在しなかった恐ろしいことを表す言葉を発明し、それらについて考え始めたのです」。言語能力が生まれると、たしかにすばらしいことがたくさん起きるけれども、きわめて恐ろしいこともまちがいなく起きた。種々の観念を発明する時間と暇とができて、こうした観念のうちのいくつかはわれわれの攻撃性の原因となった。「言葉はわれわれが敵に与える名前にすぎません。しかしその最大の敵というのが実はこの名前なのであって、敵その人ではないのです」。氏は言語能力とともに人間の暴力に対する能力を発達させたと強調する。

狩り＝暴力、攻撃性？

アードリー氏はしかし、「賛成できません」と言い返す。「……若い狩人、未来の狩人たちは、どうしても年長者から、いろんな形をした野生動物たちの習性を言葉で学ばなければならなかったと思います。そう、私の感じでは言語能力の発生はかなり早い時期に遡るのです」。それをドルドーニュよりもずっと以前のこととする。基本的に単一の文法構造に基づいた諸言語の拡散が、たった四万年まえに始まったとはとても考えにくい。ずっと早くに始まって、現在の地球の果ての果てにまで行き着いた。

それに対して、四万年まえ、火とともに飛び道具が現れたとアードリー氏は注意を向ける。それまでのきわめて長いあいだ、われわれは狩人であったから、狩猟という、逃げずに攻撃する欲望と追跡の快楽とを助長させて、攻撃に適応してきた。それが、手に持つ武装から飛び道具へと飛躍したとき、人間の暴力的集団としての進化過程に質的な変化がもたらされた。サハラ砂漠のネアンデルタール人が飛び道具を発明する。北アフリカ、アトラス山脈と現アルジェリアとの中間地帯のアテール文化が、切り込みのある鏃（やじり）を皮ひもで固定させる、中子（突起）の付いている武器を発達させる。これを矢柄に固定させて弓矢にしたり投げ槍にしたりできるようになった。

もっとも、アードリー氏によれば、ヨーロッパが氷河で蔽われていたころからあとになり、飛び道具が「息を吹きかえす」。一万二千年から一万五千年以前のこと。そしてアメリカ大陸への初期の移住者たちが、飛び道具をここへ持ちきたり、それで獲物を狩った。人間の本性が十分に開花したのはそのときだという（狩猟生活と武器製作の進歩とが結びつく）。

「それは違います」とリーキー氏は反対する。「私の意見では最初期の人類は清掃屋にすぎませんでした。ホモ・ハビリスでさえそうです」。息子リチャードとかれとは、いちど試してみようと、裸で、キリンの足や顎の骨をひろって武器にする程度で、原始生活をやってみたことがあると言う。ハゲタカやハイエナを追い払うことはできたが、ライオンは無理だった。ライオンの食べたのこり物に向かってかれらもハゲタカもハイエナも突進したのである。火を発見する寸前まで、われわれはほとんど清掃屋であって武器の製造者でなく、したがって攻撃的ではなかった、と。

アードリー「納得しかねます」。過去に遡るほど、われわれの足は貧弱に、走る速度は遅く、不細工になってゆく。とても生まれつきの捕食動物や清掃屋たちと競合できたとは思えない。「ハイエナと競合して勝てたはずはありません。ハイエナに食われてしまったでしょう」。

氏はさらに付け加える、「ルイス、あなたの忘れていることがある。あなたの話しているのは現在の人間のことです」。動物たちは弓矢や鉄砲でこっぴどい目に遭わされてきたので、人間を心から恐れている。大昔、われわれが背丈四フィート、体重八十五ポンドしかなくて、殺しの道具も手に持つ石や木ぎれだったころ、どうしてそれら動物たちがわれわれを恐れなければならない理由があろう。

リーキー「でも獲物はさらえるんです。……ごく初期のころ、われわれがたとえ肉を食べたにしても、それは清掃屋として食べていたにすぎません」。

アードリー「うん、どうも意見が大きく食い違いすぎます」。

たしかに二人の意見はずれてくる。しかし二人は大昔の、何十万年もまえの、もしかしたら百万年もまえをめぐってのずれを見せているのであり、「大した問題ではありません」(アードリー氏)。

二人とも人類がこんにちに至るまでに、すさまじいぐらい、暴力的、攻撃的かつ戦争に明け暮れる「動物」であることを、共通の認識としつつ議論しているのであって、そのことはまとめるまでもなかろう。二人は各自の意見に沿いながら、「共通点」を見いだしてゆく。ホモ・サピエンスにもどり、かれらが狩人として、自然淘汰の観点からすると暴力において有能な、暴力を愛した人物が生きのこり、遺伝子を伝えたこと、だから肉を食べざるをえないこと、いやおうなしに狩りと殺しとが上手になったとアードリー氏は自説をまとめる。

本能よりは学習がだいじ？

不幸なことに（とアードリー氏）、一万年ほどまえに、われわれは穀類を手なずけ、ウシやヤギやヒツジを家畜化した。「不幸なことに」とは、ライオネル・タイガーとロビン・フォックスとの新著『帝国主義的動物』のなかで、人間が食糧供給を意のままにできるようになって、それはよかったことなのか、悪いことだったのか、実際にいやというほど厄介事が生じてきた、つまり人口が増え、人口過剰が欠乏を産み、その欠乏が闘争を産んだ、と言っていることを指す。

こうして暴力のための三条件がととのう。1、言語によってえらく非合理な信念が可能となり、2、武器によって遠くからの効率よい暴力が可能となり、3、さいごに食糧によって大きすぎる人口が可能となった。暴力の骨格はこれでできあがり、あとは完成を待つばかりとなった。われわれは生命界の他のいかなる種もなしとげなかったほど、みごとにこのしごとをやってきたのだと。

しかも（とアードリー氏は国立精神衛生研究所のP・D・マクリーンの意見を紹介する）、われわれの脳は、a、まだ爬虫類の脳が残存しており、b、その周りを哺乳類の脳が取り囲み、c、さいごに巨大な発達をとげた人類の大脳皮質が取り囲んでいる。マクリーンは、この大脳皮質の接続がまだ完了していないような気がすると言う。配電盤の据え付けが全部は終わっていないのだと。だから動物の脳はまだはたらいていて、しかもわれわれの思うほどに大脳皮質の与える抑制が効いていない。ある種のことはやっても引き合わない、たとえば暴力的な人生を送っても結局は破滅を迎えるだけだ、と大脳皮質はわれわれに告げるのに、問題は、そういうメッセージをポストにいれて、昔ながらの脳にそれを届ける段になると、どうも人間には旧式の郵便組織のごときしか備わっていない。先方に届くにしても、いつ着くのか分からない。われわれの敵はかなりしぶとい、と。「でもこれから」（とアードリー氏は言う）「目を背けることはできません」。

リーキー氏が受ける、「ここで極めて重要なことがらを問題にしなければなりません。二人の話は、今やわれわれの暴力性が未来に何ひとつ希望を許さぬものであるとの感を与えるかも知れませんが、私自身は全くそのようには考えておりません」と。そして突然のように、

リーキー　われわれは数ある進化の所産の中で、考える脳と的確な判断力を発達させた唯一の（あえてこの言葉を使うのですが）「動物」だからです。そして、すぐにでも自滅してしまいたいというのでないならば、今日、今すぐ皆で力を合わせて、世界中で、仕事に取り掛からねばなりません。……今すぐ進路を変更すべきです。

と言う。唐突に言われても、とってつけたかけ声みたいに聞こえるかもしれないが、リーキー氏は「今すぐ進路を変更すべきです」と言い出す。現代人がいま急いで何をすべきか、互いに、そし

て指導者たちに、われわれは人間がわれとわが身を滅ぼし、先祖から受けついだ美術や音楽の美を根こそぎにするのを座視するつもりはないと、明言しなければなりませんと言うのである。受けるアードリー氏の答えは、「夜明け前の空が一番暗い」と言う。問題が解けるまでは、恐ろしい困難が待ちかまえているかもしれない、けっして容易ではないと。

デイヴィッド・ハンバーグという臨床精神医学者の説をアードリー氏は引いて、本能よりは学習がだいじなのだと言う。動物をうごかしているのは本能だ、という考えは捨てなければならない。進化は生きのこるために役立つことの学習を容易にし、役立たないことの学習を困難にしてきた。言語をおぼえることが速かったのは生きるのに役立つからだ。人類が暴力的な方法を選ぶのもまたごく容易なことだった。狩りは快楽をさえ伴う暴力だったが、それも必要から学習してきたのだ。「しかしそれは今では人間に適応していません。それは殺人という形をとります。そう、敵意も学習できるからです」（アードリー氏）。つまり容易な学習から困難な学習へと今後は反転させるべきだということだろう。

見方によっては説得力のない反転である。困難な学習よりは容易な学習のほうが自然だろうから（ではないか?）、われわれはますます暴力主義者になるだろうという意見ならば筋が通るのに。氏はしかし、とってつけたかのように困難路線のほうへと意見の舵を切り替える。むろん、これが最初から用意された答えだったのだろうが、「子供というのは厄介事を引き起こすこともできれば、天使になることもできます。しかし子供から目を離してはいけません」。平和の使者になるよりは、学習の結果として殺人者になるほうが容易だからであると。かくて努力して平和を学習させるのでなければ、暴力の学習のほうが容易だというのだから、氏の言わんとする趣旨として、暴力を賛美してはならない、暴力の動機をたたえようとするときさえ二の足を踏んでしかるべきなのだ、という真意をたしかに有するにせよ、非戦や非暴力がどんなに困難な問いであるかを、われわれはかえって思い知らされる。こんにちがいちばん困難な「夜明け前」であり、だから空が暗いのだというレトリックを、理解できるとしても何だかむなしいと思わず言いたくなる。

戦争と法とのかかわり

「戦争の起源」という、みぎの対談が、人間の暴力主義やその避けがたさについて、さんざんに応酬されたあとで、とってつけたかのように〝いますぐ進路の変更を!〟〝暴力を賛美してはなりません〟と言われるのに対し、やや戸惑いをおぼえつつ、しかし学ぶことは小さくない。そして何だかそういうたぐいの対談や、議論のすすめ方が世にあふれている感じがする。非戦や非暴力をモットーとしながら、そして非戦や非暴力へ持ってゆく論調で語り出したり、論じたりし始めるのに、論じる内容はどんどん暗く悲観的になってゆき、さいごに非戦や非暴力をうたって終わりにしてしまう。じつは私の「教科書、戦争、表現」(本書所収)がそれだった。唐突にしか非戦と非暴力とは切り出せない、難物なのであろうか。

〝戦争の起源〟論なら容易に交わされるのに、非戦や非暴力の〝起源〟ということになると、それらを語るべき言説は稀少かつ困難だということかもしれない。そう思いながら、そしてまたしても期待を裏切られるかもしれないことを覚悟のうえで、もう一本、「特集=戦争」から、人類学者エドマンド・リーチ氏の「未開社会とテロリズム」(原題「未開社会における私的犯罪と公的犯罪」一九七七、足羽与志子訳)を読んでみることにしよう。前節で見たリーキー/アードリー対談では話題から欠けていた「宗教」および「法」と戦争との関係を、リーチ氏のこの講演でおぎなうことができそうだから。

以下、氏からの要約を試みるのは、長々しすぎるという非難が湧くであろうか。こんにちの、果てしない報復闘争とテロリズムとの連鎖に明け暮れるなかに置いてみて、(けっして予防的ではないが、すぐれて)予感的であり、かつ、もしかしたら〝解決〟へ向けてのかすかな光明をも指し示しているかもしれないと思えて、紙数を私はややついやしたい。

戦争と法とのかかわりから見てみよう。「戦争のきまりと法のきまりには全く正反対のものがあるように思えます。法律では殺人は犯罪ですが、戦争では殺人は義務です。通常、法律は財産所有者の権利を保護するように働きますが、戦争はそれらの権利を剝奪するのが慣例です。いわゆる〝文明〟国の間での戦争はこうしたきまりに立っていて、均衡がとれ、相互的になっています」。

〝文明〟社会間、あるいは〝未開〟社会での報復闘争にしても、戦う双方で同じきまりが適用されるという。「全体を通して見れば、こういった戦争の応酬は一種の儀礼的競技(ゲーム)であり、報復闘争でなされるような、信用借りをしない一連の過程といえましょう。このタイプの戦争の特徴は、双方とも敵をほかならぬ〝我々と同じ人々〟と扱っていることです」。

一方で、きまりにのっとらない戦争もある。きまりにのっとらないのが、大量の奴隷狩りや植民地建設を目的とする征服戦争である。征服軍は敵を動物も同然と見なしていたから、残忍な英雄的指揮官のもとにめざましい勝利を収める。被征服民が当然と考えていたフェアープレイのきまりを征服がわは守らない。社会人類学者ラドクリフ＝ブラウン(一八八一〜一九五五)の言う「私的犯罪」と「公的犯罪」の区別は、ちょうどこの戦争の二つのかたちにあてはまる。私的犯罪は言ってみれば民法上の問題で、双方の敵対集団は同じ争いのしきたりを持つ。一方、公的犯罪は刑法上の問題で、支配者が定めたことが法であり、犯罪者は当然〝無法者〟ということになる。

新聞、雑誌、ラジオを通じて、ひとびとが当然と思い込んでいる価値体系によると、戦争が進行する際に、一般的慣習に従わない者は、罪人、あるいは無法者、野蛮人、テロリスト、残虐者で、まさに爬虫類、野獣も同然ということになる。しかし野蛮とは見方にすぎない。チンギス・ハンや、コルテス、ピサロ、ナポレオンらはすべて、勝利者であったために、一般的慣習に従わないという簡単な方法で名声を手にし、一方、〝敵〟の指導者は、かれらが敗北したのは一つには「規則に忠実であったのが原因であるのに」、後代はかれらを無能な野蛮人、未開人、あるいは犯罪人として葬り去る。英雄と罪人とは本質的に同一なのである。

違法行為は止められるか

ここでリーチ氏のまとめる、三つの想定される情況場面とは、（1）小規模で親密な集団では、出来事はすべて予測可能なやり方でコード化されており、不和が公然となって緊張が高まってもその緊密なネットワークは存続し、不和分裂の仕方についての同意がある。報復闘争型の戦争の際に起きるのがこれだ。（2）コロンブス情況型で、互いにつながりのない同士が出会い、あいての行為をためつすがめつ観察するが、結局はほとんど理解し合えずに終わる。植民地開拓の際、起こったのがこれだ。（3）同じ言語を話したり、ある程度、同じ文化背景を持つと分かり、行動の正当性や妥当性などについて同じように考えていると知ると、まるで完全に分かりあっているかのごとくにふるまう。ところが争いの種はここにある。過大に評価してしまったコミュニケーションがくずれると、憤慨し、争いとなる。

これらのなか、(3)は個人と個人とのあいだにも生じることかもしれない。「私」が期待する社会的互酬性のゲームを拒否し、行動の自由を主張する人が出てくると、「私」にとって脅威と映る。あいての優秀性を認めてそれに服従すれば、あいては英雄になるが、「私」が自分の優位を選択して、あいてを誤りと判断した途端に、あいては自動的に犯罪者となる。

さまざまな制裁と犯罪とは社会の型によって決まるので(ラドクリフ＝ブラウンの類型論だという)、空港などで爆破事件を起こすテロリストと、広島への原爆投下を命じた人とは、犠牲者たちを自分たちとはまったく異なる、人間以下の者、自分たちの道徳律が通用しない人間と思っていた点で同じということになる。問題の核心はそうすると、道徳的共通意識の本質は何か、その生じ方、そして保持や広がりということになろう。

宗教的制裁について注目してみると、未開社会では慣習法は〝われわれの先祖が命じた事柄〟であり、それに対して命じられた以外のことをするのが〝タブー〟である。それは神聖冒瀆であって、超自然的な災害をもたらす。このために慣習に背く者に対してなされる弾圧はいつも非常につよい。ラドクリフ＝ブラウンはこのことから、未開社会におけるタブー(超自然的な力による制裁)と、現代社会の制裁とを同一視する。つまり、両方とも、法を破るとどうなるかという、まえもって予想される結果に対する恐怖が、違法行為を押し止める。

リーチ氏はここからしかし、ラドクリフ＝ブラウンに対して異を唱える。一般にはたしかにラドクリフ＝ブラウンの意見は受けいれやすいと感じられる。事実、こんにちに法の広く行われることが犯罪予防の効果を有することにだれも疑いを持たないし、タブーもまたそれのつよい禁止感が社会秩序を保つ効果についてだれも疑わない。しかるに、氏は言う、「ところが、いいですか皆さん。私には、はたしてほんとうに潜在的違法行為がその結果に対する恐怖によって事前に阻止されるかどうか疑問に思えるのです」。そこで氏はラドクリフ＝ブラウンと別の追求の仕方を試みる。

私たちの社会では犯罪をその程度にあわせて範疇化し、下は駐車違反から上は殺人までを順位づける。また、宗教や道徳の領域でも、罪（超自然の命令に背く行為）をそれぞれ比較して順位づけるものの、ランクづけの基準はあまりはっきりしない。ところがほとんどの未開社会では、宗教‐道徳上の罪が鋭く指摘され、簡単にランクづけられる。親族関係と性とに関するタブーに、超自然力の制裁がもっともつよくなされる。したがって未開社会の典型的な公的犯罪は殺人でなく、近親相姦である。

一方、こんにちの資本主義社会での最高の冒瀆罪は殺人（個人の尊厳への侵犯）と窃盗（財産の神聖への侵犯）とであり、これらが公的犯罪の典型となる。ところが世間が犯罪の残虐さに震え上がり、ショックを受けると、そのたびにある種の犯罪は宗教‐道徳上の罪でもあることを思い出す。犯罪性というわれわれの観念の中心にあるのは、宗教‐道徳上の罪でもあるような犯罪である。非常に重大な犯罪と感じる違法行為を、個人および個人の財産に対する違法行為（殺人および窃盗）であっても、別の言い方で宗教‐道徳上の罪だと言う。

一般に資本主義社会のやり方を正しいと信じる人たちのあいだでは、裁判官は神の報復を行う（神の）代理人だと潜在的に思われている。多くの犯罪人は、かれらが犯した犯罪の犠牲者と同じように、資本主義システムを存続させるのに何らかの関係をしている人たちである。ではシステムの破壊を求める人たちの場合はどうかというと、銀行強盗や小児誘拐、身代金請求など、それらはそれじたいが目的でなく、どうやらほかの目的のための手段であるらしい。既成のすべてを完全に破壊するという究極の目的のための犯罪である。
こうしてリーチ氏はテロリズムを取り上げざるをえなくなる。

野獣あいてに戦う行為は野獣であってよいか

かれらは（とリーチ氏はテロリストたちを挙げて）、現行の社会システムを破壊するために、人身の被害をまったく意にも介せず、深い道徳的献身をするようになる。「宗教的見地から、我が身を捧げているのだ、と信じ込んでいるテロリストのうち、誰一人として、資本主義が何であるか、ぜんぜん正確に説明できないし、取って代わる新しい経済システムもわかっていないのです」。「過激派ポリティカル・ピューリタンたちが持つ主義主張が無数にあって、……毎週、新しいマルキシストの分裂グループの名称がひねり出されてゆきます」。「自分たちこそ、植民地主義、および新植民地主義のすべての残骸を決定的に最後まで根絶するのだとし、これを唯一の目的に掲げる分派セクトは、優に数百を数えるにちがいありません」。

けれどもこれらのグループ全体に共通する特徴がある。小規模であり、堅く結びついて、未開社会の親族集団に似ている。集団の道徳的一致を求め、セクト同士は非常な敵対関係にある。報復闘争型戦争と同じである。当面のあいて党派を〝我々と同じ人間〟と見なし、一方、資本主義社会のシステムはまったく人間的と認めず、獣のような万人の敵と考える。武器や弾薬の供給問題が生じると、〝システム〟と戦っているという理由から、かれらは〝我々と同じ人間〟として助け合う。「全ての民族、あらゆる種類の国家において、政治的な原因で異端者となった者たち、つまり共産主義者や反共産主義者、無政府主義者、都市ゲリラ、また、イスラム教徒、仏教徒、ヒンズー教徒その他、皆さんご存知のどんな者たちであれ、彼らの資金が同じ財源から出ているのはすでにたしかな事実です」。かれらはともに武器を取り、最高権力や官憲と戦う同志だと言える。そして警察当局が当面の問題に介入してこなくなるや否や、かれらはふたたびもとにもどってもっぱら殺し合うことに没頭する。かれらに言わせれば、私的犯罪を制裁するためには、これらの抗争が慣習にのっとった唯一の正当な手つづきということになる。

ではかれらセクトの成員たちと、現行そのままのシステムに従うことを望む体制派との関係はどうかというと、まさにコロンブス情況型の一種と言える。互いに残虐行為を阻止し、それを合法化しようとしないから、敵を人間だと思わない。一つの事例を挙げると、一二四〇〜一二四一年、バトゥ・ハン(=モンゴル軍)は、テロ行為のような大量虐殺戦法をとった。これによってヨーロッパの軍隊は士気喪失し、崩壊した。そしてこの話を、もっと西にいる、これから戦う敵がわにパニックを起こすための宣伝に使った。

敗れたヨーロッパがわは、報復するにあたって、ローマ教皇が十字軍に向けて発した説教に見ると、聖地回復のためにならあらゆる残虐行為が許される、とする主張をおぎなうために、「犬の頭をしたモンゴルの王子たちは、死体の骨だけを禿鷹にのこし、あとの全部を食べてしまった」云々との宣言がなされた(ただしこのローマ教皇の説教についてはいまだしかめられない)。

もう一つ事例を出すと、モンゴル人がハンガリーに侵入してから二百五十年後に、コロンブスがカリブ海の原住民にはじめて出会う(一四九二年)。最初、かれは出会ったひとびとが怪物でなく、人間であることを知って、無邪気におどろく。かれらがたいへん温和で武器も貧弱なので、簡単に捕虜にできるだろう、かれらは〝無宗教〟なので、キリスト教国同士が戦うときに従わなければならない道徳的慣習をかれらに適用しなくてもよい、とコロンブスは考えた。そして掠奪がはげしくなっていった。まもなく、まだ訪れていないほかの島々の住人は、犬の頭をした人食い人種だという噂が広まる。そうこうしているうちに、食人習慣がカリブ人すべての典型的特徴ということになってしまう。土地の原住民は大虐殺に遭い、そのあとかれらの代わりにアフリカ人奴隷が連れてこられる。cannibal（食人）という語はカリブ語で言う場合のコロンブスの名前に由来するという。(注) このようなことを道徳的に正当づけたのはまったくの想像上の産物である、原住民の食人習慣なのだったと。

一方では暴力的な大量虐殺、一方では犬の頭をした想像上の怪物が行う食人行為。この二つの話に共通する原理は、もし互いに共有できる道徳的価値がまったく欠如していれば、〝他者〟を野獣のカテゴリーにいれてしまう、という内容である。したがってそうなると、想像しうる限りの暴力的な虐殺は、野獣のようなあいてが行う行為であるばかりでなく、野獣をあいてに戦う自分がわにも許される行為となってくる。「奇妙な言い方ですが、相手のテロリズムに対するテロリズムによっての報復は、まさに宗教的に是認された、道徳的義務というわけです」。

リーチ氏のこの講演は一九七七年に行われた。ここに語られた内容が、正確に三十年後のこんにちを予言していることはおどろくばかりである。逆に言えば、三十年後を予感するような発言を探しあててゆくと、少数ながらこのように人類学者のなかにある、ということだ。ならばその発言のなかに同時に解決の糸口をも見いだせるかもしれないと考えて、やや長々と引いてみた。

（注）カニバルの語源は一般には英和辞書などを引くと、カリブ諸島（の住民）。

市民の立場に立つとは

まとめてみよう。河合雅雄氏、福島章氏、リーキー／アードリー対談は、戦争とは何か、あるいは戦争の起源に対し、どれぐらい答えてくれたろうか。「組織された社会集団によるテリトリ（なわばり）の侵入破壊行為」は、食う食われるの関係を選択するわけで、これが「戦争といわれるものなのである」と河合氏は述べる。弱肉強食というより、社会集団による殺人や掠奪行為を意味するであろうから、「食う食われる」といってもこの表現じたいは比喩的である。

福島氏の「人間はなぜ攻撃について考えるか」は、氏自身が言う通り、けっして戦争とは何かを前面に出した論調でなく、したがって「攻撃性や戦争といったテーマ」、「戦争・闘争・憎悪・破壊・攻撃などに対する傾向」などと、戦争が「攻撃性」や「闘争・憎悪・破壊」などとならべられる。戦争を攻撃性や闘争その他へと並置する意見だと見ることができる。そのうえでフロイトのタナトス理論に視野を向ける、という構造であると見てよかろう。「戦争や殺戮や搾取」という並列も見られる。「平和が信仰の対象となっている社会で、戦争や暴力の意味を論じることはむしろタブーである」とも言われる。戦争や暴力、とここでも並置である。そして子供のけんか好きが参考されて終わる。戦争と暴力と攻撃性とを並置するとは戦争を暴力一般や攻撃性へ解消する議論でもある。子供のけんかに類推してよいことか、大いに疑問だと言わざるをえない。

「戦争の起源」のリーキー／アードリー対談もまた、よく読むとほとんど戦争固有の起源について問題になってなく、「いつ暴力が始まったのでしょう」から始まって、暴力化、「嫉妬や憎悪や悪意」、敵意、攻撃性の始まりということが中心の対談である。対談の言語とはいえ、「憎悪や悪意や戦争」という並列は問題含みであろう。「言葉はわれわれが敵に与える名前にすぎません」という指摘はたいせつである。またたしかに武具のありようをめぐって戦争の本質に迫ることは可能である。しかし狩猟生活と武器製作の進歩とを安易に結びつけることにはなかなか賛成しえないのではないか。人口過剰が欠乏を産み、その欠乏が闘争を産んだというのでは考え方の顚倒ではなかろうか。両人は十分に人間の暴力性を確認したあとで、学習により困難であっても暴力を止めさせることができるという考えを披露するに至る。暴力を制止すれば戦争が止められるというのか、これでは暴力の起源にばかり議論を集中させて、戦争の起源がどこで論じられたか分からない。

そうすると、人類学者エドマンド・リーチ氏の「未開社会とテロリズム」だけが、一通り戦争に向き合い、かつ論じようとし、しかも現代の戦争であるテロリズムにまで論線を延ばそうとしている。長めに紹介したから、もうここに要約せずともよかろうが、氏はあくまで善良な一市民、体制内の立場に立つと称して、来たるべきテロリズムの時代に対しテロリストたちとの対話の姿勢を取りつづけることを提案する。「私の訓戒の要点はこれ一点です」と、ほとんど唯一の解決方法がテロリストたちもまた人間なのだとする認識にあるとする、その論の締め括り方は分かりやすい。現代において分かりやすさはたしかにたいせつな要点だろう。非戦論の立場に立つとは一般に市民の在り方を表明することでもあると教えられる。

テロリズムという原罪

何か分かりにくい点があったろうか。リーチ氏が社会人類学のラドクリフ＝ブラウンの言わんとしたところを、別の仕方で追求しようと言った点に、分かりにくさがあったろうか。ラドクリフ＝ブラウンは違法行為へのあらかじめの抑止効果があるという点で、われわれの法と未開社会のタブーとが共通項で括れると説いて示した。実りがゆたかになり、生活の平穏を保ちつづけたければ、タブーを避けるに越したことはなく、ひとびとが刑法や民法に触れまいとすればするほど、裁判官も警官も暇でらくな商売となる。しかし実際上、超自然的と言ってよい過大な災害をわれわれは避けられないし（そのなかには戦争を含む）、犯罪のないときはなくて、ますます凶悪になる傾向がこんにち見て取れる。抑止効果が限界づきであることをだれもが知らずにはいられない。

未開社会の公的犯罪が殺人でなく近親相姦である、とリーチ氏の言ったことについても難解さはあるまい。ラドクリフ＝ブラウンの考えにもかかわらず、もしタブーが破られたらという仮定によって抑止効果が期待されるというようなオルタナティヴではない。破られてはならない天与の掟であり、もし破られたらどうしようもなくなる。災害を招き、村じたいの存続があやうくさせられる、と破滅を覚悟しなければならない。リーチ氏的に言えば、天と村の生活とのあいだにはコロンブス的情況がよこたわる。宗教的制裁とはまさにこのことの謂いにほかならない。

リーキー／アードリー対談ではないが、ここからさきにものすごい〝困難〟がつづく、というしだいだ。「一九七七年現在」（とリーチ氏は述べる）、〝我々〟西側（にしがわ）に住み、品行方正で、法律に従う、中産階級の市民は、「〝他者〟から、つまり我々の道徳的慣習を受けいれようとしない、あらゆる種類の無法なテロリストたちから、脅かされていることを自覚しています。そして、私たちのなかでもタカ派の人たちは、報復のためのテロ行為を唱道するだけでなく、宗教的な自己の正しさを信じる神に従って実際のテロ行為を行ったりします」。あたかも〝我々〟はモンゴルの大軍が撤退したあとのヨーロッパ・キリスト教徒の立場にいると考えており、けっしてスペイン侵略軍におののくカリブ人の立場に立とうとしない。「いうならば、我々は十字軍に、暴力による混乱にかかわったすべての者に対し報復せよと説教し要請する傾向があるのです」。

一九七七年現在といえば、ベルリンの壁が東西を分かち、冷戦の崩壊など、だれもまだ想像しえなかった。一方で、日本人の関与した事件だけでも、テルアビブ空港襲撃事件（一九七二年、死者二十四人）、ドバイ日航機ハイジャック事件（一九七三年）、ハーグ事件（一九七四年）、クアラルンプール事件（一九七五年）、そして一九七七年九月には日航機ハイジャック事件と、リーチ氏の講演における一九七〇年代的背景の一端である。日本社会ではこれらの〝重大犯罪〟を一過的なテロリズム事件と考えて、忘れてゆく傾向にあるということだろうか。その重大性のゆえに宗教－道徳上の罪と考えるかどうかをも含めて、やはり忘れてはならない原罪的な〝事件〟たちだったのである。

リーキー／アードリー対談のように、リーチ氏の場合ですら、とってつけたような講演の締め括りの言い方という感じかもしれないが、引用しておこう。「私の訓戒の要点はこれ一点です。すなわち、テロリストの行為がどんなに理解し難くとも、我々の社会の裁判官、警官、政治家は、テロリズムが自分たちの仲間の人間が行う行為であって、決して犬の頭をした人食い人種の行為ではないということを絶対に忘れるべきではありません」。

こんにち、戦争形態はテロリズムを中心の一つとしつつあるから、リーチ氏による先見の明をここに〝評価〟しておかずばなるまい。テロリズムを、あるいは対テロリズムを戦争化する人類の最終的な愚行にわれわれは直面している。

二　非人間性の考察

非人間性の限界

〝暴力〟を戦争へ置き換えると、戦争を論じたり、分かったりしたことになるのか。そうではなかろう。〝非人間性〟に戦争を置き換えることにもまた、同じような疑問が生じる。〝非人間性〟が戦争に固有でないことはだれでも分かる。とともに、たしかに戦闘行為のさなかに、あるいは戦争に付随して、非人間性が非常に露骨に出てくる。

引くのもいやな、戦争直後の一話がある（この書物じたいは著名である）。

敗戦当時の満州の様子を報じたある新聞記者の話に——ある地を出る最後の避難列車に、かけつけた父親はからうじて乗れたが、子供は乗れなかつた。汽車はうごき出し、子供は泣き叫びつゝ線路の上を走つて追ふ。父親はライフル銃をとりあげ、照準をていねいにつけて引金を引く。子供はばつたり鉄路に倒れ、まだ身もだえしてゐるやうだが、それもたちまち遠ざかつてゆく。

（桑原武夫「断想」『第二芸術論』白日書院、一九四七）

なぜこの父親がライフル銃を持っているのか、何だか私にはこの話がうそのように思える。だから虚構の話であると私は思い込みつつ、その父親が撃つまえに汽車を飛び降りて、ライフル銃を投げ捨て、子供をひしと抱くべきではなかったかと想念する。非人間性ここにきわまれり、と言いたくなる。ライフル銃をそこで撃つことは暴力行為以外ではない。戦争直後だから、混乱期だから、そんな行為が突発したということだろうか。それでは戦争じたいをどこかで許したことになる。

加藤陽子氏の「敗者の帰還」(『戦争の論理』勁草書房、二〇〇五)によれば、敗戦時、海外にいた軍人は約三百六十七万人(陸軍三百三十万人、海軍三十七万人)、民間邦人・居留民は約三百二十一万人、合計六百八十八万人と算出されている。このような膨大な数の邦人が、一夜にして俘虜・難民と化し、国内にのこされた船舶は撃沈をまぬがれた四十二万総トンだけで、運行のための満足な燃料もない。日本政府は、一九四五年(昭和二十)八月末の段階で、外地民間人の帰還をあきらめ、現地定着を方針としていた。しかるに実際には、軍人の復員、民間人の引き揚げは同年十一月から軌道に乗り、四年後までに六百二十四万人に達した。この数字は九割強が帰還できたことを示している。ソ連管轄下(満州、北緯三十八度以北の朝鮮、樺太・千島)での抑留・強制労働などの例外は無視できないが、たとえば、中国管轄下(満州を除く中国、台湾、北緯十六度以北の仏領インドシナ)の帰還者の、一定地点から帰国までの死亡率が五パーセントにとどまったことは、日本軍の戦時中の「行為」を思うとき、やはりおどろきを禁じえない。加藤氏は以上のように書く。

満州からの帰還であるから、一概には言えないにしろ、ライフル銃によって父親から撃たれることがなければ、その子供は帰還できたかもしれないということである。もしかして何年かかっても、あるいは何十年かかっても、日本を訪問する残留孤児たちの一人となってでも、故国の土を踏むことがいつかできたのではないか。

ライフル銃を向けることはわが子への愛情だったのだろうか。のこし置く子がかわいそうだから撃ったのであろうか。あるいは日本国への忠義心や、ともに帰国する同胞への遠慮から、そんなことを父親はしたのだろうか。日本近世演劇の歌舞伎や文楽のなかに、忠義のためにわが子を殺すようなのがいくつもある。私は学生時代に、歌舞伎や文楽を一日にハシゴしてまで見て歩いたが、あるときからぴたっとやめた。子を殺し家族を殺める（あや）ような近世的道徳（?）に耐えられなくなったのである。古代にも中世にも、それに類する話がまったくないわけではない。しかし佐伯真一氏は書く、「『平家物語』の武士たちは、このように、主君のために息子の首を差し出すような江戸時代の浄瑠璃・歌舞伎の世界とは異なって、息子をだいじにする。息子を捨てて自分の命を惜しむ者も軽蔑されるのであり、そうして名誉を失うよりは死を選ぶわけである」（『戦場の精神史』NHKブックス、二〇〇四）。

非人間性＝戦争そのものではないとしても、戦争においてそれがもっとも悲惨に露出する。終戦直後のみぎの話とはいえ、戦争の延長線上のそれであることは言うまでもない。戦争とは何かという議論じたいをすりぬけてしまうかもしれないにせよ、非人間性に対する告発は非戦への根拠になりうる。非人間性への告発は文学のしごとに深くかかわろう。

『生きてゐる兵隊』

石川達三（一九〇五〜一九八五）の小説「生きてゐる兵隊」（『中央公論』一九三八年三月号、発禁）は、「かなり自由な創作を試みた」（附記）と言え、実戦そして兵士たちの凄まじい実態に迫る。石川は大陸戦線を中央公論社の特派員として見聞し、帰還後十日間でこれを書き、禁固四箇月（執行猶予三年）の判決を受ける。終戦の年、河出書房から出版された（『生きてゐる兵隊』、一九四五・一二）。

「貴様！」とだみ声で叫ぶなり従軍僧はショベルをもつて横なぐりに叩きつけた。刃もつけてないのにショベルはざくりと頭の中に半分ばかりも喰ひこみ血しぶきを上げてぶつ倒れた。

（五三ページ）

従軍僧片山玄澄（登場人物の一人）は自分の寺で平和に勤行をやっているときには、その宗教が国境を超越することを信じていた。インドにおいて、中国において、日本において、同じように信仰されてきたことはそれを証明すると思っていた。従軍を志願して寺を出たときには「支那軍」の戦死者をも弔ってやるつもりだった。しかし戦場に来てみると、戦友の仇（かたき）だと思うからやはり憎い。僧衣をぬいで兵の服を着ると同時に、宗教者の心を失う。「平和な時には彼の宗教は国境を越えるだけのひろさをもつてゐた。戦時においてそれが出来なくなつたのは、宗教が無力になつたといふよりも、国境が越え難く高いものになつて来たのであつた」（五七ページ）。

医学士の近藤一等兵（主人公の一人）もまた自分の「インテリゼンス」を失う。というか、「彼のインテリゼンスは戦場と妥協」（七八ページ）する。

然らばこのはかなき生命現象に執着してゐる吾人の医学とはそも何であらうか。否、吾人の生命とは何であらうか。生命とはこの戦場にあつてはごみ屑のやうなものである。医学はごみ屑にたかる蠅のやうな――彼はひとりで苦笑した。支離滅裂である。彼はあの女の死によつて心

に何の衝動をも受けはしなかつた。（七八ページ）

「あの女の死」というのは平尾（一等兵）が、母親の屍体にすがり泣いてやまない若い女性の胸を、銃剣で三たび突き貫き、ほかの兵もおのおの短剣を持って頭といわず腹といわず突きまくる。十分といわず女は生きていず、平たい布団のようによこたわった。平尾はどうしてそれをしたかというと、女の泣き声に耐えられず、「えゝうるせえツ！」と苦痛から逃れるため、そしてロマンティックな嗜虐的心理から殺戮する。笠原伍長は「勿体ねえことをしやがるなあ、ほんとに！」と笑いを含み、インテリの倉田少尉は伍長のその図太い放言に救われたきもちになる。倉田もまた戦場で確実に変わりつつある、あるいは心を失ってしまったのである。

「勿体ねえことをしやがるなあ、ほんとに！」というのは、誤読でなければレイプ（女性凌辱）がごく普通に行われていたことを暗示する。女性凌辱と殺人とが一体であることを、〝ロマンティックな嗜虐〟であり、インテリ人間たちも戦場においてそれに同意するようになる、と作家は端的にここで言っている。古来、女性凌辱が戦場では意図的と否とを問わず行われていた。その〝ロマンティックな嗜虐〟を支える非人間的な理由を問いかけなければならないだろう。

平尾はさらに乳飲み子を抱いた女を殺す。近藤は、「あの児も殺してやれよ。昨日みたいにな。その方が慈悲だぜ。あのまゝで置けば今晩あたり生きたまゝで犬に食はれるんだ」（八〇ページ）。近藤も人間の心を失ったということだろう。乳幼児を殺すということも古来、知られている残虐な行為であり、戦争とは何かという本質にかかわる。

凄惨な戦闘のすえに南京市内は陥落する。そして中国人女性を使った二箇所の慰安所が開設される。百人ばかりの兵が二列にならんで、一人がバンドを締め直しながら出てくると、つぎの一人がはいる。平尾は言う、「俺はな、女を買ひに行くんではない。商女不知亡国恨、隔江猶唱後庭花というふことを知らんかい。俺は亡国の女の心境を慰めに行つてやるんだ」(一四一ページ)。

慰安所が女の心を慰めるところだという理屈。「亡国の女」の。ここまで言うのかという非人間性のきわまりだろう。著者は語らずして強制連行による女性たちを使った〝施設〟であることを雄弁に語る。平尾の口走る漢詩の一節を私(=藤井)は知らないが、これらもまたすべてを語る、許しがたい引用であると。近藤はこの小説のさいごで日本人女性(芸者)を泥酔のあげく撃ってけがを負わせてしまう。日本人へ向けた銃口という一点にもその雄弁さはまぎれない。

これでもかと筆も折れんばかりに書きつづる曇りない戦争批判の小説だと読むほかはない。皇軍兵士の残虐さ、敵地での戦闘行為を含む各種の虐殺(捕虜を殺すだけではない)、とりわけ女性たちへのそれらをこと細かに描いていった。一部に正当性を主張するかのような描写(突撃する兵士たちの戦闘)や、スパイだから殺してもよいなどの理屈(カムフラージュだろう)があるとしても、小説という方法の「自由な創作」性を駆使して、日中戦争というテクストに織りとられる〝非人間性〟のきわみを著者は描いていった。(校正時の付記〈一一四ページ〉を参照のこと。)

人間性の科学は成り立つか

それにしても〝人間性〟という語を、私はどう使ったらよいのだろうか。〝言葉と戦争〟にとり、やはり重要なことがらである。さきの「特集=戦争」にちらほら見える、「攻撃性は、人間の本性に根ざした、避けがたい傾向であるのかどうか」「このような破壊衝動を持つのは生物のなかでも人間だけであり」「知識人を含む多くの人々が、攻撃性なるものを、「本能」という名の人間性の本性と見なしたがっていることの反映であろうか」「人間性の中に攻撃性を認めることを潔しとしない社会」といった種々の言い回しのうちに、肯定するにしろ否定するにしろ、人間性＝攻撃性とする、安直な論調を見る。それでよいのだろうか。というより、私には果てしない議論の混乱がこういうところにも裂け出てくるように思われる。人間性という語の本来の、もし語が生き物であるならば、語としての〝人間性〟の生き方はけっして暴力をさきだてることになく、そうではなくて何らかの人間的努力により、暴力による解決を乗り越え、あるいは攻撃の回避をもくろみ実現しようとする、つよい思想のうちにあるのでなければならないのではないか。非人間性という語を対極に置くためには、人間性を確立させなければならない。人間性は解決や回避の努力が産んできた思想のほうにあるのではないか。

世界史にしろ（東洋史を含む）、日本史にしろ、歴史の教科書や叙述に見ると、戦争につぐ戦争によって世界がかたちづくられていったかのように見えるために、もしかしたら大いなる誤解がそこに生じている。若い国や強大国にとっては、十年に一度か戦争を起こすことによって、歴史に名をのこす国になれるかもしれないという幻想が生じる。歴史を学ぶ高校生たちは、戦争をなくてはならない必要悪であるかのように思い込むかもしれない。ちがうのではないか。もしかしたら戦争を回避したり、非戦の思想を産み出したり、あるいはぜんぜん戦争らしき戦争のなかったりする、長い時間や国や地方をめぐっても歴史は叙述できるのであり、そうした非戦やさらには〝無戦〟をも歴史に組み込むことが構想されるべきではないのか。

民俗学者柳田國男（一八七五〜一九六二）を持ち出すと「またか」と叱られるのを覚悟で、〝日本民俗学は広義の日本史である〟と言っていた戦後の柳田をここに思い起こす。終戦から十年経ったころ、日本民俗学を民族学的な文化人類学へと編成し直そうという意見に柳田は反発する。しかし柳田の意気に追随する人すくなく、世は民族学や文化人類学の方向へとうごき出す勢いにある。柳田は無力なみずからの民俗学研究所を閉じて、民俗学会の発展のほうへと力点を置き直す。一国の歴史（―日本史）を〝民俗〟＝民間習俗に基底を置こうとする発想は、大胆のように見えて、戦争中心のこれまでの歴史の叙述をずらすことになる。

民族学や文化人類学なら戦争をあつかえるかもしれない。さきに見た通りリーチ氏は人類学者であった。それに対して日本民俗学ではどうやって戦争をあつかうのか、弱点をかかえ込む恐れがある。しかし非戦や無戦をも歴史の一環に組み込んでよいならば、民俗学の新たなる可能性にわれわれは目覚めてよいはずである。学問ごとに戦争に得意不得意があってよかろう。そして不得意だからといって発言権がないとは言えないだろう。

靖国祭祀と戦争

難問（何度目だろう！）にさしかかる。新しいこのたびの『柳田國男全集』（筑摩書房）によってもなかなかすがたをあらわさない、靖国神社祭祀と柳田民俗学との接点である。アジア・太平洋戦争の終わりまで一貫して陸軍省・海軍省の管轄であった靖国神社に、柳田は容易に接近しなかったろう（そんな気がする）。靖国神社七月祭祀（みたままつり、十三～十五日）の創始はなんと戦後の一九四七年からである。なかなか気づかれないが、もし靖国神社が戦没者の霊魂のためにあるとするならば、死者の慰霊にこそ祭祀の中心はなければならない。こんにち、そう思っている人は多いことだろう。しかし実際に「みたままつり」は太平洋戦争後において始まった。これの創始に柳田民俗学は無関係だろうか、そんなはずはないという推測である。

靖国神社と言えば著名な八月十五日は、本来的に靖国神社祭祀と関係がない。テレビの映像や国会議員たちの参拝で有名な終戦記念日前後の行事は、この神社の政治的一側面でしかない。神社祭祀としては四月祭祀（例大祭など）および十月祭祀（例大祭など）がある。ではいわゆる英霊をどのように国家鎮護のための礎石として祀るか、あとに見る臨時大祭の次第によると、招魂式を中心とし、天皇皇后両陛下を迎えて国家的行事となっている。これにより護国の守護神となった英霊たちは片時も靖国神社から離れられなくなる。

大江志乃夫『靖国神社』（岩波新書、一九八四）は著名な歌謡曲「九段の母」を引いている。

上野駅から九段まで
勝手知らないじれったさ
杖を頼りに　一日がかり
倅（せがれ）　来たぞや　会いに来た

（九段の母）

と。つまり母親が「英霊」となった息子に会いたければ九段坂（＝靖国神社）まで出てこいという時代であった。

大江氏の著書からもう一つ、引いておこう。

ヤスクニノミヤニミタマハシヅマルモヲリヲリカヘレハハノユメヂニ（靖国の宮にみ霊は鎮まるも　をりをりかへれ母の夢路に）

（国民歌謡、大江一二三作詞／信時潔作曲）

この作詞者大江一二三は軍人で、大江志乃夫氏の父親である。一九三七年、日中戦争が始まると、ただちに動員が下令された。一二三と同じ部隊に若い見習士官がいた。出征わずか三週間後、将校斥候（せっこう）として偵察に出た初陣で戦死する。血まみれの軍服のポケットに母親の写真があり、裏に「お母さん、お母さん、お母さん……」と、二十四回くりかえされていた。遺骨が郷里に帰り、その葬儀のときに一二三の打った弔電の文面がみぎの短歌「ヤスクニノ……」であった。信時潔によって作曲され、国民歌謡となる。

大江志乃夫氏は書く、「父が歌にこめた思いもおなじであろうが、私がいだいた素朴な疑問は、一身を天皇に捧げた戦死者の魂だけでもなぜ遺族のもとにかえしてやれないものか、なぜ死者の魂までも天皇の国家が独占しなければならないのか、ということであった」（一八九ページ）。母親思いの青年の魂だけでも、「をりをり」でなく永遠に母親のもとに帰ることをなぜ国家は認めようとしないのであろうか。この悲歌はそう詠むだけでも勇気の要る時代だった、氏はそう付け加える。

すぐあとに見るように、靖国祭祀の基本には招魂儀礼があり、遺族を全国からあつめて感涙の渦をつくり出す。全英霊を載せた御羽車が神社にはいってゆくところには感動が頂点に達する。国家の軍事的施設であるから、戦死者たちの終末処理としては厳かな祭祀のあるのがある意味で自然のことと言え、大量の霊魂管理の在り方をこのように目のあたりにして、民俗学者がこれらをどう見るか、柳田が『新国学談』シリーズを書きつづけることのモチーフの一つでなかったとはけっして思えない。とともに戦時下において、靖国的霊魂観寄りへと、柳田民俗学がややその方向を打ち出していったということではないかと私は疑っている。

臨時大祭の次第を、行論上の都合から以下にすこしだけ見てしまいたい。

靖国神社臨時大祭

一九四二年（昭和十七）四月の新聞をそれの縮刷版から読んでみる（『朝日新聞』、五月発行）。靖国神社祭祀関係の記事を中心に追う。夕刊というのは前夜発行するらしい。この月にはインド、セイロン（＝スリランカ）洋上や、マレー半島、フィリピン方面などでの戦闘記事が多く載る一方で、本邦初空襲が東京、名古屋、神戸、和歌山などにあった。真珠湾攻撃の九軍神を祀るというような記事（四月九日）は靖国神社祭祀と連動しよう。

四月十五日　三面に（見出し）「近づく臨時大祭　上京遺族を迎へて　やさしい白襷姿　延人員五万の女性起つ」。

四月十六日　三面トップに（見出し）「臨時大祭　飾る力作廿九点　お土産の「靖国之絵巻」忙しい歓迎準備」〈写真あり〉。一面に（見出し）「コレヒドールの命旦夕　米、死守の希望を放棄　空陸より我鉄火の猛撃」〈写真あり〉「カルカツタ要塞化す　人口半減、防備物々し」。

四月十九日夕刊　一面に（見出し）「けふ帝都に敵機来襲　九機を撃墜、わが損害軽微　沈着な隣組の大活躍（当局幕僚談）」。

四月十九日　一面に（見出し）「我が猛撃に敵機逃亡　軍防空部隊の士気旺盛」「各地区の警報

を解除　名古屋、神戸の被害も軽微」「沈着冷静機敏な処理」、〈写真〉「果敢！敵襲下・隣組必死の消化作業」。三面に〈見出し〉「初空襲に一億沸る闘魂　敵機は燃え、墜ち、退散　〝必消〟の民防空に凱歌」「バケツ火叩きの殊勲　我家まもる女子　街々に健気な隣組群」〈写真あり〉「威力なき焼夷弾」「鬼畜の敵、校庭を掃射　避難中の学童一名は死亡」。

四月二十日　三面に〈見出し〉「〝来い敵機〟自信の布陣〈隣組実戦記〉燃え盛る焼夷弾も十秒で揉み消す　日頃の協力こそ第一」「家をあけるな　防空即生活　必勝の準備へ〈防空局談〉」。一面にちいさな記事で〈見出し〉「非人道な日本爆撃　流石の米でも問題視」。

四月二十一日　一面に〈見出し〉「敵航母三隻空しく退却　僅かに約十機分散飛来　残存機、支那大陸へ遁走」。

四月二十二日夕刊　二面に〈見出し〉「靖国社頭へ着京挨拶　北から南から続々誉の遺族」〈写真あり〉。一面に〈見出し〉「かくて敵機を撃墜せり〈戦闘報告〉千葉、大島沖で猛追撃　遂に命中弾、黒煙を吐く」「米、報復を恐怖」。

四月二十三日夕刊　二面に〈見出し〉「あす・英魂九段へ還る日　遺族三万余を迎へて靖国神社臨時大祭　駅頭・心配る〝慈父〟及川大将、遺族出迎へ」〈写真あり〉。

四月二十三日　一面トップに〈見出し〉「靖国神社今夕厳かに招魂式　神祭神一万五千十七柱」「畏し二十五日行幸啓　大東亜戦下初の御拝」、〈写真〉「招魂式前夜の靖国神社に詣でる人の群」。

四月二十四日夕刊　二面に〈見出し〉「今宵の対面に震ふ胸　招魂式　社頭に集ふ遺族　英霊に捧ぐ赤誠」。

四月二十四日　三面に〈見出し〉「忠霊、靖国の杜に還る　招魂式の儀　浄闇に粛々と御羽車　三万遺族・感動の嗚咽」〈写真あり〉。

四月二十五日夕刊　一面に〈写真〉「靖国神社臨時大祭〈けさ参拝の陸海軍部隊〉」。二面に〈見出し〉「勅使参向・神祭神の栄　臨時大祭第一日・遺族も昇殿参拝」。

四月二十五日　一面に〈見出し〉「靖国神社への行幸啓　両陛下けふ御拝」。二面に〈社説〉「靖国神社に行幸啓」。三面に〈見出し〉「九段の感激　遺族を包む温い手　陸海相夫人も襷の奉仕」〈写真あり〉。

四月二十六日夕刊　一面に〈見出し〉「両陛下、靖国の英霊に御拝」〈写真大きく二枚あり〉。二面に〈見出し〉「咫尺に拝すこの光栄　畏くも御会釈を賜ふ　神域に居並ぶ遺族感泣」〈写真あり〉。

四月二十七日　三面に〈見出し〉「臨時大祭第三日　参拝の人波新記録」。

四月二十八日夕刊　一面に〈写真〉「陸鷲大編隊空より靖国の英霊に参拝」。二面に〈見出し〉「英霊に捧ぐ　〝翼の祭典〟　仰ぎ見る遺族の感激」〈写真あり〉。

四月三十日　三面にちいさく〈見出し〉「靖国神社例祭」。

霊魂のゆくえ

大江氏によれば、靖国神社祭祀の淵源は御霊(ごりょう)信仰にまでゆきつくという〈一一五ページ〉。とするならば、本来の御霊信仰で祀られるのは敗者たちの怨霊であり、それの祟るパワーを利用する、宗教者たちの活躍が祭祀の中心となる。そこまで遡らずとも、全国の生ま生ましい霊社のたぐいをこんにちでもいくらも見かけるし、歌舞伎などでの江戸文化の一角にあっては御霊信仰に取材する演目が喝采を博した（大江氏は「暫」＝権五郎景政、曽我狂言＝曽我五郎、「助六」＝同を挙げる）。

霊魂が空中を飛んで故地にもどるというようなことがあろうか。平安時代は御霊信仰がさかんなころである。奈良時代から引きつづいて、戦争とも言えないような小規模の、政敵を倒しては王権や政権を掌握するたぐいの戦乱ないし戦闘や政変が起きると、あとに怨霊がのこされる。早良（さわら）親王は囚われて絶食死により怨霊化する（七八五年）。平安時代のおもしろさは実際に怨霊たちがかれら生きのこるひとびとの頭のなかに生きていることで、桓武天皇は故早良に崇道天皇の名を追贈して御霊を慰めようとする。霊魂の眠る淡路の墓所へ謝罪の使者を立てる。祟るためには京都へときどき来るのかもしれないが、一般には墓所にいるので、京都へもどってきたということではあるまい。

過去最大の御霊だった菅原道真の猛霊は死地だった太宰府から飛んで京都へ舞いもどったであろうか。時間をかけた宗教者たちの活躍が京都の北野神社の祭祀をしだいにふくらませたのであって、最初は小屋がけ一つであった。崇道と名前のうえで関連があると言われる（保立道久『平安王朝』岩波新書、一九九六）、崇徳天皇は讃岐国に流されて怨霊となり、天狗国に住して大天狗であった。からすの化け物のような大天狗のことだから空を自由に飛んだということだとしても、上田秋成「白峯」（『雨月物語』のうち）に見るように西行はわざわざ讃岐国まで訪ねていって崇徳の霊と問答する。

『万葉集』の防人（さきもり）にしても行路死人[注]になったとき、ただひたすら路傍に息絶えるのであって、死ねば霊魂が故郷をめざすというような信仰は見られない。家人（—妻）は潔斎が足りなくて夫が帰還せぬ場合、どこでかれが死んだかをついに知らないのである。総じて古典に見る限り、古代の死者たちは海外でのかれらにしても、あるいは異土から来て大和の地で果てた死者たちにしても、霊魂が故国へ帰るという気配でありえない。

……海行かば、みつく屍、山行かば、草むす屍、大皇の、へにこそ死なめ、かへり見はせじ

（大伴家持、『万葉集』十八、四〇九四）

著名なみぎは軍事貴族である大伴氏の本領を詠む、名歌と称してまちがいなかろうが、神話時代以来、天皇家の遠征に従駕して傍らに死ぬことをモットーとするのであって、宮都に天皇がいのこって、死ねば霊魂がそこへ還るというような内容から遠く、ともに戦う天皇のためにまっさきに死ぬとのみ詠む。大伴氏ならばそのはずだろう。日本古代文学史は近代靖国の霊魂観を支持することができない。

中世武士たちにしても戦場で死ねば、故郷にのこしてある子孫が論功行賞により所領安堵などにありつくことを、たしかに期待していた。しかし自身の霊魂が帰還してそれを見届けようなどとはまったく思っていない。日本中世文学史もまたぜんぜん靖国の霊魂思想に寄与するところがないのである。

靖国神社の期待する死者たちは、国事で遭難した軍事的なかれらであって、すくなくとも日本・清朝（—日清）戦争や日本・ロシア戦争では〝勝者〟のそれらであった。一八六八年（明治元）の招魂祭で言うと、もはや「御霊信仰の継承とは異質の官祭であった」（大江、一一八〜一一九ページ）。大江氏によると、第一に、祭祀の対象は勝利者である「皇御軍」の戦没者に限られる。第二に、功

成り名遂げ、今生に怨念などのこすはずのない霊魂が祀られる。こうして怨霊ならぬ、慰霊をへて勲功顕彰という性格がつよく打ち出されてゆく。

新たに意味附与された霊魂観に基づき、国民国家レベルでの大量戦死者の終末を彩る、大なり小なり軍神に近い在り方となっていった。むろん、軍神とは近代的な比喩でしかないが、神を一柱、二柱とかぞえることと〝軍神〟であることと〝人柱〟という語とのあいだには連関がはたらこう。死者が神として祀られることと、とのあいだには、言語の詐術がよこたわる。それならもし人間を支配するような〝神〟などいなくなれば、きっと戦争もなくなるのである。戦争を支配する〝神〟をこうやって言葉のうえで生産、再生産してゆくプロセスについて、きちんとわれわれは批判しておくべきだろう。

（注）行路死人は『万葉集』のなかに見られる、道ばたの死者。防人が帰途、行き倒れとなるケースなど。

戦死とはどうすることか

真珠湾攻撃の特別攻撃隊員である、九人の合同海軍葬は、『朝日新聞』一九四二年四月九日号、一面トップに（見出し）「厳かに九軍神の合同海軍葬　芳烈燦と仰ぐ皇国の御盾　遺骨なき若桜の凱旋哀し」とある。軍神云々と安易な語彙ばかりのようであっても、「遺骨なき」という一句には読者に感じさせる何かがあったのではなかろうか。

戦死とは何だろうか。特別攻撃（──現代式に言うなら自爆攻撃）を含め、突撃などでの戦闘死とは何か。内在的に了解できるような定義はとうていありえないにしろ、太平洋戦争末期において、予想される関東地方の連合軍上陸作戦に備え、手榴弾をかかえて戦車のしたに潜り込むなどのことが、ごく身近なわれわれの先輩たちのあいだで真剣に訓練されていたのである。それら自爆を含め、肉体の死がそこにはある。戦場では人体が（動物体の多くにまったく同じだが）、鎧のあいだから刀や槍を差しいれて頸動脈その他の血の動線を断ち切るか、銃弾を利用して内部から破壊するなどによって、人殺しを簡単にできるようになっている。とは戦場に立つと自分がそういう殺害に遭うということでもある。刀を利用するような、外皮から始まる緩慢な殺人では、（戦争ではないが）たとえば歌舞伎の舞台などで死に始めてから死ぬまでに物語上の重要な秘密が死にゆく人の口から明かされたりする。内部にいきなり弾がはいり貫通し、即死するような死に方の場合なら、それはなかなかむずかしい。戦死する人は死ぬ直前まで毅然と、あるいはなさけなくみじめに戦い、撃たれて無惨な死体になることについてはみずから感知できない。だから死の直前までがその人のすべてであって、みずからのうちがわから意識する生である。その生は死と過酷に向き合う、赤裸な、もしかしたら哲学者や宗教者が夢見てなかなか叶えられない、生命の輝いて燃え尽きる一瞬かもしれない。

武士や軍人として生まれ、あるいは武道家などが死を自分の終点として平生から待ちかまえている生には、覚悟のようなことがあるかもしれない。志願して軍隊にはいるということにも擬似的にしろ哲学や宗教があってよかろう。しかし覚悟のないわれわれにも死は平等に訪れる。不本意の徴兵などでの（──引っぱられるという言い方がある）、戦場での死は戦死というより不覚の戦場死であり、戦争による（あるいは国家からの）被殺人というに近い体験となろう。われわれにはしたがって「殺すな」（ヴェトナム戦争時の反戦スローガン〈岡本太郎筆〉）とともに、「殺されたくない」というスローガンをかかげる十分な権利があるはずであり、非戦や無戦にとっての大きな根拠となるはずだ。

「殺すな」「殺されたくない」という思いをはじめとして、家族や両親に永別し、学徒動員で死ななければならない場合などでは、果たせない学問の夢や、文学の夢を断ち切られる。無念であるとともに、無念という思いそのものも断ち切られるのである。学徒ならノートから論文一編、著書一冊をのこすのでなければ無駄死にであり、犬死にである。文学を夢見る青年は執筆するみずからを待たずして国家に身体を捧げさせられるのだから真に蛮行であり、自己への背徳である。遺族や友人たちはその無念を思い、遺品のノートなどを見ては悔しかったろうと感じ、そこに個人の霊魂をたしかな冷気のようにして知る権利がある。しかし死とともに霊魂などほんとうにはどこからもなくなる。死んだら死にきりで、あるのは肉体の死でしかない。故国にのこる家族に受け渡せるのは火葬して戦友の手許にのこる遺骨その他の遺品であり、それなら可能な限り持ち帰られなければならない。家族がそれを見て思い出のよすがとするならば、そこに生前の霊魂の延長があるとは言える。靖国神社に霊魂が還っているか、扉をあけて見るとなかはからっぽだと思う。霊魂そのものをそこに見いだすというような幻想は、日本民俗学からも、日本文学史からもなかなか証明できない。

戦場における殺人と被殺

くりかえそう。

ない霊魂を持ち帰ることはできないが、遺骨なら死とともに生じたのであり、戦友のしごとはこれを故国へ送り届けることが義務づけられる。遺骨意識はきわめてつよい性格を持つのであり、これを民俗学的ないし民間宗教的だと言うことは許されよう。たとえば沖縄戦後社会では執拗にシャーマン（ユタ）により遺骨収集が行われていた。

日ロ戦争当初の戦死者の遺骨は白木の箱に納めて遺族に手渡されるのでなく、紙やハンカチにくるむか、タバコの空き缶にいれて遺族に小包で郵送された（大江、一二二ページ）。日中戦争時でも、『生きてゐる兵隊』によると（九〇～九一ページ）、行軍の兵の何分の一かは戦友の骨を持って歩いていた。ある上等兵が背中に結びつけた戦友の遺骨は竹の筒にいれて綿畠の綿を毟って詰めてあった。はじめは白木の箱にいれて抱いていたが、戦闘が始まるとその白さを目標にして撃たれるのだという。またある兵は缶詰の空き缶を洗ってそのなかに骨を納め、背嚢にいれていた。かれらは遺骨に対して親しい何かを感じていた。この骨そのものが生きているように思うのである。というよりもむしろ、自分が生きているのは仮のすがたであり、今日のうちにでもこの骨と同じになることを感じていたのかもしれない。かれらが生きている遺骨なのかもしれないのであった。かくて戦死した兵と生きのこった兵とは相携えて南京へと迫ってゆく。

自爆攻撃にはその遺骨のないことが特徴となる。

こんにちで言えば、自爆テロである。現代での戦争がテロリズムの様相を呈していることはだれの目にも明らかであって、そのなかに自爆攻撃を含むことには何らかの共通する観察点があろう。すでにリーチ氏の言説にふれて考察した通り、テロリストたちの愛は自爆によって殺される人たちへおよばない。一日に平均百人ずつ死者が出ていると言われるイラク情勢のなかでの、すくなからぬ死者が自爆テロによる無辜の住民たちである。

自爆は自分の身体を戦場とすること、その戦場で自身を被殺体とすることだから、遺骨の有無を除けば戦死の本性と異ならない。戦争が一般の住民を巻き込むことにおいても、その本性は変わるところがない。ここにおいて戦争における、先陣争いや総攻撃、吶喊、斬り込みそして玉砕といった〝戦法〟とまったく同断である。武士や軍人は戦場で殺人者になるとともに、自分が被殺を甘受するかもしれない相対的存在である。戦争の本性に、この、殺人だけでなく、殺人されることによって自身を戦場に捧げる、自己犠牲という在り方のあることが分かる。

厳密に自己犠牲と言うべきでなかろう。国家や共同体と自己とが一体であることを幻想し切ったときに、その感情や行為が澎湃（ほうはい）として起きる。人身犠牲（供犠）などという語のほうがふさわしいと思うが（高橋哲哉氏の言う「犠牲」〈『国家と犠牲』NHKブックス、二〇〇五〉でもよい）、そこへ行くまえに〝国内〟での戦争感情の在り方をすこし見ておく。日ロ戦争開戦直前や戦時下でも見ることのできた現象を、われわれにはより近い対米・英戦争（太平洋戦争）の開戦のときに、はっきりと見ることができた。

銃後の酔いしれる幻想群

二、三項まえに、「人間を支配するような〝神〟などいなくなれば、きっと戦争もなくなるのである」と私は書いてしまった。実際、一国民が支持しなければ、個々のAという戦争、Bという戦争は始まらない。国際関係での二国（ある国家と別の国家と、ある共同体と別の共同体と）のあいだ、多国間での戦争ということがリアリズムだとしても、一国家、一共同体内部での戦争支持が足りなければ戦争は起きない、ということもまた一つのリアリズムでなければならない。これはある意味でおもしろいことだ。戦争する共同体のうちがわからの支え方が、遠い戦場と〝一体化〟（むろん幻想である）するのだから。国土じたいが戦場と化す幻想も、その遠さのなかではきっと酔いしれる要素である。情報を多く絶たれ、一国や共同体内部からの発想だけで生きぬく主体の幻想ということかもしれない。

帝国陸海軍は、今八日未明、西太平洋に於いてアメリカ、イギリス軍と戦闘状態に入れり。

一九四一年十二月八日のラジオの放送が、国内のもやもやを一掃したのだという。高村光太郎がこの放送を聞いてランビキ状態の頭となり、熱烈な戦争支持を表明することになる詩作品〈戦争詩〉は有名である。「天皇あやふし。／ただこの一語が／私を決定した。……」（「真珠湾の日」部分）。釋迢空（―折口信夫）もこの日ののち、戦争を支持する短歌をたくさんつくった（歌集『天地に宣る』〈一九四三〉がある）。二十四日には大政翼賛会会議室に三百五十名もの文学者があつまり、皇軍の武運長久を黙祷したあと、高浜虚子が宣戦の大詔を奉読し、菊池寛座長のもと、参加者の質朴な雄弁はしばしば場内を発作的な激情に突き上げ、尾崎喜八のごときは自作の詩を朗読しつつ感情きわまって流涕したという。

みぎの放送を聞いて、「いかにもなるほどなあ」という感じで、一種の名文だとすら思っていたのが小林秀雄だ。「日米会談といふ便秘患者が、下剤をかけられた様なあんばいなのだと思つた」（「三つの放送」『現地報告』一九四二・一）と、えらく汚い比喩である。この「三つの放送」は YARIMIZU HOME PAGE というホームページではじめて紹介され（二〇〇〇・二）、新版『小林秀雄全集』第七巻に収録され、昭和文学会二〇〇三年秋のシンポジウムで話題になったという（曾根博義「十二月八日――真珠湾――知識人と戦争」『國文學』二〇〇六・五〈特集・戦争と文学〉）。

日米会談といふものは、一体本当のところどんな掛け引きをやつてゐるものなのか、僕等にはよく解らない。よく解らぬのが当り前なら、いつそさつぱりして、よく解つてゐるめいくの仕事に専念してゐれば、よいわけなのだが、それがなかくうまくいかない。あれやこれやと曖昧模糊とした空想で頭を一杯にしてゐる。その為に僕等の空費した時間は莫大なものであらうと思はれる。それが、「戦闘状態に入れり」のたつた一言で、雲散霧消したのである。それみた事か、とわれとわが心に言ひきかす様な想ひであつた。

（小林）

河上徹太郎もこのように書いたという、曾根氏からの引用だが、

太平洋の暗雲といふ言葉自身、思へば長い、立腐れの状態にあつた言葉である。今開戦になつてそれが霽れたといつては少し当らないかも知れないが、本当の気持は、私にとつて霽れたといつてゐゝ程のものである。混沌暗澹たる平和は、戦争の純一さに比べて、何と濁つた、不快なものであるか！

（「光栄ある日」『文學界』一九四二・一）

と。孫引きついでに、つぎは加藤陽子「戦争を決意させたもの」（半藤一利ら編『あの戦争になぜ負けたのか』所収、文春新書、二〇〇六）からの引用である。

歴史は作られた。世界は一夜にして変貌した。われらは目のあたりそれを見た。感動に打顫へながら、虹のやうに流れる一すぢの光芒の行衛を見守つた。……

（竹内好、『中国文学』八〇、一九四二・一）

小林も河上も竹内も、みずからは〝自虐〟と認めまいが、いまから見れば知識人として〝知識〟への裏切りであり、自己からの敗北である。対米・英開戦は長く「蓄積されてきた抑圧感・鬱屈感の爆発的な解放」（瀬尾育生『戦争詩論』平凡社、二〇〇六）であった。「解放」（「開放」がよいかもしれない――吉本隆明『私の「戦争論」』ぶんか社、一九九九）とは何だろうか。国家の戦争へとみずからを解き放つ（開きっ放しにする）ことであり、戦争の本質としての供犠に立つことを意味する。このような、自己を中断する感情は戦場での身命の捧げ方に似る。国家への供犠をみずからの思想史の放棄で捧げるという図ではあるまいか。

現実の戦争というリアリズムは、さきに「靖国神社臨時大祭」で『朝日新聞』を読んだように、一九四二年四月十八日に第一回の本土空襲を受けている（襲撃した軍人の名をつけてドゥーリットル空襲と言うらしい〈死者全国で五十人〉）。東京で言えばその後、百十二回の攻撃で、三百九万九千四百七十七人が罹災し、九万四千二百二十五人が亡くなった（『日本空襲〈記録写真集〉』毎日新聞社〈一九七一〉による）。全国の都市では沖縄県那覇市を除き、百十三の都および市で九百六十四万七百七十一人が罹災し、五十万九千四百六十九人という死亡者数である（同）。広島・長崎の原爆投下（それらの周到な〝練習〟段階の空襲で模擬爆弾投下が約五十発あり、大きな被害があったという）、そして〝本土決戦〟が沖縄で行われることを、開戦時に想像もしえなかった小林、河上、竹内らは無罪放免だろうか。かれらは放免かもしれないとして、かれらの〝自虐〟のうちに本土空襲（―決戦）までが〝予定〟されていたことを、あとから指摘もできないような小林秀雄論、あるいは竹内好論の現在こそがこんにち追及されるべきだろう。

戦争はどこにあるか。答えがだんだん出揃ってきたように思える。

不可避性とは

戦争の起源について考えよう。

さきにリーキー／アードリー氏の「戦争の起源」論に対して不満を漏らした以上、私なりにこのあたりで言わずばなるまい。そのまえに、起源か始原か発生か、言い替えるとorigin（起こり）かbeginning（始まり）か、といった視野についてもわずかに言及しておく必要がある。後者beginningはエドワード・W・サイード氏の著書の題名にあるが、それにこだわらず個々の始まりを意図し、したがって個々の戦争が視界にある。前者originは多分に史前史的考察や思弁的考察を内包する、「戦争とは何か」への解答である。後者は回避されうる戦争への考察であり、前者は戦争のほとんど不可避性を論じるという特徴となろう。日本語では起源というと原因をさぐる感じであり、始原は原始（―未開）という語を思い浮かべることができ、発生という語は生物学的である。「戦争の起源」という場合、人類にとりほとんど不可避としての戦争を原因において考察するということとなろうか。

けれども、不可避性の指摘にとどまるのかという深い言問いである。不可避性を言い当てることはそれを克服するための治療口にならないのだろうか。ほんとうに不可避なのだろうか。始原ということで言えば、人類が原始性を持ちこらえてきたことは、歴史上、不可避的であった。と同時に原始性のうちから人間性と非人間性とをしだいに分けて自覚していった数万年、数十万年の流れのあったことを、われわれは過小評価できない。発生という言い方で言うと、生物体が発生とともに、死をも不可避とすることは言うまでもない。その死は自然死や不自然死を含め、おびただしい文学と哲学とを、そして医学や生理学の基礎を形成していった。

戦争もまたその意味で不可避的なのであろうか。あえて始原や発生やを言わず、「戦争の起源」ということの選択のうちには、そういう不可避性を容認する点で変わりないものの、起源という語のうちに潜む、選択し返した積極性もまた感じとられないことだろうか。

譬えがまちがっているかもしれないが、海洋プレートは密度のちがいのために大陸プレートのしたに沈んでゆく（プレートテクトニクス理論）。プレート運動により地殻内で応力が局所的に高まり、岩体の剪断破壊強度を超えて断層が生じ、あるいは既存の断層がうごくと大きな地震になる。地震の〝原因〟である。地震の歴史だけを見てゆくと、何かだいじなことを見落としそうになる。通常地震を起こさないぐらいにプレートが強固な岩盤であったり、局所的には衝突しているかもしれないプレートが全体的には行ったり来たりしていたり、小規模のエネルギーの無数の放出により数千年でも数万年でも地震を起こさずにいられる〝構造〟である。戦争と地震とは類推できるかどうか、あまり自信がないけれども、回避する〝構造〟のうちに絶えずわれわれの日常生活があることは、〝原因〟があるにもかかわらず回避できるということであり、ある点まで両者は非常によく似る。そんな譬えを考えてはいけないのだろうか。

身体論としての人類祖型

カンブリア紀の三葉虫の齧られたあとのある化石は、ほかにも捕食動物があるはずだから、かならずしもアノマロカリスによるしわざではないと言われる。すくなくとも同種（という言い方は曖昧だが——）の三葉虫が三葉虫を食うということはなかった。捕食関係が同種間でなかなか起きることのないことは生物界の数億年以上まえからの定めだったろう。鎧や兜をまとった生物体たちは他種属からの防衛として発生した。推測だが、先カンブリア紀の軟体動物たちにしろ、他種属から食べられることで一部の同種属の存続を図ったか、ふらふらと泳いで捕食されることをまぬがれたかしたろう。脊椎のある動物はバージェス頁岩（アノマロカリスも早い段階の三葉虫もそこに見いだされる——）中にすでに見つかるようである。骨格を持ち、外皮を持ちながら、攻撃されればそれらは破れたり折れたりして、生物体としての死を簡単に受けいれる。脊椎動物たちは肉部や内臓部を捕食されつつ自己の生存を図るタイプを選んだことで、大きく発達していった。人類は哺乳動物のなかでももっとも新来に属するかもしれない。

人類はダーウィン（一八〇九～一八八二）やエンゲルス（一八二〇～一八九五）のころに、数十万年規模のものさしで発生から現代までが計測された。現在では数百万年単位でヒトニザル（類人猿）とはちがう人類祖型ないし人類の祖先が化石として発見されて、非常に長いものさしを必要としている。人体は「人類以下の動物」の形態に由来しつつも、最優勢の動物であり、心的諸能力において甚大なひらきが見られる（ダーウィン『人間の進化と性淘汰』長谷川眞理子訳）。サルの人間化成にあたって、直立歩行により手が自由となり、労働をまっさきに成立させ、ついで社会成員が支援しあい協力しあうための、語るべき言語を成立せしめた（エンゲルス『自然の弁証法』「〔X〕サル〔猿〕の人間化成に当っての労働の役割」）。エンゲルスの影響下に梯明秀氏は人類祖型あるいは人間祖型と言っていたはずだが（『社会の起源』青木書店、一九六九）、サルと別に、現生人類以前の、「人間化成」期間はなんと数十万年から数百万年である。

現生人類にかれらの特徴をのこしているはずで、そうでなければダーウィンとともに、それらの祖型人間たちを人類として認める理由がない。私は私の祖型たちと時間をへだてた会話をするほかないが、社会人としてのかれらが心的諸能力においてほかの動物たちと相違するところを、現代人から考察してかれらに尋ねあてるしかない。化石人類の探求者たちがあとを埋めてくれることであろう。

部族や家族という、ごく原始的な共同体内部から人身犠牲＝供犠を出すことが、数万年でも数十万年でもくりかえされたろう。死んだ家族を食べるというようなことでもよい。あるいは殺して子供を食べたり、死なせて親を食べたりというようなことも、人類祖型はしていたかもしれない。何か一般の動物のしないことをしていたという推定がいま必要なのである。食べないまでも殺人といえば、現代において家族間や知り合い同士ということが非常に多いそうだ。太古からの人類風習をのこした同類間の殺行為だと見るのが正解だろう。そんなのは人身犠牲と言えず、ある種の宗教感情を伴ってのみ真の人身犠牲と言える、ということかもしれない。なるほど何らかの同類殺人を含む、家族や仲間の死が宗教感情をしだいにはぐくんで、埋葬することへ移行したと見るのでよかろう。その人類の祖先だけがしていた同類の殺行為を外部に向けると戦争になるのではないか。

人身犠牲の分かりにくさ

現代人に感情的に非常に分かりにくいのが、この人身犠牲ということである。人身を犠牲として捧げるとは、完成形態として見ると神や天帝を認識したことから起こる（殷王朝などのように）、ごく普遍的な人類史上の事実であったろう。もっともヨーロッパ人研究者のあいだでは、真の神に対する信仰でなく、先住民族などでの宗教的儀礼と習合した、精霊的な信仰として行われた、という見解になる。『民俗学の話』〈ベヤリング・グウルド、今泉忠義訳、大岡山書店〈一九三〇〉、角川文庫〈一九五五〉〉は「犠牲」という一章をもうけて、遊戯唄のたぐいのなかに犠牲者を選定する仕組みが隠されていることなど、古来、人身御供(ひとみごくう)の行われたことを前提にして、叙述がなかなか詳しい。ベヤリング・グウルドはむろん、ここでフレーザーの『金枝篇』〈一八九〇初版刊〉を引く。今泉氏から引くと、「祭祀は、神霊の慰撫よりも寧(むし)ろ魔法的な分子を含むことが多い。願望は、犠牲を捧げて神霊を慰めることによつて達せられるのではない。祭祀を行へば直ちに具体的な結果を見せられなければ承知ができない」。こうして人身犠牲が「英国のやうな夙(はや)く文明の進んだ国にも」〈＝今泉氏のあとがき〉、名残りをとどめることとなる。

　おぞましいという語がある。人身犠牲のおぞましさそのことを感知し、忌避したくなるところに、人類史が育ててきたもう一つの感情はあったはずで、日本でいえば神道祭祀のすくなくない場合は、古い人身犠牲の名残りをとどめつつ、それらにとって代わる巫女的存在や男女の神懸かり役を配することで、現実上のそれらを停止させるところに成立してきた。『古事記』の八岐大蛇(やまたのおろち)譚も弟橘媛(おとたちばなひめ)伝承も、何らかの祭祀の起源説明神話だろう。多くの神社神宮の祭祀の本性について、私は人身犠牲を停めさせるような力学がはたらいて成立した神学の成果だろうと見ている。著名な尾張の大国玉神社〈最近では六車由実氏の『神、人を喰う』〈新曜社、二〇〇三〉がこれを論じる〉や、あるいは諏訪大社には後代にまでそのダイナミズムを窺えそうで〈かつて古部族研究会編『古代諏訪とミシャグジ祭政体の研究』〈永井出版企画、一九七五〉というレポートがあった〉、近世に至るもかならずしも諸国の裸祭りのたぐいや何やのなかでは人身犠牲のたぐいが完全に過去のものとなったと言いにくい。

固有信仰においてごく普通にあった人身犠牲を、仏教が伝来して押しとどめた、漸次それを衰退せしめたかのように論じたのが宗教学者の加藤玄智である（「宗教史と仏教史」『仏教史学』一編二～三、一九一二）。それにすぐに反論したのが柳田國男だった（「掛神の信仰に就て」『仏教史学』一編八、一九一一、『柳田國男全集』二十四）。柳田はしかし反論するのに、人身犠牲に関する伝説や説話を豊富にあつめたから、かえって読者にはそれらの風習がかつて日本社会の隈々に広く行われたことを想像させせられるかもしれない。事実、柳田その人がのちに肯定派となり、『一つ目小僧その他』（一九三四）を書くに至る。

高木敏雄「人身御供論」（一九一三）は、当初の柳田に同じく否定的であるものの、一部にそれを認める口ぶりでもある。「すべての水界と空中界と、まだ人間の勢力の範囲内になっていない陸界の一部分とは、神の領分である。人類社会の発展はこの神の領分の縮小圧迫である。領分の縮小圧迫は神に対する侵害である。この侵害に対して、神は相当の防禦手段を取ることもあれば、相当の犠牲を人類から得て満足することもある」（高木『人身御供論』、山田野理夫編集、宝文館出版、一九九〇版より）。この高木の発言をうけて〝自然破壊〟に結びつけた、このごろの好論に秦康之氏による「自然破壊と人身供犠」（中村生雄・三浦佑之・赤坂憲雄編『狩猟と供犠の文化誌』森話社、二〇〇七）がある。

人身犠牲と狩猟とはここがちがう

人身犠牲というと、本人はいやいやだろうというような、われわれの感覚をさきだててしまう。以前にカパコチャ（人身御供）の犠牲となったインカの少女フワニータを百貨店の美術館で見て私はそう考えてしまった。わけも分からず殺される少女ではなかったか。神意を籤で調べたり、志願させたりという犠牲者の選び方だったろう。水難避けの人身犠牲は近世にもあったかもしれず、以前に青森県のある寺で、絵馬に明らかにそう見える人を積み荷と一緒に用意してある大型廻船を見たことがある。たしか持斎とあった、あのような人をいったいどうやって選び、船に持ち込んだのだろう。本人承諾のうえではなかろうか。何よりも人柱や殉死の事例のうちには志願や覚悟の死という要素があって、戦争に向かう兵士たちの心意に通うところがあると、注意を怠りたくないように思う。

強制される「志願」、強制される「覚悟の死」とはまことに言語上に矛盾と言うほかないけれども、人身犠牲であることとの表現である。人間集団同士がぶつかって戦争になることには、共同体内部の人身犠牲を拡大したり外化したりして得られる要素が潜んでいる。戦場へ出ればあいてを殺すかもしれないが、味方には戦死という人身犠牲を出すかもしれないことが予定のうちにあろう。原始的な戦争だと双方に死者が同数出た段階で和解するというようなルールすらあると言われる。大量死を双方に予定する人身犠牲の実行として戦争は近代に受けつがれたろう。ごく現代の米国軍隊のやり方は味方の損傷を軽微とするゲーム感覚の形態をとると言われる。米国軍隊は同時に敵方の死者数をかぞえないなどの方法によりバランスをとっている。大量の犠牲者を出すことをそれらの操作によって隠蔽する措置であると言えよう。大量の犠牲者が現代の戦争で出ていることに目を蔽われてはならない。

だれもがよくやる推定があるとしたら、狩猟と戦争の起源とをすぐに結びつけて、人身犠牲と狩猟との関係をそこに安易に考えるというような考え方だろう。もしそれらが通説になりそうなら、つよく疑問を提出しておいてよい。狩猟は捕食のために動物(魚ほかを含む)を取る(アイヌ語では「いじめる」)のであって、それじたいが儀礼の対象となるから、唱える、動物身を祀るなどの行為を伴う。生け捕りしてたいせつにこれを飼い、最大の儀礼によって送るイヨマンテ(熊送り)、猪狩りの所作を行う沖縄の海神祭(ウンジャミ)(「山のウムイ」を唱える)など、儀礼の本質は狩猟にあって、それらの儀礼によって共同体じたいが守られる。それらに対して人身犠牲は、共同体の儀礼のために行われる行為であり、その一部であって、狩猟とはまったく性格の異なる起源である。従来そこを混同してきたことに対して、かなりつよく咎めだてをしてよいのではないかと思う。

火の起源、料理の起源、近親相姦、戦争の物語

類推すべき感情や在り方をなおいくつかアトランダムに挙げてみよう。われわれが非常に、あるいは普通に嫌悪する(とは近代ないし現代人としてだが、古代王朝人なんかもそうだったろう——)感覚に(と勝手に想像して挙げるのだが)、

(1)火をあつかう際に周囲に気をつけ、むだな火遊びは戒める。火であることをつよく意識させられる。忌み火という民俗もある。

(2)おいしい料理に向き合うと快楽をおぼえ、腐った肉や野菜はにおいを嗅ぐだけで嫌悪する。後者は食べないようにする。食料のあるものを忌むという民俗もよく観察される。

(3)蛇が気味悪い。虫を好かない。(個人差があるにしろ。)

(4)異性のきょうだい間で性交しようと思わない。同様に家族間の性的関係を一般には考え

ない。

（5）人肉を食べる話（たとえば大岡昇平『野火』、武田泰淳「ひかりごけ」）を読むことにはつよい嫌悪感を伴い、吐き気という生理現象でしばしば説明される。

と、五点挙げてみた。心的反応がつよいと想像される種類の項目である。レベルのちがいそうな話題をならべてあるから、乱暴と言えば乱暴ながら、これらをもし「本能」と言うならば、「本能」の起源を知りたいと言い換えてもよい。数十万年、数百万年規模の人類祖型において、（1）〜（5）がそのままじだいに育てられたのではあるまい。真実は逆だろう。つまり他の動物たちと決定的にちがう人類をみずから育てるためには、（1′）火に追われながら生活した、（2′）肉野菜を無差別に食べた、（3′）虫やとりわけ蛇と格闘していた、（4′）きょうだい間で性交した、そして（5′）人肉を食べることがあった。それらの原始生活のなかから、人類の知恵として、好悪の感情やタブー意識（（1）〜（5））がしだいに、あるいは一転して獲得されると、人類と言ってよい真の誕生を見ることとなろう。

そのとき、火の起源、料理の起源、龍や怪物との闘争や祭祀の起源、近親相姦の神話、カニバリズム（食人）の神話などの、大量の神話文学がわれわれの祖先にもたらされる。戦争もまた王権そのものの起源神話とともに、神話群のうちの主要なそれとなって文学のうえに大きく君臨する。こんにちに至るまで戦争と文学とは切っても切れない関係をとりつづけている。

ウルクの町のギルガメシュの、最大の友人エンキドゥは粘土からつくられた人間で、全身に毛を持ち、髪は垂れ、獣の皮をまとって野獣とともに歩き回り、草を食べ、小川の水を飲んでいた。美女の誘惑を受けて、野獣にもどれない人間であると自覚する。ギルガメシュとともに、神の森の杉の木を守る（一つ目の）怪物フンババと戦い、ドアで手をけがする。天の牡牛を退治して帰還するものの、エンキドゥは自分が死すべき運命にあることを知り、人間社会にあってすべてが闇だったわけではないと悟りつつ、死の国へ向かう。〝世界最古の物語〟からして、このように神々も勇士もひとびとも争い、ある人は傷ついて死ぬ（『世界最古の物語』H・ガスター、矢島文夫訳、社会思想社、現代教養文庫、一九七三）。

『ギルガメシュ叙事詩』は、「世界最古」の物語と言っても数千年規模のものさしで計る程度であり、またガスター氏による整えられた再話テクストで読む限りでだが、怪物退治のモチーフをはじめとして物語は高度に完成しており、エンキドゥが神々からの処罰として死ななければならないことは、共同体内部での自己犠牲というモチーフをギルガメシュとの友人関係に置き換えて語っていると見られる。そこに文学としての成立があるということを雄弁に教えてくれる。数千年規模で見るなら、われわれは神話時代を生きているのであり、戦争の真因ならば神話時代から変わっていないとの思いに駆られる。

戦争の問題と医療の問題

戦争を論じることのむずかしさは、進化しつづける細菌やウイルスに挑む医療行為や生命科学の果てしなさに似ている。戦争を論じる書物や著述たちを、読んでその表紙を閉じたとき、じつにしばしば戦争じたいが無傷で通りぬけているのを見ると、根絶宣言されない、巨大な細菌やウイルスが黒い空からあざ笑うかのようだ。むろん、そんなことを言うのは一感想にすぎない。しかし戦火で負傷する一般市民や子供たち、難民キャンプでの疫病発生や劣悪な健康状態に対して、医師団が国境を越え（ビアフラ戦争〈一九六七～一九六九〉後の「国境なき医師団」の設立は一九七一年）、あるいはヴォランティアたちが医療活動を試みる報道に接すると、かれらの献身は戦争の問題と医療の問題とが接近し、曖昧領域を産み出していることを教える。戦争は進化、と言っていけなければ変化しやまない怪物性を現代に最大限、発揮しつつある。神話時代の怪物を髣髴（ほうふつ）とさせると言ったら私はあまりにも不謹慎だろうか。

戦争はどんな意味でも政治的現象の延長でなくなってきたし、まして百年戦争（十四～十五世紀）や、薔薇（ばら）戦争（一四五五～一四八五）のリチャード三世の死（一四八五年）のときのように、英仏間の国境や国民意識がしだいに互いに育てられてゆくとか、名誉を守りながら王朝が交替して果てるとか、そんな古典的な戦争観からもう切れて、かえって現代の戦争は非合理的な神話性や聖性、あるいは〝供犠〟性をまでもあぶり出している。前世紀以後の、われわれにとっての近代合理主義の限界を尻目にみずから変貌しつづけることこそが現代のそれらだろう。

〝国家〟が戦争の原因ないし装置だろうか。むろん、ここで言う国家とは広義であって、内戦（南北戦争〈一八六一～一八六五〉はAmerican Civil War〈内戦〉）といえども〝国家〟間の戦争である。生成する〝国家〟とからんで起こるのが内戦であり、そこからは細菌の食い荒らしたような複雑な〝国境〟と、大量の具体的な難民とが発生する。現在進行のダルフール紛争（二〇〇三～）も、数十万か百万単位の国内避難や国境を越える難民を産んでいる。心ある医師団は——ヴォランティアも助産師も——そうした国境を踏み越えてすすむ。

国家は人権や財産権を保護する起源をも持つとすると、両義的でこそあれ、一方的に暴力的起源に収まるはずがない。マルクス主義的にはなるほど〝国家は暴力装置〟であり、国家が変形菌（粘菌）となって生き生きとした暴力装置としてふるまうことこそ戦争である。国家という二つの貌はまぎれもなく変形以前の貌と同一の変形後のそれとでしかない。第ゼロ次世界大戦である三十年戦争（一六一八～一六四八、ヴェストファーレン条約〈ウェストファリア条約〉に終わる）後に見る、神聖ローマ帝国の領有図は粘菌の這い回ったあとを見る観がある。いま第ゼロ次世界大戦と言ってしまったが、それから約三百年後の、一九一四～一九一八年における、世界大戦という際の「世界」の語の意味もまたヨーロッパであり、戦場全域がほぼ当時の〝世界〟＝ヨーロッパだったから世界大戦（第一次、欧州大戦）である。第二次世界大戦（一九三九～一九四五）は文字通り、世界大戦として世界各地で戦われた。

戦争変形菌

善悪という分け方は軍事理論でごく普通に行われる。『孫子』（孫武、前五世紀）は最善を論じたが、戦わないという選択はそれ（＝善の善）であるとか。「一つの悪徳を行使しなくては、政権の存亡にかかわる容易ならざる場合には、悪徳の評判など、かまわず受けるがよい」（マキャヴェッリ『君主論』、一五三二）といったマキャヴェッリ語録からの断章取義には、イタリア戦争（一五二一～一五四四、マキャヴェッリは一五二七年に死去）などの歴史がぬけ落ちてしまうから、ほどほどにしておこう。「……戦争の罪悪なること、而して我邦が今日戦を為すに至つたのは、已むを得ずして戦ふのである、文明の為に戦ふのである、正義の為に戦ふのである、戦争の為に戦争をするのではないといふ点は考へて置かなければなりません」、これは鳩山春子の有名な文章だという（斎藤美奈子「戦争を知らない子どもたち」より孫引き、小森陽一・成田龍一編『日露戦争スタディーズ』紀伊國屋書店、二〇〇四）。戦争は悪だという言い聞かせはこんにちでも、やむを得ずそれを受けいれるという通俗論理として一般に見られる。なさけないと言うほかないが、本人の昂揚感とは別の一種の自虐だろう。

軍事理論というとカール・フォン・クラウゼヴィッツ（一七八〇〜一八三一）の『戦争論』（一八三二序、岩波文庫）が著名である。〈一、戦争の本領は原始的な強力行為であり、ほとんど自然的本能と言えるほどの憎悪や敵意を伴う、二、〝確からしさ〟と偶然とのあざなわれた博戯だ、カルタ戯に酷似する、三、政治の道具としての従属的性質を帯びる〉。古典的著述としてはそれでよいかもしれないとしても、憎悪や敵意とは何かなど、われわれの知りたいことに何も答えてくれない。戦争の主観的性質、つまり指導する将帥たちは、バクチのような危険な戦場で勇気がもっとも卓越したはたらきを示す、と論じられるのを読むと、ばかばかしくならないか。なぜこんな本がこれまでよく読まれてき、実際の戦略戦術のために利用されてきたか、残念である（森鷗外が一枚嚙んでいるとか）。

国家がでなく、戦争が善を悪へ変え、悪を善へ変える。変えるということのなかに、しかしけっして変わらない要素がある。戦争が何もかもを変形させるという、その変形させる仕方だけは太古からこんにちまで変わらない。リーチ氏が言っていた、「法律では殺人は犯罪ですが、戦争では義務です。通常、法律は財産所有者の権利を保護するように働きますが、戦争はそれらの権利を剝奪するのが慣例です」。そうではないだろう、戦争のさなかで、殺人を犯罪から義務へと変形させるのである。財産所有者の保護は剝奪へと変形させられる。戦時において正反対になるのでなく、犯罪が義務へと粘菌のように変形する。寄生して生きるのがウイルスだとすれば、それに似て（ウィルスは自身で生きられない）、剝奪するために保護をいったん停めるかのように見せかける。

まるで神話時代の現前だが、劇作のシェイクスピアにしろ、われらの近松にしろ、あるいは読本作家馬琴の勧善懲悪にしろ、善を悪へ変え、悪を善へ変える戦争によって、戯曲そして文学を大胆に成立させる。絶対的な善悪で割ったり、哲学や文学に一方的な正義を押しつけたりなどあるべくもなく、またなすべきでもない。舞台や文学作品がそんな決めつけをはねつけるという立場こそはかれらに共通する。

三　終わりを持続させるために

リアリズムとは

われわれは現に世界で進行中の戦争の惨禍を報道などで耳にしたり、ニュース写真などによって目にしたり、新しい文学にふれたりして、あらためて戦争について考え、あるいは論じなければならないと、真剣に思い詰めるときがある。思い詰めることじたい、じつに正しいし、何とか論じたり答えたりしようとする思いには、われわれの人間らしさが潜む。

教室で慰霊の日（六月二十三日、沖縄戦の終戦記念日〈組織的戦闘の終わり〉である）などに、先生が突然、発問してくるかもしれない、「きみたちは戦争をどう思うか」と。生徒たちは先生の紋切り型の質問に対して、何とか答えようとし、あるいは論じようとする。

けれども、答えたり論じたりしようとすると、それもまた紋切り型の応答や議論をしか用意できないもどかしさに陥る。「それは許されない暴力行為であり、人間性の喪失である」と生徒たちはたとえば答える。現代の教室だと、かれらは反論さえしてくる。「日本国内へ攻撃ミサイルが飛んできたらどうするのですか」と。あるいは「侵略軍隊が多量に上陸してきた場合、先生はそれでも〝暴力〟に反対するのですか」などと。

いきなり侵略への恐れと自衛とから、軍備をやむをえずに肯定したり、そういう意味での戦争を容認したりする考え方は、まったく非現実的に近い幻想でしかなかろう。なのに先生たちは生徒たちのそのような反論に対し、なかなか説得しがたくなり、きっと難渋する。先生なら若者文化のなかのさまざまな幻想を解きほぐさなければならない、いまこのときだというのに。

どうなのだろうか。歴史は百年をかけてくりかえす、ただしかつてなかったような、想像もできない仕方で。二十世紀という戦争の世紀を、二十一世紀のいまからくりかえそうとしているのだろうか。「ひとくちでいえば、リアリズムとは、戦争を国家による政策の合理的として認める、古典的な国際政治の仕組みである」（藤原帰一『戦争を記憶する』講談社現代新書、二〇〇一）。リアリズムとしては十分に来たるべきアジア戦争のプランを描いてよい。「日本国内へ攻撃ミサイルが飛んできたら」という見通しが非現実的なのである。「侵略軍隊が多量に上陸してきた場合」とは、もうそのあとがない、弥果て（いやはて）の寒々としたたわごとだろう。リーチ氏がラドクリフ＝ブラウンを批判したように、タブーはそれを冒されたらという仮定の問題でなく、冒されることがあってはならない前提としてある。

すでに述べたように、タブーが冒されたらという仮定のもとに、それを抑止効果として法や慣習があるというのが社会人類学のラドクリフ＝ブラウンであった。そうじゃないとリーチ氏は言う。ある部族にとってタブーが破られた証拠として、村落に豪雨なり干魃なりがつづき、農作物は流されたり、乾し上がったりして、生活そのものが立ちゆかなくなり、ひとびとは流亡し、ついに滅亡する。こんにちで言うならば、〝隣国からの侵略〟は抑止のために使ってはならない仮定である。あってはならないことであり、こんにちのアジアでもしそれがあれば最終段階であるから、そんな仮定のもとに日米防衛ラインで抑止効果を構想することじたいがおかしい。抑止のための防衛ラインを構想する考え方じたいが、ありえない非現実を前提にする倒錯だとわれわれは鋭く見ぬくべきときに来ている。

「他国が攻めてくる」、えっ？

若者たちをつよく縛りつけている幻想の一つに、他国（特に隣国）が攻めてくるというのがある。それらはこんにちの幻想にすぎないと私は強調する。近未来小説にはそんなのがたしかにある。歴史上のこととして、軍記物語（『平家物語』など）を学生たちと一緒に読むと、予告なき夜討ち、急襲のたぐいがいくらも出てきて、武士たちがいわゆる枕を高くして寝ていられない描写にはなかなか現実性がある。絵巻物にはそういう場面が生ま生ましく描かれる。かつて行われたとされるトゥバットミ（村落規模の掠奪）のことを、一通り私のアイヌ語文化論のなかではふれなければ済むまい。他国が攻めてくるというようなこんにちの幻想に対して、歴史上の知識は何らかの根拠を与えてしまいかねない。

『戦場の精神史』（佐伯真一）についてはさきにふれたが、戦場のフェア・プレイならぬだまし討ちがいかに多いか、興味深く描いている。佐伯氏の本は「武士道という幻影」を副題に持つ。この副題は誤解を招くと思われない。出しぬいたり、うらをかいたり、ちょっとした日常的陰謀、犯罪である詐欺や、敵対的買収、贋物製造に至るまで、社会生活での「だまし討ち」がむしろ一般であるはずだ。球技から「頭脳プレー」を奪ったら何がのこるだろうか。それらは戦争や戦場の「ルール」と別個にして考えなければならない。武士道なるものは近代での幻想的所産にすぎないと指摘したことが氏のこの本の大きな功績である。

内田樹氏は、大学の教室で日本国憲法第九条の問題を話し合っていて、改憲賛成という学生諸君が一様に、「改憲しないと、外国が侵略してきたときに対応できない」という、改憲派の議論を論拠としていることを知る。


「どこが侵略してくるの?」と訊いてみる。

みなさん一瞬ためらってから「北朝鮮」と答える。

「北朝鮮が日本を攻めてくると困るので、九条を改定して、交戦権を確保しておく方がいい」

というロジックがひろく普及しているらしい。

たしかに北朝鮮が攻めてくるようなことがあると、とても困る。

私も困るし、あなたも困るし、たぶんキム・ジョンイルも困る。

「みんなが困る」ような外交的オプションは選択される確率が低い。

だから心配するには及ばないと申し上げる。


（内田「憲法がこのままで何か問題でも?」『9条どうでしょう』毎日新聞社、二〇〇六）

内田氏はこのあとに、「日米安保条約というものがある」と加える。氏の文章のなかにみぎのような学生諸君とのやりとりのあることは、新しい加藤典洋氏の「戦後から遠く離れて」という書き物（『論座』二〇〇七・六）を通して知った。

内田氏が直面するような若者との対話は、大学のみならず、高校でも、中学でも、教師たちのしばしば経験する、いまの教室風景である。若者たちはかならずしも仲間のうちの少数者でなく、「改憲しないと、外国が侵略してきたときに対応できない」と真剣に述べてくる。かれらの〝意見〟は家庭での親たちの会話の受け売りであることが実際に多いようだ。

不戦条約の〝戦争の放棄〟

日本国憲法第九条は、さきの私の『湾岸戦争論』（一九九四）での主要な論点の一つでもあった。日本国憲法は戦後社会に学童として、生徒として成長した私にとり、くりかえし学習してきた原点の一つである。

このごろになって、その条項が不戦条約と言われる、パリ条約（Pact of Paris、パリ不戦条約、「戦争抛棄ニ関スル条約」）の文言によく似るという指摘が気になりだした。

一九二八年八月のパリ不戦条約（十五箇国署名）はむろん、戦争拡大を防ぐためという趣旨で締結された。しかし第一次世界大戦後の列強が自国の植民地を守るためのものでもあった。これが各国の自衛のためという利害において一致した国際法だということは（スペインのようにただちに自国憲法に取りいれたケース〈一九三一〉もあったという）、こんにちの日本社会での憲法改正論議のありようにまで、かげを伸ばしてくる。

前文

國家ノ政策ノ手段トシテノ戰爭ヲ卒直ニ抛棄スヘキ時機ノ到來セルコトヲ確信シ……

第一條　締約國ハ國際紛爭解決ノ爲戰爭ニ訴フルコトヲ非トシ且其ノ相互關係ニ於テ國家ノ政策ノ手段トシテノ戰爭ヲ抛棄スルコトヲ其ノ各自ノ人民ノ名ニ於テ嚴肅ニ宣言ス

第二條　締約國ハ相互間ニ起ルコトアルヘキ一切ノ紛爭又ハ紛議ハ其ノ性質又ハ起因ノ如何ヲ問ハス平和的手段ニ依ルノ外之カ處理又ハ解決ヲ求メサルコトヲ約ス

第三條　本條約ハ前文ニ掲ケラルル締約國ニ依リ其ノ各自ノ憲法上ノ要件ニ從ヒ批准セラルヘク且各國ノ批准書カ總テ「ワシントン」ニ於テ寄託セラレタル後直ニ締約國間ニ實施セラルヘシ

……

（戦後日本政治・国際関係データベース、東京大学東洋文化研究所・田中明彦研究室による）

たしかに、これらの前文や条項は、軍備を自衛のために認める措置であるから、戦争の目的を大きく規定し直したことになり、世界は意に反して第二次世界大戦への道をひらいてしまう。不徹底さと罰則規定のなさとがいかに惨害を広げるか、反省点だろう。

日本国はこれの一九二九年の批准・公布にあたり、「其ノ各自ノ人民ノ名ニ於テ嚴肅ニ宣言ス」（第一条）の箇所を、天皇大権に違反することとして賛否両論あり、この字句について「帝國憲法ノ條章ヨリ觀テ日本國ニ限リ適用ナキモノト了解スルコトヲ宣言ス」（帝国政府宣言書）るに至る。いわば〝国体を護持して〟批准したということとなろう。批准当初からして、この不戦条約が大きな縛りであると感知されたことを意味する。その後の満州事変（一九三一年九月）を、日本がわは自衛のための措置であると主張し（一九三二年には満州国建国宣言）、国際連盟が非難決議をすると、一九三三年の日本の脱退に至ることなど、周知のことに属しよう。パリ不戦条約が機能しなかったという指摘では不十分だろう。機能しようとして挫折する条文のなかに反省点を嗅ぎとる必要がある。

永遠平和のために？

戦争の放棄として知られる日本国憲法第九条を、パリ不戦条約の第一条〜第三条と比較してみる。

第九条　日本国民は、正義と秩序を基調とする国際平和を誠実に希求し、国権の発動たる戦争と、武力による威嚇又は武力の行使は、国際紛争を解決する手段としては、永久にこれを放棄する。

2　前項の目的を達するため、陸海空軍その他の戦力は、これを保持しない。国の交戦権は、これを認めない。

比較すると、パリ不戦条約のまさに徹底深化として、2項が加えられたと知られる。厳密に言うと、1項がパリ不戦条約から持ち越しの〝戦争の放棄〟であり、2項が日本国憲法の特色である

〝戦力の不保持〟〝交戦権の否認〟であった。そういう歴史的なパースペクティヴのある日本国憲法第九条の構造だということが知られよう。

〝戦争の放棄〟は不戦の一環であり、諸他国の憲法にもありえてよいが、〝戦力の不保持〟〝交戦権の否認〟は〝戦争の放棄〟を超える徹底であり、日本国憲法にのみ見られる特徴であるとされた（参照、長谷川正安『日本の憲法』岩波新書、一九五二、九〇ページ）。そうすると、この特徴はパリ不戦条約と日本国憲法とのあいだの決定的な相違点であって、前者を不戦とするならば、後者をそう呼ぶのでは不足である。よって〝非戦〟という語をここにおいて用意することは至当だろう。

国際的な協約じたいが事態の延期であり、無効へ帰せられることは、カント（一七二四〜一八〇四）の批判した、バーゼル条約（平和条約、一七九五）のみだろうか。なるほど、「将来の戦争の種をひそかに保留して締結された平和条約は、けっして平和条約とみなされてはならない」（カント『永遠平和のために』、一七九五）。たしかに、パリ不戦条約にしろ、つかのまの「休戦」と「敵対行為の延期」とのあとから、それの抑止効果の期限切れとともに第二次世界大戦は勃発した。しかしながら、サン・ピエール、ルソー、そしてカントらの平和連合の構想[注]は、平和条約が一時しのぎである（「だまし討ち」を将来に密かに留保する？）のに対して、持続的であろうとする。『永遠平和のために』と「永遠」が冠せられた理由はそれだ（実際には墓碑銘らしい〈さらに旅館の看板にあったキャッチコピーだったとか〉）。カントにこれを書かせたバーゼル条約は実際に〝無効〟へと最終的に回収されるまでに、十年を持ちこらえた。同様に、パリ不戦条約は第二次世界大戦へと回収されたとしても、戦前の国際連盟に代わる、国際連合を発足させる一方で、好意的、揶揄的に「世界遺産」（コメディアン太田光氏の語、中沢新一・太田光『憲法九条を世界遺産に』集英社新書、二〇〇六）と言われる、日本国憲法第九条を世にもたらした。

（注）岩波文庫版の解説（宇都宮芳明、一九八五）によると、カントの念頭には「一八世紀初頭に永遠平和の実現のためにヨーロッパ諸国連合を提唱したサン・ピエールの名が浮んでいたことであろう」。「ルソーの『サン・ピエールの永遠平和論抜粋』（一七六一年）などを通じて、すでに早くからサン・ピエールの平和構想を知って」いた。

ポツダム宣言受諾

総力戦の終結とはいえ、日本国によるアジア・太平洋戦争の終結が、ポツダム宣言受諾であり、けっして和平交渉や条約があとに引き継ぐといった代物でなかったことを、きちんと歴史上にわれわれは認識できているだろうか。

三十年戦争以来の、戦争行為―和平交渉―戦争行為―和平交渉―戦争行為―和平交渉というくりかえしは、まさにクラウゼヴィッツの「戦争とは他の手段をもってする政治の継続」という語を思い出させる。植民地戦争もまたそれをくりかえす。アヘン戦争（一八四〇〜一八四二）、南京条約（一八四二年）、アロー号事件（第二次アヘン戦争、一八五七〜一八六〇）、天津条約（一八六〇年）、北京条約（同）というように。あるいは仏安戦争とサイゴン条約とをくりかえしたあと、全面的な清仏戦争（一八八四〜一八八五）をへて、天津条約（一八八五年）によりフランスによるインドシナ植民地が完成する。日清戦争（一八九四〜一八九五）の場合は下関講和会議に終わった。

戦争犯罪という考え方は当初、生まれていなかった。いわゆるジュネーヴ条約は「傷病者の状態改善に関する第一回赤十字条約」（一八六四年）、ハーグ陸戦条約は一八九九年の万国平和会議の採択で、陸戦についてルールを定めた（一九〇七年に改定）。後者については日ロ戦争後になって日本国も批准する。戦時国際法と戦争犯罪とは表裏一体と見なせるかもしれない。

総力戦というやり方は都市に惨害をもたらし、多くの一般民衆の人命を損傷する。空からのゲルニカ爆撃、南京爆撃、重慶爆撃、東京、大阪、ドレスデン、……広島、長崎。絨毯（じゅうたん）のように一面に敷く爆撃である。一方、沖縄戦（一九四五年四月一日～）は地上戦として戦われ、死者（日本国がわ）二十万人を超えるとの統計もあり、沖縄県民の三人か四人かに一人が死亡した。一九四四年段階では県民の疎開計画が百八十七隻による六万人余の県外移住というかたちでなされた（対馬丸の遭難もあった）。一九四五年三月の米軍による沖縄完全封鎖後は脱出路を絶たれ、四月一日、米軍上陸後、凄惨な死者の墓場と化した。日本軍による住民への「自殺」関与もあり、集団自決の記憶は体験者が生きる限りつい昨日のこととして消えようがない。学徒動員（ひめゆり隊、鉄血勤皇隊ほか）により若者たちが死にさらされたことの悲惨とともに、皇国教育や死の教育を担った教師たちの責任を見逃してはならないと言われる。六月二十三日、守備隊が全滅して沖縄戦は終わった。

玉砕という語がある（対語は「瓦全」）。一九四三年という早い段階に始まり（アッツ島）、著名なのだけでも、タラワ、ビアク、サイパン、テニアン、グアム、アンガウル、ペリリュー、中国南部や国境地帯、硫黄島にあって、近代国家の戦争行為のために、身命を捧げさせられる〝犠牲〟集団であった。一九四五年に至り、日本全土に玉砕の危機が現実上のものとなりつつあったと認識しなければならない。千島、小笠原、沖縄以南を防衛ラインとして、それらでの戦闘により、遅延させながら本土決戦に備えるということだろう。戦艦大和は沖縄に向かって出航すると、南海洋上に巨体をのたうちまわらせて役割を終える（四月七日）。米国の作戦では九州南部の制圧（一九四五年十一月か）、一九四六年三月の関東地方制圧というプランであったとされ、日本がわでも九州および関東の湘南や九十九里浜が防衛の重要地域であったという。手榴弾を持って上陸用戦車の近づくのを待つための塹壕をつくるにとどまり、防衛陣地まではつくる余裕がないというから、文字通り玉砕である。敵上陸を許しては義勇隊として恥だから、われわれの屍のうえに上陸なり何なりしてくれ、という意味しかない。

よく知られるように艦隻はほとんど航行不能に陥っており、地上兵力を立て直して三百万人の軍人・軍属と、国民義勇戦闘隊約二千八百万人が中心である。大本営をどこかへ地下深く移すものの、本土決戦突入後は命令系統・通信線を確保できるであろうか。軍需工場の稼働は考えられないから、現有する以上の武器などの補給は考えられない。もとより国民義勇戦闘隊はよくて抜刀しかなく、一般には竹槍をしごいて突撃し、〝玉砕〟するしかない。大本営なる存在は〝国体護持〟のためにのみ設営された神殿だという本質しかのこるまい。全滅する大本営から運び出される戦死体をうずたかくあつめて、もう日本人のほとんどいなくなった焦土でだれがそれらの祭祀をすればよいのだろうか。

本土上陸作戦は中止されたと言われる。中止の理由が原爆の〝成功〟にあったとしたら、これほど両都市にとって痛ましいことはない。とともに、第三発めの原爆投下候補地は京都であったとか、どこそこであったとか、数発が用意されていたという。本土決戦と原爆投下とがオルタナティヴ（どちらか選択）であった。七千万の日本人のどれだけが一九四五年末までに生きていられることか。迎え撃つ日本がわの作戦には幾段階かあるとしても、さいごは挙軍特攻であり、一兵をのこさず死ぬという〝作戦〟だ。あとは古代カルタゴのようにして、日本本土全体が聖地（＝墓地）になるということか。そうなっても〝日本人かく戦えり〟という美名だけは歴史に永久にのこるだろうと、けっしてすくなくないひとびとが考えていた。記憶とはそういうことのために使われるということか。

ここにおいて生者も死者も一つである。日本がわからの留保として、プライド＝国体護持のみを押し立てての、無条件降伏、ポツダム宣言受諾であった。根限り尽くしての総力戦の果てに、自己処罰も自虐もあるはずがなく、〝命(ぬち)どぅ宝〟＝生者にはさいごの生命の一掬(いっきく)が、死者には洞窟のような眠りが、分かち与えられた。

議論を尽くすべき憲法

再建日本のプランに憲法そして教育という、二つの側面の希望がのこされていたと指摘したい。こんにちの改憲論議がその基本を忘れないようにしてほしいと思うや切だ。日本国憲法は大日本帝国憲法（旧憲法、明治憲法）を廃止して施行された。大日本帝国憲法は天皇について、

第一条　大日本帝国ハ万世一系ノ天皇之ヲ統治ス
第二条　皇位ハ皇室典範ノ定ムル所ニ依リ皇男子孫之ヲ継承ス
第三条　天皇ハ神聖ニシテ侵スヘカラス

以下つづき、天皇大権については、

第十一条　天皇ハ陸海軍ヲ統帥ス
第十二条　天皇ハ陸海軍ノ編制及常備兵額ヲ定ム
第十三条　天皇ハ戦ヲ宣シ和ヲ講シ及諸般ノ条約ヲ締結ス

とあるように、国の元首たる「天皇」に関する規定が十七条見られる。日本国憲法もまた冒頭からして「天皇」条項である。内容上、前者を後者へと改正したのであり、どのように改定されたか、顧みられる必要がある。

日本国憲法第七条を見ると、

第七条　天皇は、内閣の助言と承認により、国民のために、左の国事に関する行為を行ふ。

とあって、その具体的内容は〈一　憲法改正、法律、政令及び条約を公布すること。二　国会を召集すること。三　衆議院を解散すること。四　国会議員の総選挙の施行を公示すること。五　国務大臣及び法律の定めるその他の官吏の任免並びに全権委任状及び大使及び公使の信任状を認証すること。六　大赦、特赦、減刑、刑の執行の免除及び復権を認証すること。七　栄典を授与すること。八　批准書及び法律の定めるその他の外交文書を認証すること。九　外国の大使及び公使を接受すること。十　儀式を行ふこと。〉と定められる。

大日本帝国憲法の天皇の国事から、軍隊を統帥し、特に第十三条の宣戦布告をするというしごとが新憲法で削除される。これは大きな変更であって、そのことの徹底として、天皇の国事行為として「戦争」を奪うばかりか、「日本国民」にもそれを認めないとする第九条の趣旨がある。大日本帝国憲法の「天皇」から日本国憲法の「天皇」へと、権能を大きく書き換え象徴天皇制と化すことの延長上に、旧天皇から国事行為としての戦争を奪って第九条で徹底させる。日本国憲法の第一条〜第八条と第九条とがセットであって、一〜八のつぎに九が来る、分かりやすい序数である。日本国憲法の冒頭部分がそのような構造を持っていることは歴史的なパースペクティヴから説明できるということだ。

国民主権と基本的人権

前文を思い出そう、「政府の行為によつて再び戦争の惨禍が起ることのないやうにすることを決意し、ここに主権が国民に存することを宣言」して、この憲法は確定された。唯一、戦争に言及する箇所である。注意点としては被占領下であるにもかかわらず、この憲法にはいっさいそれ（＝占領体制下にあること）を匂わせる文言がなく、独立国として国民主権の独立国家であることで徹底されている。これはサンフランシスコ講和条約締結後に実質的に発効する憲法だということかもしれない。

国民主権であるに伴い、天皇は国民総意の象徴であるとされた（第一条）。文法上の主格は「天皇は……」「天皇は……」と、天皇が主格であるにもかかわらず、第一条〜第八条によっても日本国民が戦争をできないように規定されていると分かる。第九条は前文に同じく「日本国民は」という主格へとって返し、第十条「日本国民たる要件は、法律でこれを定める」、第十一条以下の基本的人権の条項へと緊密につながってゆく。十九条「思想・良心の自由」、二十条「信教の自由」、

二十一条「言論・出版の自由」、二十三条「学問の自由」。

基本的人権は、合衆国憲法（一七八八年発効）、フランス革命の人権宣言（一七八九年）以下、各国のあらゆる憲法に書き込まれる人類普遍の獲得物であり、大日本帝国憲法下においてすら、近代史上のいわゆる護憲運動がこれの擁護であったことは要点である。国民主権の最初は革命下のフランス人権宣言であったかと思われる。

第九条は日本国憲法のなかにあって、歴史的に、そして構造的にも、がっちり組み込まれて容易にうごかすことができないと知るのである。ある意味で象徴天皇制に守られていると、皮肉な見方をしてもよいが、第九条が平和の構造とでも言うべき人類的主張のピークになっていることを、やはりこんにちの時点でしっかりと評価しておくのがよかろう。万一、趨勢が何らかの改憲条項を求めることのほうへなだれても（多数意見がなだれ的に造成される事態は歴史上にいくらでも見かける）、議論を尽くしておけば尽くされた評価のなかから歴史はきっと再獲得されてうごきだす。

日本国憲法はＧＨＱ（連合国軍最高司令官総司令部）からの押しつけ憲法だろうか。昭和二十年代の学童だった私はこれの前文や基本的人権の条項を暗記して、いわば血肉としながら成長した。ＧＨＱによる押しつけ憲法だったのか。日本国憲法制定に至る経過を私はたしかにそののち学んだし、考えもした。けれども押しつけだとの実感はまるでなくて、私は自分の幼少時からこれを選び直していたのである。昭和三十年代にもなると、教育評論家たちが、ことあるごとに昭和二十年代の教育を目のかたきにすることが、不思議でならなかった。あれぐらい自由でめちゃくちゃな学童教育の時代は、それ以前にならもちろんだが、そのあとにも見られない。教育界をずっと渡り歩いてきた私のこれは貴重な証言である。当時の教師たちはうろたえながらも、「第一次教育使節団報告書」（一九四六年）の概要を読むなどして勉強会をひらいていたろう、目に浮かぶ。

冷戦のもたらした真の悲劇

太平洋戦争後の戦争は東南アジアに、インドシナ戦争（一九四六〜一九五四）、インドネシア独立戦争（一九四七〜一九四九）と、死者の数を出しつづける。フィリピンの独立（一九四六年）。インドとパキスタンとの分離、独立（一九四七年）。中国全土での内戦状態は一九四九年、中華人民共和国と台湾（中華民国）とに。朝鮮半島（韓半島）は分割統治され、大韓民国と朝鮮民主主義人民共和国（北朝鮮）とに。独立ないし侵略への抵抗が成功していない事例としてはチベット動乱（一九五六年）。

一九五〇年（昭和二十五）六月二十五日に朝鮮戦争が勃発する。

これは学童たちにとっても衝撃であった。太平洋戦争は完全に過去になったはずだから（と教えられてきた）、戦争をくりかえしてはならない惨禍として学童たちはつよく認識していた。二度と戦火のない社会をきみたちは生きてゆく。そう教えられ、「新しい日本の将来はきみたちの双肩にかかっているのだ」と、教師たちからも、どの大人たちからも言われつづけて育つ。教師たちはそれを学童たちに言うほかにすべがなかったろう。教室には父親を、そして長兄を戦争で亡くした同級生が何人もいて、かれらの家に遊びにゆくと祭壇に遺影が祀られていた。

朝鮮半島の衝撃は日本社会でのいわゆる特需景気（土嚢袋〈麻〉、軍服、軍用毛布、テント、鋼管、鉄条網、コンクリート材料など、そして食料品、車両修理などの発注、ずっと遅れて兵器生産が始まる）をもたらし、米国のアジア政策の転換にリンクして日本の（沖縄島などを除く）独立国化がつよくうながされ、朝鮮戦争のさなかに、一九五一年九月のサンフランシスコ講和条約（平和条約とも）が、まさに急速に締結される。紅白の菓子が学童たちの机に配られ、小学三年生だった私の眼にも、あれよあれよとおどろく国策の転換であり（とわれわれは受け止めた）、日本社会はふたたび脱亜入欧の文化を辿ってゆくことになる。アジア諸国を低く見ようとする社会の傾向は、東西冷戦の西側へと日本が位置づけられてゆくことと表裏の関係だったようにいまにして思える。この条約には日本を含む四十九箇国が署名し、ソヴィエト連邦（ソ連）ほか二箇国は署名しなかった。

冷戦つまり冷たい戦争は、真の戦争、ないし戦争状態なのだろうか。定義上、これ（＝冷戦）をも戦争や戦争状態に組みいれては、言語上のあらゆる比喩が比喩でなくなってしまう。だから冷戦は戦争の回避でなく、純粋な準備と見るべき状態であり、なかに情報戦をも含む。朝鮮半島は分断国家となり、ソ連の支援を受けて北朝鮮が大韓民国への侵略を開始する。この戦争には義勇軍の名目で中国軍が参戦する。アジアでの戦争が太平洋戦争終結後、つづくなかでの、五年をへて起きたこの大戦争は、東西冷戦がもたらした真の悲劇と言うほかない。金石範『火山島』が描く済州島民虐殺（一九四八年以後）も、開戦以後にあったとされる韓国内部での大量虐殺も、冷戦は昂じて戦争に変わるとき同胞同士の戦闘を平気でやらせるのだ。

一九五三年七月二十七日、全土に荒廃と死者の数とをもたらしたあと、休戦協定が調印された。

時、それは持続の哲学

冷戦は東欧諸国を併呑し、一九四八年のベルリン封鎖をへて、東アジアでの朝鮮戦争という代理戦争をもたらしたのである。ありえないはずの、あってはならない戦争突入であった。ヤルタ会談（一九四五年二月）の在り方を含め、ソ連の攻勢という人類史上の愚かしい選択が、スターリン主義体制下につぎつぎに起きた。ナチス・ドイツによる非人道的犯罪、原爆の使用という非人道的行為、そしてスターリン主義体制による大虐殺は、二十世紀前半に集中する無惨なアナクロニズム、つまり人間的時間への、歴史が冒した取り返しのつかない、（神の？）誤読ではなかったか。

「戦争の世紀」だと言われる二十世紀の前半は、歴史が流れを失う、途絶する、そこに停止させた、ありえないはずの時間の停止であった。有為の文学者や研究者が銃殺や自殺によって人生を閉じさせられるのは、まったき個人での時間の停止としてである。ニコライ・ネフスキー（『月と不死』の著者、一八九二〜一九三七）は柳田國男・折口信夫と親交があり、宮古島の歌謡も、かれの手によって研究された。帰国してスパイ容疑か反革命罪かで家族とともに銃殺されたという。ヴァルター・ベンヤミン（思想家、一八九二〜一九四〇）はナチスの手を逃れようとして果たさず、自殺する。「アウシュヴィッツからあと、詩を書くことは蛮行である」というテオドル・アドルノ（一九〇三〜一九六九）の言は、正確な引用をできないものの、あまりにもよく知られている。時間の停止を世界が受けいれたと、アドルノ氏は言うのだろう。われわれは同意できることだろうか。「流れや流動として時間を捉える考え方」に抗して、真に時間の持続を回復させるためには死を起点とする、とエマニュエル・レヴィナス氏は述べる（『神・死・時間』合田正人訳、法政大学出版局、一九九四）。死の哲学だけがわれわれと向き合えるようになって二十世紀後半はある、ということにちがいない。

実存主義哲学（サルトル〈一九〇五〜一九八〇〉を代表とする）がそれらのなかから生え出てきたのを知って、日本戦後文学者たち（野間宏ら）も、学生たちも、必死になって飛びついた（私はその尻尾を摑んだ一人だったと自分で思う）。アルベール・カミュ（一九一三〜一九六〇）の著述は文字通りの、そしてサルトルの『自由への道』もまた戦時下の文学であると言える。つまりフランス国はインドシナ戦争をへて、アルジェリア戦争（一九五四〜一九六二）を終えようとしたとき、ようやくにして〝戦後〟文学を、そして哲学を真に始まらせる。一九六三年前後が構造主義哲学の開始と見られることには、それが戦後であることの象徴点ではなかったかと思い至らされる。

基地、女性、子供たち

日本社会では〝戦後〟がいつごろ始まり、そしていつごろより終わろうとし始めたのだろうか。サンフランシスコ条約によると、それが日本国と連合国とのあいだの戦争状態を終わらせ（それまで戦争状態だったのだ）、日本国民の主権を回復させ（独立国化する）、朝鮮半島の独立を日本が認識 recognize する、領土を確定する。沖縄、奄美、トカラ、小笠原諸島は米軍の施政権下にはいる。それらのことを条約は定めていた。一九五二年四月二十八日、条約は発効する。同時に日米安全保障条約も発効する。占領軍が在日米軍に変わると、日本国は西側に位置する極東の一基地国となっていった。五月一日には血のメーデー事件。

一九五三年に出された、いくつかの書物がある。これらの本はいまの子供たちのために禁書にしたいほど、なかみに希望がなくて痛々しい。1、『基地の子』（清水幾太郎・宮原誠一・上田庄三郎編、光文社、四月）、2、『基地日本』（猪俣浩三・木村禧八郎・清水幾太郎編著、和光社、五月）、3、『夜の基地』（神崎清、河出書房、九月）など、類書はなおたくさんあるであろう。1（副題「この事実をどう考えたらよいか」）と、2（副題「うしなわれいく祖国のすがた」）とが、子供たちの証言をあつめながらの著作であり、3（帯に「基地問題の決定版！」）もまた子供たちを救えとの思いから書かれたという。

3のなかに、おどろくべき記述が見られる。終戦の二日後の八月十七日、東久邇宮内閣が成立し、翌十八日には、内務省警保局長から庁府県長あて、無電通牒で、外国駐屯軍慰安施設等整備要領というのが発せられていると。「性的慰安施設／飲食施設／娯楽場……、営業に必要なる婦女子は、芸妓、公私娼妓、女給、酌婦、常習密売淫犯等を優先的に之を充足するものとす」。占領軍の上陸まえに施設を用意してしまえ、という下達であった。「優先的に」とあるように、命令の出所である副総理から「日本の娘を守ってくれ」と、警視総監へ依頼があってだ、と神崎氏は書いている。

朝鮮戦争に出兵する兵士たちの性的基地となるに至って、さらに事態が加速されたのではないか。私は当時、奈良市にいて、いまの平城宮址あたりに歓楽街が忽然と生じ、ツーピースやドハデな化粧の女性たちが米兵とたわむれながら歩くさまに、戦後という現実を子供ながら受け取らざるをえなかった。大阪あたりから米兵はやってきて、休暇が終わるとまた戦場へ向かうらしかった。そういう女性（パンパンと言った）よりも、女性たちをあつめてくる男性のほうが数が多かったとも聞く。

　　赤き色この布をまとひ今夜からと夕べはひとり涙の眼をして

とは、『この果てに君ある如く』（副題「全国未亡人の短歌・手記」、中央公論社、一九五〇）のなかの一首である。

女性と子供たちとをまさに文字通りの〝犠牲〟として戦争が進行するさまに、本質として残虐さがある。戦争行為が古来、許しがたいレイプ（女性凌辱）を伴うことには、戦争と女性凌辱との楯の両面といった性格がある。『日本書紀』は戦争のいっぱい記録された、戦記文学として読むことができ、なかに女性凌辱の記事を含む。『将門記』のような軍記物語には女性凌辱もあれば、子供を含む女性焼殺もある。幕末維新期の戦争にもレイプの報告がある。戦争には乳幼児を殺すという側面もあるようであり、レイプとともに原始戦争以来の人類史に理由を求めるべきかもしれない。侵略者たちが男性中心である場合に、敵方の男を殺し、女は性的に隷属させられるといったような。乳幼児はその場合、殺されることとなろう。外国人従軍慰安婦を戦場先に〝用意〟するという制度の起源には、みぎのような凌辱史をさしおいて考えられない。

文学においても、研究においても、女性の立場からの女性史学や女性文学史、女性性の探求が独自になされねばならない主な理由がここにある。性差を完全に無視したり、解消したりする文学や学問は当分、幻想でしかないと思う。

不思議なことに、「もはや戦後ではない」とか、明治百年とか、戦後生まれが過半数を超えたとか、そういう喧伝をはじめとして、言うのは完全に言論の自由であるけれども、戦後を終わらせようとする〝言説〟が澎湃（ほうはい）として起こるたびに、けっして戦後を無にしてはならないという反省もまた執拗に出てくる。女性史学や女性文学史から、軽視されようとするとすぐに抵抗が出てくることには、深い理由のあるはずだと考えたい。

ヴェトナム戦争のかげ

安保闘争（第一次、日米安全保障条約の改定に反対する闘争、一九六〇）はある点からすると、戦争からずいぶん遠いはずの民主主義革命であった。にもかかわらず樺美智子氏（東京大学文学部四年生、国会内デモで死亡）という〝供犠〟を出してしまった（六月十五日）。衆議院を安保改定案が採決により通過してから（とは参議院の採決がなくとも自然成立する）、国鉄（現ＪＲ）のゼネストがあり、国会まえのデモ行進はとぎれることがなかった。私が学んだことは何だろう。六月十九日深夜に条約改定が自然成立すると、当時の日本社会党をはじめとして、いろんな団体がこれを認めないとする決議をつぎつぎに出していた。なるほど安保条約は十年間延長されたかもしれない。しかし大闘争のなかから、あくまでそのような大闘争を背景として、これを認めないとするポスト安保の新たな視野の出てくることがおもしろかった。一種の敗北主義である。ある意味で負け戦を戦い切ると、〝戦後〟が意味を持ってくるという考え方であり、安保闘争をやはりある種の〝戦争〟として同意するということでもある。

そのような考え方はずっと私を自己嫌悪に導いた。しかしあとになって（とは十年も二十年も経って）、はっと気づいたこととしては、一九六〇年安保当時の条約延長に反対し、その闘争に参加していったひとびとのなかから、その後の日本文化や文学やその担い手たちが生まれたという端的な事情である。一九六〇年安保を民主主義革命だと私が見なす理由はそのところにある。その後のナショナルな傾向のつよい知識人や文化人をも含めて（安保全学連からの「転向」者がすくなくなかった）、おもしろいことどもの一つではないか。

第二次安保闘争（一九六八年がピーク）は第一次に対して、日本戦争と言える状態を産み出したと言えるかもしれない。ヴェトナム戦争（ベトナム戦争、一九六五〜一九七五）はうえに一応「一九六五」とするものの、始まりがいつかよく分からない戦争である。南ヴェトナム解放戦線、そして北ヴェトナム軍をあいてに戦う米軍を、日本が基地提供などで支援し（佐藤栄作首相時代）、韓国は強力な軍隊を派遣して支援する。沖縄〝返還〟は日本国の米軍への協力と関係があろうと言われている。それらの政府サイドの姿勢に対する、反戦の思いが第二次安保闘争のなかには小さくなかった。ベ平連（「ベトナムに平和を！市民連合」、一九六五～一九七四）は脱走兵を匿まうなど、アクションを起こす。

一方、進行する中国文化大革命の内情はよく摑めなかった。一千万人単位の死者を出す事態へ発展するとはだれも思わなかった。

第二次安保闘争の場合、第一次においては帰還する場所であった大学そのものを主戦場とするに至ったことは、世界の傾向とかさなりあう面が多い（アメリカ、カナダ、ドイツ、……）。ヴェトナム戦争が深くかげを落としているところに、政府にとっても、対立する〝反戦委員会〟がわとしても、戦争らしさがただよっていた。事実、過激派はこれを対立するセクト同士の〝戦争〟と位置づけて、内ゲバの死者百十三人という統計がある（絓秀実『1968年』ちくま新書、二〇〇六）。百十三人の戦死者たちを仲間はちゃんと哀悼したろうか。身近なかれら犠牲者たちを弔うことを怠り、あるいはそういう恥部を隠蔽するために、ナショナルな心情に訴えやすい、三百十万人の日本人太平洋戦争の死者を、アジア二千万人（三千万人とも）の死者よりもさきに弔え、と一九九〇年代はナショナリズムの大合唱であった。日の丸・君が代法案のうごき、新しい歴史教科書をつくるというようなネオ・ナショナリズム傾向（それには歴史家が一人もはいっていなかった）とも連動する、一九九〇年代〝空白〟の季節のなかで、百十三人の死者は弔われることなく中有（ちゅうう）をさ迷うことになる。

なお整理しておけば、北爆やかずかずの虐殺事件、テト攻勢による泥沼の戦闘などをへて、米軍の撤退と南ヴェトナム政府の無条件降伏とによって、ヴェトナム戦争が終結する。カンボジアでのポル・ポト政権の恐怖政治（一九七六年）に対する、ヴェトナム軍の介入と、一九七九年に至っての中越戦争があった。しかし二十年をへてアメリカとヴェトナム政府との接近ののち、国交回復（一九九五年）と、同年にはヴェトナムのASEAN（東南アジア諸国連合）への加盟を見る。リベンジで名高いアメリカの政権が、今後ふたたびヴェトナム方面へ軍事的触手を伸ばすであろうか。通商的にも、アジアの安定を結果的にもたらしたというメンツとしても、アメリカに大義名分がなくなった以上、東南アジアでの旧来の戦争に関する限り、歴史的に幕を閉じた。ASEAN（カンボジアも一九九九年に加盟）を中心にしてアジアの相対的安定が見られることには十分に評価してよかろう。東ティモール紛争は二十一世紀最初の独立国を産み出した。

憎悪を超えるため

ハンガリー侵攻（ハンガリー動乱、一九五六年）、チェコスロヴァキア侵攻（プラハの春、一九六八年）という軍事介入を、たとえばサルトルはつよく批判していた。しかしながら、世界の軍拡の加速化、核兵器開発競争は世界核戦争の危機を示し（キューバ危機、一九六二年）、スリーマイル島原発事故（一九七九年）、チェルノブイリ原発事故（一九八六年）は人類の破滅を予告するかのようである。一九八〇年代、一九九〇年代はさらなる虐殺の十年、二十年でもあった。

古代のカルタゴの全滅や、中世の十字軍によるイェルサレム虐殺、近代のフランス革命以後の虐殺（恐怖政治およびリヨン虐殺など）、関東大震災下の日本人の手になる朝鮮人・中国人の虐殺、二十世紀前半や後半ではスターリン時代の粛清、東ヨーロッパ社会のそれら、インド・パキスタン分離期にも多くの人命が失われ、中国文化大革命とその輸出先である、カンボジアでのポル・ポト派による、大きな虐殺を現実としてきたのだから、憎悪は非人間性を拡大させる。

ルワンダ紛争（内戦）は一九九〇年から一九九四年にかけて、フツ族の政府軍とツチ族のルワンダ愛国戦線とのあいだで行われた武力衝突のことを言う。一九九四年に至り、フツ族によるツチ族の大量虐殺が始まり、五十万人が虐殺されたとされる。

ユーゴスラヴィア紛争（一九九一〜二〇〇〇）は民族独立の過程で虐殺の連鎖をくりひろげた。一九九五年、セルビア人勢力がムスリム（ボシュニャク人）の男性を虐殺し、のこされた女性に対し集団レイプを行ったという。もともとセルビア人による、侵攻と虐殺とがあり、その報復だと言われる。憎悪の連鎖による、〝民族浄化〟という語が飛び交った。ヨーロッパにとり忌まわしい語の復活ではなかったか。

虐殺と感じ、残酷さを認識する結果だけでも、人類として一歩、二歩、〝完成〟の域に達するということなのだろうか。憎悪は自民族へ向ける場合も、他民族へ向ける場合もあるけれども、残酷さは人類発達史上の墓碑のような認識の一里塚となる。自民族同士でないことによる、差別的憎悪の自覚は大きな、そして真に残酷な虐殺を産む。人類が自己処罰的に育ててきた犠牲の感情を外転させれば、容易に憎悪へと到達するということではあるまいか。この悪循環を断ち切らないことには、もうそのあとがない。

反ユダヤ主義の長い伝統はヨーロッパ社会にずっと探れる。しかし、それがついにアウシュヴィッツを含む大虐殺になるとは。憎悪のはかりしれない破壊性に対して、初期の段階からそのような感情をどうしてでも阻止ないし放散させなければならない。そのためにも、きちんとメカニズムを研究し、理解しておく必要がある。一般の殺人も、掠奪も、戦争には直結しないだろうが、憎悪は虐殺に、そして虐殺は戦争に直結する。「ドイツ民族の勝利を目的としている以上、ジェノサイドはその一部であった。ナチの戦争はジェノサイドを含んでいたのである」（多木浩二『戦争論』岩波新書、一〇五ページ）。だれもが書かねばならない一冊を氏もまた書いたにすぎない。多木氏、一九二八年生まれ。

第二次湾岸戦争（イラク戦争）

二〇〇三年三月十九日（日本時間同二十日）に、米・英軍が空爆「イラクの自由作戦」を開始し、翌日には早くもクウェート領内から、地上部隊の侵攻を見る。地上戦である。開戦は二日まえ（十七日）にブッシュ大統領から、テレビ演説での四十八時間後の攻撃予告があり、フセイン大統領の徹底抗戦の主張によって、予定通りであった。

イラク軍の指揮系統は開戦当初において破壊され、なすところなくバグダッド市への侵攻を許した。サッダーム・フセインとされる銅像が引き倒されたのは四月十日である。フセイン政権の事実上の崩壊をアメリカ政府が宣言したのがその翌日で、翌月（五月）一日には戦闘終結宣言を行う。四十日戦争といったところだろうか。

実際には小型の武器や弾薬をあちこちに隠しておき、レジスタンス式に攻撃をくりかえすイラクがわの作戦であったもようで、戦闘終結宣言後に死者が大量に出ていることはよく知られた通りである。死者はおもにイラク兵士や民間人に出るとともに、米・英部隊にも被害がけっしてすくなくなくて、当初からのイラク軍の計画だったろうということもただちに推察された。

開戦まえに戦争の泥沼化を予想した研究者たちは、それがはずれたわけだから、一旦、笑われる始末となった。ファルージャの掃討作戦（二〇〇四年）など、泥沼がつづき、四年後のこんにち（二〇〇七年）において、イラク各地がおもに自爆攻撃のかたちで毎日、死者を出しており、多くが民間人で、狙いは米軍兵士だけでないところに、文字通りの「泥沼」を見てよいだろう。テロリズムのための武器供給のシステムなどがととのってしまえば、内戦化を含めての泥沼は避けられないということか。

後方支援部隊（日本政府もその一つ）がつぎつぎに引き上げるなかで、政府を立ち上げて占領政策から脱却し、民主的な施行へと苦労するイラク人政治家たちや市民の努力は評価してよかろうが（—単なる勢力派閥争いだろうか）、報われるかどうかは時間のさきにあることで、現実のバグダッド市や主要都市は血に染まる明け暮れである。自爆攻撃は日を追って激越にかつ巧妙となってしまう。子供を使ったり、女学校を爆破しようとしたりというのは情報戦上の虚偽かもしれない。人道的に許しがたい作戦となってゆくならば、今後、国際的にどんな支持が得られようか。このイラク政府が崩壊すると、バグダッド市ぜんたいが難民の街と化してしまおう。

言葉という行為、言葉による行為

二十一世紀の中東情勢がこのようなかたちで展開しようとは、一九九〇年代のごく最初の段階で、予想の範囲だったかどうか、よく分からない。一九九〇年の熱い夏から始まったイラク軍のクウェートへの侵攻に端を発し、周到な準備をへて一九九一年一月十七日より湾岸戦争（第一次）という名の戦争となり、その終結は二月二十八日である。これもまた四十日戦争と言われてよい。

その湾岸戦争はもう終わった。たしかに終わった。しかしながら一方に、湾岸戦争は起こらなかった、と言う人がいる。反対に、湾岸戦争はまだ終わっていないのです、と述べる別の人もいる。それらは著名な哲学者の言であったり、現代の歴史についての著述のなかでの発言であったりする。わたくしはそのような哲学者や歴史家の認識に、どうしてもくみすることができない。

どんなに信じがたくとも、湾岸戦争は起こった。それを忘れようとしている人が多い、という事実なら事実として認めよう。将来に第二次湾岸戦争があるかもしれない、という限りでなら、戦争の危機が持続している現代であることを大きく認める。

（二一ページ）

みぎのように私は『湾岸戦争論』（河出書房新社、一九九四）の冒頭部分に書いた。十年ののち、第二次湾岸戦争（＝イラク戦争）が起きたという、そんな予言があたって悔しくも（うれしくも）クソもない。どうするのかな、私は。次代へ何を伝えようとしている、私か。『湾岸戦争論』は私の著述のなかで例外的なほど読み回された。

第一次湾岸戦争のときには、文学者たちが声明を出すことをはじめとして（『湾岸戦争論』参照）、言葉という行為、言葉による行為の有効性が必死になって問いかけられた。言葉をしごととすることの根拠（あるいは無根拠）が状況のなかで、まさにまっすぐに問い詰められる思いをだれもが持った。言葉を使いたいならば、日本国の参戦に抗議することが先決だった。このたびの第二次湾岸戦争では、もう取り立てて、あるいは大きく、言葉が話題になることもなかった（ように思う）。

戦争とは何か、そもそも戦争の起源はどこにあるのかという、しなければならない考察をその著述が欠いていることには当時、心がのこったが、ひとまず『湾岸戦争論』を書いて、一九四二年（昭和十七）生まれの私、わずかにしても戦災を知る世代で、現実感はなくとも戦死ということにちょっぴり想像がゆき、ついで昭和二十年代という、たしかな戦後のときを子供でありながら受け取ってきた、そして現代という時世のなかで詩を書いたり、一文学教師として（面映くとも）若者たちを導いたりしなければならないときがある、そういう私なりの〝責任〟という荷を、一旦、肩から下ろしたはずだった。

みぎの『湾岸戦争論』の引用では、「将来に第二次湾岸戦争があるかもしれない」と書いた。確信が持てる予言ではなかったし、第二次湾岸戦争なんか回避される戦争だろうと思ったかもしれない。現実からしだいに身を引きはがし、「戦争とは何か、そもそも戦争の起源はどこにあるのかという、しなければならない考察」のほうへ私は向かおうとした、それが本書のモチーフである。さいごの一章はしかしやや生ま生ましい「続・湾岸戦争論」の体裁に終始したかもしれない。

アジアのテロリズムの不安、地球温暖化による水没の危険を太平洋諸国がかかえていること、たいへんな地球というグローバルな星の未来であるけれども、世界の関心が今後、日米防衛ラインへあつまって来るようであっては平和国家日本が恥ずかしくなる。すべて緊張関係は外交努力をへて解決できることがらばかりであり（ではないか?）、日米防衛ラインのこれからの有名無実化が、沖縄県民を含む日本国民の現実的日程にあると見てよかろう。「日本国内へ攻撃ミサイルが飛んできたら」という教育がナンセンスであることの大きな理由である。

終わりの終わり――本章のとじめに

高齢者はなお数多く日本社会にいるけれども、戦争体験の記録も発言も、しだいになくなりつつある。虐殺行為を日本人が戦時下にやっていたという事実を、それはなぜなのか、国家の戦争に命ぜられてやったことだと、高齢者たちは考えたことを若者たちになぜか非常に伝えにくい。「捕虜を銃剣で突き殺せ」「自分は生きている人間を殺したことがありません。どうかお許しください」。中隊長は「上官の命令である」と叱責する。兵士はやむなく眼をつぶって夢中で捕虜を突き刺した。本土を空襲した爆撃機に搭乗していたアメリカ兵を殺して、兵士は極東国際軍事裁判で死刑に処せられる。青木みか氏編の『どうして戦争をはじめたの?』(風媒社、二〇〇二)より。青木氏は一九二三年生まれ。

もしこんな上官の命令がなければ、という単純な疑問がここにあってよい。徴兵なんか逃れればよいのに、と発想してもよい。若者たちや戦争を知らない世代の、たとえば山村基毅氏に『戦争拒否11人の日本人』(晶文社、一九八七)という本がある。兵役を拒否した人がいなかったかどうか、氏は取材してまわる。平常の思いを滾(たぎ)らせるだけで、やってできなくもない戦争への問いかけ。山村氏は一九六〇年生まれ。

私もまた大急ぎで書いてみたこのたびの書である。戦争の起源については考えてみたが、それの定義をしなかった。戦争の定義をすれば異論百出して、とどまるところを知らなくなろう。戦争は神話時代からつづくのであり、定義をくりかえし変形してくる化け物である。そういう見方からすれば、内戦のような生成的な戦争がもっとも戦争らしい戦争だという見方（―定義）になるかもしれない。大きな内戦――南北戦争など――ばかりでなく、現代の生起するゲリラ戦の一つ一つにも〝国家〟と〝戦争〟とが内包されていると、われわれはしっかり正視する必要がある。事典のなかに定義があるという意味でなら、「暴力、聖性、供犠」（「戦争」『岩波哲学・思想事典』、西谷修執筆、一九九八）といった、従来排除されてきた諸テーマから私は眼を離さなかったつもりである。だれに読んでもらいたくて書いたのか、生者にも死者のもとにも届けたい。それが不可能なことと分かっていても。

かなりたくさんの本からの引用をさせてもらったことを、感謝したい。

校正時の付記

石川達三『生きてゐる兵隊』は、今年（二〇〇七年）八月三十一日のハーヴァード大学イェンチン研究所でのワークショップ「日本文学からの批評理論」のなかで、発言を求めてふれたところ、司会のカレン・ソンバー氏（ハーヴァード大学）がただちに応じて、この小説の発表された同年（一九三八）八月には、中国（上海）でそれが翻訳され刊行されたとの、驚嘆すべき事実をその場で教えてくれた。『未死的兵』（白木訳、汪子正挿画、雑誌社）がそれである。

Ⅱ　詩のするしごと

教科書、戦争、表現

一　問題の在りか、定義

自分から問いかけて、どうにも答ええぬ難題がある。

現代になお、あるいはついこのまえの過去まで、国語教科書には、戦争や戦禍にかかわる文学の教材、たとえば『平家物語』や『史記』や『黒い雨』や、いまは教材から消えた「最後の授業」などがあり、その描写や作品の意図を伝えることはそれとして、むろん惨禍についてページをついやすことがある一方に、美化とまでは言わぬものの、勇気やいさぎよさ、さらには知謀の勝利を褒めたたえる場合もあって、また程度の高い教材ながら、戦場で加虐する者となることを通して《神》を問いかけて、人間性の破滅を説くに至る文学作品（—『野火』）のそれがある。

教科書をいろどって掲げられるそれらの《人類の悪》が、今後に除かれることにでもなっていったら、じつに寂しげな国語の授業となろう。

しかしながらなぜ、それら《戦争》をつぎつぎに飽きることなく教科書は取り上げていままで来たのか、あるいは取り上げなければならない内容なのか、という思いにかかわる果ての難題である。

教科書は戦争を、けっして好みはせぬことであろう、と思われるのに。いや、教科書は正直に社会の要請をどこか反映しているはずではないか。戦争をまぬがれない近代国家の宿命、つまり必要悪か、逆に抑止かの必要として、戦争の教材は「国民」へ与えられるべきだと、もし言いたい人がいるなら、そういう考えに沿う一面が教科書にはありそうに思える。戦争を好みはせぬように見えて、それらの教材はもろ刃のやいばとしてあるのではないか、というようなむずかしい組み込みの問題としてある。

戦争は、定義するなら《人類の悪》だ。単純な政治ではない。まさに「悪」であるとして、「人類の」と言うのなら、それについてのさらなる定義がなされなければならない。残念ながら、文学が大きく関与してきた、という過去からの経緯がある。古代から現代までを被う戦争《文化》を、近代からあとにおいてのみ証明してこと足るわけにゆかない。紛争をも、冷戦をも含めて、戦争の条件は人類の幻想に根差した根源的な破滅への道程にいくらも存在していて、これを抑止するあらゆる反対条件をたえず積極的につくり出さない限り、いつでも起きることになる。

戦争が好きな人はいない、あるいは、戦争をきらいだ、というのは、ある種の言い訳として、われらの周囲にありふれている。「戦争が好きな人はいない、だがしかし……」「戦争をきらいだ、だがしかし……」という、あまりにも言い飽きた弁明のたぐいが、戦争を現状として認めるためには、ずっと行われてきた。近くは湾岸戦争(一九九一年一〜二月)の「正義」を支える《論理》であった。

自分の作品を引くのはへんだなと思いつつ、

……

きょう、もうすぐ教師になろうとしている学生が、
「戦争の好きな人はいない」と喋っているのをきいて、
私は、はしたないほど、その学生をなじりました。
よく分かりません、自分の情動を。
私はただ、「戦争の好きな人はいない」という表現が、
戦争を正当とする論理として使われる言い回しであることについて、
なにか言いたかっただけです。
子供を戦場に駆りたてる力を持つ教師だけが、
反戦家であることができるのでしょう。
……

と《クソ詩》の一部として書いたあの理屈（クソ詩だから屁理屈か）をくりかえしたい（「王慶忠さんを見送って」[1]）。

教科書について、私が知るのは国語（現代文、古典）のそればかりながら、平和を問いかけるために、と称して、戦争にかかわるそうした教材が、実情において、そこにはずいぶんある。平和を問いかけるために、という本音をむろん疑うべきではなかろう。それとともに、正直に言って、どうしても教材化せねばならないことか、神ならぬ、こんにちの教育者たちが、人間的な使命を賭して問いかけなければならない難関である、と言うほかはない。教科書なる存在は、もしかしたら、以前の国定にとって代わって検定[2]に移行してもなお、国家ないし社会有用であるとのその目的が、

絶対の問いかけにおいて戦争を《要求》しつづけていて、子供たちの学ばなければならぬ第一のことでもあるかのごとく、心の準備としての戦争の記述を、教科書としてまぬがれないのか、とさえ思われる。さしあたりの現実的な理由としては、そういうところに、もしかしてあるのではないか。「国民」教育は、戦争を、まずは人類の避けられぬ所業としてあつかえ、と言うかのごとくに思える。

二 「いじめ」、そして銃（よさらば）

解きほぐしようのないほど錯綜した問題ではないか。一昔まえのガキたちは、とはおもに男の子たちだが、戦争ごっこをしたことがある。旧海軍の戦艦や巡洋艦の名前をそらんじた思い出もあろう。現代っ子のテレビゲームでの「戦争」にそれはほぼ該当する。大人たちや、社会そして国家が戦争に明け暮れていることのシミュレーションとして、子供たちは模擬的な戦争に打ち興じる。子供たちは、戦士になるための練習であるかのごとく、遊びとして、あるいはそう思い込まされて「戦争」を受けいれる。そして一定の年齢が来て、通過儀礼としての試練が課されてのち、時代が時代なら、一人前の戦士になって共同体のために必要時に兵役につくことになる。

もしその試練に耐ええない場合に、排除や遺棄の対象になるかもしれない。けれども、「未開」社会や、あるいは社会の態勢がきちんとしているような場合に、その排除や遺棄が、ただちに侮蔑や虐待を伴う陰湿な「いじめ」になってしまうとは思えない。大人の社会にしろ、子供の社会にしろ、仲間への過度の「いじめ」になってしまうのは、どこか社会が複雑な歪みを生じ、ないし高度に矛盾がすすんできた状態だ、としか言いようがない。子供の世界に見られる極端な「いじめ」のかずかず、たとえばあまりにも悲惨さをきわめたあの「葬式ごっこ」（鹿川裕史君へのいじめ〈一九八六年〉）を筆頭とする、少数者や病者への差別のあれこれは、大人の世界においてごく普通に行われていることの、ひながたとして演じられるそれだろう。子供たちは、大人たちのすることを、予行として、ないし準備として、大人社会へはいってゆくための練習であるかのごとくまねている。子供の世界にそれが行われるのは痛々しいと言うほかない。どれほどの数になるのか、「いじめ」による子供の自殺。

大人社会での非行の最大は戦争だ。相違のあることはむろんのこととして、戦争が「いじめ」と、よく似ている点があるとすると、後者＝「いじめ」なるものが、いわゆるカッとなって始まるけんかとはぜんぜん性質を異にする、時間をかけて進行的になされる陰湿な現象であるように、戦争もまた、特に近代、現代において明瞭になってきたこととして、じっくりと計画を練り、組織的に、ときには冷戦や思想戦をも含んで、陰惨に、しかも正義の名において行われる、まさに判断する冷血な頭脳のしからしむるところであって、けっしてけんかのような、一時的な感情でありえない。戦争は、あいてを人とも思わぬ差別感情がはたらいて、残虐な攻撃を加えるが、「いじめ」にもそのような、他人をなぶって何とも痛みを感じない麻痺が底に巣くっている。

戦争の本性が深くも非人間的な差別感情にあるからには、その前提となる集団の意識が人間の本能からなくならない限り、やめたりやめさせたりすることはできない。むろん、現実的に起きる戦争そのものの抑止は可能である。心ある政治家や、反戦運動家や、報道機関や、メディアの担い手は、紛争地帯に踏み込んで、戦争の直前にしきりに戦わされる宣伝戦や何やの「虚偽」をあばきつつ、悲惨な戦闘そのものの回避に向けて力を尽くすことができる。だから戦争は一面で政治である。けれども、戦争はけっして単純な政治でありえない。人類の奥深い欲望からにじみ出る、幻想に支配された、破滅への恐れのような何かが渦巻いている。一「民族」の殲滅の例はローマ帝国時代からあった。自分が破滅したくなければ、あいてをさきに服従させる、ないし大量に破滅させるために、十分な差別の感情を集団の内部に育てなくてはならないし、同じことで、破滅を避けるための抑止の感情もまた十分に用意できなくてはならない。

戦争の抑止は根本的に言って、その欲望に深く訴えられるか否かにかかってくるとすると、文学者や、ある種の(非戦型)宗教運動家の出番ということになる。教科書が文学を教材としてその抑止を主題とするのは、かかってそこだろう。銃の問題がさらにある、と私はここに言いたい。

人類の早くから持っていた飛び道具が、こんにち、世界に、アメリカ合衆国にばかりでなく、広く銃社会をつくり出しているのは、「日本」にしろとりたてて例外であるわけではない。——服部剛丈君(日本人留学生射殺事件、一九九二年)のお父さん、お母さんの名を、知花昌一(沖縄・スーパーマーケット経営者)、中谷康子(山口・ふつうの女)、そして本島市長(長崎)について、ノーマ・フィールド氏の『天皇の逝く国で[3]』の、書かれざる第四章にぜひ書き記したい、と私は思う。といっても分かりにくいかもしれないが、なんでもない「日本人」がだれの意識にも突き刺さって忘れられない名前になるという体験が綴られる。その三名というのは、いま思うと、何らかの意味で「戦争」を負う人たちであることに気づかされる。『天皇の逝く国で』は、翻訳の問題をも含めて、「日本人」と「日本語」とを正面から問いかける[4]。四人目に、銃社会への規制に取り組んだ、服部君のお父さん、お母さんを挙げることにする。

服部君が撃たれて死んだ銃社会への、両親による、不可能を可能へ置き換えてゆくようなその真摯な取り組みには、どうしても戦争が露出してくる。戦争において、撃つのは国家である。銃社会とは国家の擬制ないしシミュレーションにほかならない。けれども実際に撃つのは「人間」が人間をである。撃つことの非人間性は戦争の教材になるのだろうか。文学作品である『野火』（大岡昇平）はきびしい教材の選択であった。

女は叫んだ。こういう叫声を日本語は「悲鳴」と概称しているが、あまり正確ではない。それはおよそ「悲」などという人間的感情とは縁のない、獣の声であった。人類は立ち上がって胸腔を自由に持たないならば、こういう声は出せないであろう。

女の顔は歪み、なおもきれぎれに叫びながら、眼は私の顔から離れなかった。私の衝動は怒りであった。

私は射った。弾は女の胸にあたったらしい。空色の薄紗の着物に血斑が急に拡がり、女は胸に右手をあて、奇妙な回転をして、前に倒れた。

男が何か喚いた。片手を前に挙げて、のろのろと後ずさりするその姿勢の、ドストエフスキイの描いたリーザとの著しい類似が、さらに私を駆った。また射った。弾は出なかった。私は装填するのを忘れたのに気がつき、慌しく遊底を動かした。手許が狂って、うまくはまらなかった。

男はこの時進んで銃身を握るべきであった。が、彼の取った行動は全く反対のものであった。パタンと音がし、眼を挙げると、彼の姿は外に消えていた。私も続いて出た。

以下、銃を捨てることなどの展開がある。『野火』は狂気を得て病院にやすらう元兵士の幻想であって、そのことは何重にも仕組まれた物語時間の設定によって、周到に主張されており、作者の近代文学者としての意図は明白であると言ってよい。けれども、そのような文学的な構造の提示が、教材化において高校生に伝えられる性質であるとはとうてい思えない。文学部の大学生の卒業論文クラスの課題であろう。文学研究の要素を持つそのような「物語時間」論は、高校の教場のあつかいうるところであると考えにくい。教材としては、長編の一部を切り取って教科書に載せるから、ものすごいことが起きる。つまり、原作での用意周到な、何重にも仕組まれる物語時間が、すっかり取り払われるのだから、『野火』の生ま生ましい戦場殺人は、物語設定の意図を超えて、まさに加害者の銃を射つ眼を通して何かを「学ぶ」ことになる。くりかえして言うと、もろ刃のやいばのような「反戦」教材であろう。

その点で、けっしてサブカルチュアになりえない、良心を示そうとする『野火』の教材化だ、とは言えることだろう。しかしながら、どう言えばよいか、否定意見をすら誘発せぬまでに、いろいろなサブカルチュア関係の教材群に周囲を囲まれているさまには、希望のない教科書の将来が凍りついているように見える。

言うまでもないことながら、一言、付け加えると、文学を、その完結をもって文学だと考えるのは、合理主義ないし誤れる原典信仰でしかないのであって、実際には、変容にも、断片化にも、文学は生きられるはずであるからには、教材化という名の原作からの切り出しが、文学を文学でない何かに変えた、などと考えるのはとんでもない「文学」主義でしかない。教材のなかを文学なら生きるのである。テクストという語を教材の意味に読み替えてよければ(というよりまさにその意味なのだが)、テクスト論はまさに教材化の研究のためになお延命する、というのが現状であろう。

三 『平家物語』、叙事詩という教材

古典文学のほうに目を転じると、世界の主要なそれら、叙事詩や古代・中世文学や近世の文学が、戦争を飽きもせず素材としてきたことは言うまでもない。このたびの、私の関与した、幻の古典教科書(一九九三年検定に不合格)は、むろん古文や漢文を中心にして、それに国際時代にふさわしくとの目的から、韓国の『春香伝』ほか、『ギルガメシュ叙事詩』『イーリアス』『イーゴリ軍記』それにカムイ・ユカラ(神謡)などを教材化した部所が、残念ながら検定を通過できなかった。とりわけカムイ・ユカラ(村の神の妹が語った話)は、力を込めた教材化であるだけに、アイヌ文学を「日本の古典として認められない」という理由から排除されたのには、承服しがたいものがある。[5]

できることなら、世界の叙事詩をあつめると戦争が前面に出すぎるから、というような理由で文部省(現・文部科学省)から拒否されたかった。それなら、私にもどこか納得できることである。日本の「叙事詩」としては、『平家物語』という軍記が、ずっと教材化の恩恵を被っており、中国の『史記』や『戦国策』など、戦国時代の知勇をさまざまに特集する漢文の教材群もまたよく知られている。

たとえば『平家物語』をどう教材にするか、むずかしいことの一つに属する。武将たちの美しく死んでゆくさまを中心とする教材化を世間に見ることができる。その方向がまちがっているとは思

いにくい。『平家物語』という作品の主題に沿うと、そういう教材化がおかしいとは一概に言えなくなる。怨親平等という、死者への鎮魂は『平家物語』の心である。乱世を刮目する鴨長明の『方丈記』が文学であることと同じ理由で、『平家物語』もまた高い文学であることを否定できない。明治二十年代以後の国民主義文学探求の勢いに乗っての、『平家物語』という《文学》の発見は大きかった。早く文学であった『太平記』が太平洋戦争の終わりとともに教材からすがたを消していったのに対して、『平家物語』はみごとに《戦後》をくぐり抜ける。いまに不動の教材の位置を誇る軍記としてある。その《文学》らしさが一通り、よい結果にはたらいていまにある。

こういう場面が教材に迎えられる。

新中納言〈知盛〉、大臣殿〈宗盛〉の御前に参つて申されけるは、「武蔵守〈知盛の子、知章〉におくれ候ひぬ。堅物太郎〈頼方〉討たせ候ひぬ。今は心細うこそまかりなつて候へ。いかなれば、子はあつて、親を助けんと敵に組むを見ながら、いかなる親なれば、子の討たるるを助けずして、かやうに逃れ参つて候らんと、人の上で候はばいかばかりもどかしう存じ候ふべきに、わが身の上になりぬれば、よう命は惜しいもので候ひけりと、今こそ思ひ知られて候へ。人々の思はれん心の内どもこそ恥づかしう候へ。」とて、袖を顔に押し当ててさめざめと泣きたまへば、大臣殿これを聞きたまひて、「武蔵守の、父の命にかはられけるこそありがたけれ。手もきき、心も剛に、よき大将軍にておはしつる人を。清宗と同年にて、ことしは十六な。」とて、御子衛門督のおはしける方を御覧じて、涙ぐみたまへば、いくらも並みゐたりける平家の侍ども、心あるも心なきも、みな鎧の袖をぞ濡らしける。

（知章最期）

父の身代わりになって子が戦死するという、悲痛な顚末をほかならぬ父に語らせて、並みいるひとびとの涙をしぼらせる、いかにも『平家物語』らしい箇所だと言うほかはない。時代の大きなうねりにだれもが抗しえぬ戦乱の世に、それを生きるしかなく運命づけられた武将たちに、人間の弱さを告白させてみせる、こういうところにわれわれはどうしようもなく《文学》を感じてしまう。教室の子供たちには、時代を生きる運命や、人間の弱さや、子を思う父のきもちをぜひ《教え》たくて、教師たちはこれでもかこれでもかと教材化を試みてきた。

主題を読むうえで、そのような理解がかならずしも誤っているわけでない。しかし、大学の文学部あたりやいわゆるゼミなどでの、『平家物語』を多少とも研究的に読むような場合には、これらの「主題」が時代の方向に沿った原作者や演唱者（琵琶法師）たちの幻想の産物であることから始まって、いわば叙事詩としての変容、成長を示してゆく順序を追うことによって、主題なる在り方の歴史的な限定ないし主題間の相互規定や周辺的な事項に注意しながら、細かな読みが求められる。

以前に高校国語の教科書で、今回の不合格教科書の先蹤（せんしょう）と言うべき、「伝承のいぶき」と名づける古典の一章をわれわれはつくって、『出雲国風土記』の国引きの詞章や『古事記』の一文、日本語訳のカムイ・ユカㇻ（知里幸恵『アイヌ神謡集』より、これは合格した）や、沖縄の歌謡、昔話など（『遠野物語』を利用）とともに、『平家物語』を語り物に位置づけて教材化したことがある。それは『平家物語』を、語る文学、つまりあくまで伝承のそれに見なしての、従来とはややちがう試みになった。今回の不合格教科書では『平家物語』を別に独立させて、本格的に世界の「叙事詩」を取り上げたことになって、結果的に『平家物語』を含む叙事詩の復権ということになろう。

それは早すぎた試みながら、現代には、しかし叙事詩の可能性がどこにあるのかということを、考えなくてはならない課題として提出していることになる。一つには、民族主義ないし民族教育とでも言うべき方向で、叙事詩の視野が求められている、という現状があろう。しかし、まさにそのところにおいて、民族主義の克服として、叙事詩なる在り方を、深く普遍的な文学の課題へ再構成してゆくことの、理由のすべてがある。民族は外部から強制されてのみ、内部に自覚させられる性格のことで、しばしば物語のかたちを取るものの、ない内部の民族を反転させて民族主義の形態を取るのは、あくまでその強制の固定と常時化との結果による。

民族というような何ものも内部に存在しない。人種や文化のからまりあう歴史的な限定としてのそれを、内部から実証することはできない。それを実証しているように見えるのが叙事詩なのだろうか。しかし、叙事詩はほんとうに《民族》を実証しているのか、という課題である。世界の叙事詩学者はそんな実証が可能であるなどと、なかなか考えることができない。そんな「実証」こそは民族主義的な解釈でしかない、と私にも思える。たとえば『平家物語』は《民族》を実証しているか。そのような実証が『平家物語』によって達成されることはぜんぜん考えられそうにない。だから民族主義的な学者は『平家物語』を叙事詩ではない、とすら主張してきた。事実、『平家物語』は琵琶法師によって持ち伝えられてきた叙事詩を始原とする。その事実から始めるしかないのではないか。

叙事詩が部族から部族へ、受け渡されたり、世界文学化したり、という交通のなかで、文学として生きられてきた在り方を、《民族》へ返すことはできない。ただ、外部から強いられてほとんどなき存在へ同化などの政策によって追い詰められた民族文化に対する、いま必要な「民族教育」において、たいせつな叙事詩が創造的に復権することの重要性は否定することができない。それが人類に普遍的な文化の基礎であるからだ。民族教育は《民族》を超えるためになされるのでなければ何の意味もない。

二十世紀においても、どこかで叙事詩は、なるほど戦争に荷担しつづけている。「たしかにセルビア人でもクロアチア人でも、何か僕の印象では叙事詩的に感動しているようなところがあるものなあ。だから、詩人は自らを疑わなくちゃいけない」と、岩田昌征氏は警告する。(6)「つまり、多くの人が詩に同調しやすいメンタリティをつくっているときは、逆に詩人は、その言わば既に在る、詩を受けいれる構えのところに、詩人として登場するのは、ちょっと恥ずかしい位の構えがあったほうがよい」とも。いかに英雄的に敵を殺すか、敵の村々を焼き払うかが書かれた叙事詩(ペトロヴィチ・ニェゴシという十九世紀の詩人のそれだという)に沿って、その詩に唱われた通りに虐殺をつづけていたのでは、旧ユーゴスラヴィアの戦争は果てることがなかろう。ミルマン・パリイやアルバート・ロードが出かけていって口語り法を盲目の叙事詩人から学んだところの、まさに叙事詩的風土はそれであったということだろう。

しかし、ポン・フチ『ユーカラは甦える』(7)によれば、アイヌの英雄叙事詩は侵略と闘うことを主題としても、けっして侵略のために闘うことなく、英雄はてぶらで生まれ故郷へ帰ってくる、という。ホメーロスの叙事詩群が帝国主義的な侵略の針路を指し示す永遠の古典と見なされてきたのと、けっして同じに見てはならないと論じる。そういうことだろう。単に叙事詩という類型がどうのという問題ではないのだ。もっと原型にある詩、文学に突き刺さるような、人間(アイヌ)の復権を指し示すその根源の力としての、二十世紀におけるそれの「回復」がここでの主題になってくるのでなければならない。

四　サブカルチュアと「反戦」

けれども、一九九一年一〜二月の湾岸戦争の前後、そしてそののち、身近なところで事態はいっそう深刻になってきているのではないか。

戦争シミュレーションのテレビゲームが、またそのシミュレーションの小説が世にあふれ、SF小説は宇宙の戦争、異人との戦いに明け暮れ、かと思えば受験戦争あり、就職戦線ままならず、「セ界制覇最終決戦」とは、巨人《軍》と中日ドラゴンズとが争うということの新聞の見だしに躍る活字である。ヨーロッパからもアフリカからも戦争の報道が毎日、届けられるというのはほんものののそれで、それらとよこ並びにというのか、アウシュヴィッツを娯楽大作にしたてている映画の広告の傍に、五十万人虐殺の記事を見る。

戦争が日常ではないこの「日本」にとって、日常が戦争だ、という教えなのだろうと思うものの、この一段と軽い乗りで戦争が日常を満たしてくる現実は、なんといってもやはり一種の新しい、かつてない現象（歴史は「かたちを変えて」くりかえす——）ではあるまいか、ということに十分に覚醒しておきたい。戦後の半世紀にわたり、まがりなりにも現実の戦争を回避してきた「成果」としての、「日本」の平和ボケをそれなりに大きく「評価」すべきだということは、十分に認めたうえで。

一連のサブカルチュアとしての、劇画タッチ、少女漫画ふう、おもしろがり評論、SFないしテクスト理論までが文学の中心部を冒してやまない、一九八〇年代ふうの現象にきわめて似合う、同一の現象ないし延長上のこととして統合して批判されるべきことではないか。劇画タッチのサブカルチュア以下を、どう評したらよいのか、弱きを助け強きをくじくなり、その逆なり、しかしほんものの戦争や何やではないから、笑いを求めてしきりに読まれていまに至る。コミック雑誌が毎週何百万部売られるところを見ると、その「教育効果」たるや無視しえない、と言われるべきだろう。お笑い番組のけたたましい笑いは視聴の瞬間瞬間に何かを考えさせる余裕を与えない。むろん、漫画やテレビの画面に代替としての「口承文学」性を見るという一面については否定しないのである。「口承文学」のこんにちが漫画やテレビでしかなくなっている大衆性に対する、少数者がわの証明について私は問いかけている。漫画が文学とかかわりあるかのように論じられるなどに至って、近ごろの大学国文科の卒業論文などに、大衆的に売れているというだけで取り上げられる文学は、歯止めがなくなってあふれ出す。

そんな一九八〇年代以後に、サブカルチュアの攻囲を受けて、教科書は、漫画をすら国語のそれに取りいれるなど、変形を余儀なくされてきた。かつては定番であるかのように、反戦教材であると称して、一定の、戦争をあつかう教材に与えられてきたページはどうなってゆくか。むろん、現状としてなら、冒頭に述べたように、数が減る傾向にはなかろう。反戦教材をあつかいたい現場の教師がいなくならない限りつづく。教科書の反戦教材がかもし出す、悄然たる、うなだれるべき反省、また厭戦の気分の「効果」たるや大きい、と言われるべきであって、戦後五十年の戦争抑止が教師たちの地道な教場での実践活動に、いくぶんかでも負ってきたと、その効用はたしかに積極的に認められてよい。教科書にあふれる戦争はきっとどこかで抑止力としてはたらいてきたはずではないか。

教科書の戦争は、しかし反戦教材であるところのものをも含めて、サブカルチュアの攻囲のなかで、現実感のない《文化》に転落してゆくことになるのではないか。現実感のない戦争教材なら、子供たちにとってシミュレーションであり、教師たちにとっては倫理的な思い出のようにしてはたらく、いずれも日常生活に戦争を親しませ、なじませておく力にはなる。くりかえして言うなら、「平和」による極楽トンボたちの大量発生は戦後何十年かの「成果」であるから、一概に否定できない。一九八〇年代のサブカルチュアはまさに平和ボケの行きついたところに大輪の花がひらいた。サブカルチュアはいっせいに、一九八〇年代教科書のなかみを侵食し始めたのである。文学そのものがコミック文化の侵食によって空洞化させられてゆき、ジャーナリズムからはそれらが大量消費財として迎えいれられるに至る変質過程と揆を一にする。大新聞の書評欄がベストセラーズの特集をくりかえしくりかえし企画するというような現状。その地滑りのような現象のなかで、教科書業界でも、反戦教材が、昔のままでいられるとは思えない。

教科書には本格的な文学や批評の作品を載せることが、何にもさきだってきちんとなされるべきだ、と私なら頑固に念願する。しかるにサブカルチュア流行の時代に、漫画やら、変化球の「文学」までを載せることがそれとなく求められてくる。むろん、サブカルチュアそのものの価値を否定することはできない。たとえば「ブラックユーモア文学」は退屈な教科書のしたにそっと隠して読みふけられるから生きられる。そのブラックユーモアが国語の教科書そのものに載せられることになったら、そのことじたい、悪いユーモア（冗談）でありえても、ブラックユーモアそのものは身の置き所がなくなろう。そんな教材のこんにち的状況が、筒井康隆の「無人警察」問題になって一九九三年に出てくるのは、出るべくしての《事件》ながら、経過は教科書に載ったそれ（一部改定）がてんかん協会の抗議を受けて、ついに著者の断筆宣言にまで発展する（一九九四年の秋になって両者は「和解」する）。

内容を無視してまで、筒井康隆を教材に取り上げたいという、サブカルチュア志向（若者文化への迎合）に逸（はや）ったことが事件の本質ではあるまいか。「無人警察」には、けっして教科書に載せられるにふさわしくない「欺瞞」の箇所があって、そのために「文学」でありえない内容となっている。本格的な文学ならば絶対に許されない読者だましの一種で、途中に「そこの係官は人間だったので、わたしはホッとした」（傍点藤井）というところがある。ところがさいごの、いわゆる話のおちが、この係官もまたロボットだった、という結びになっているのは、どんな物語論でも容易に擁護できない違反であろう。その違反こそが作者の狙いであることを教えたいのならば、難解にすぎる教材だ。過去形で書いている以上、ロボットであることを知っていて「そこの係官は人間だったので」と語るのは、語り手の「わたし」が悪いのではなく、語り手にそう語らせる作り手の虚偽でしかない。そこまで気づかなかったことが教材化を許したのではないか。安易な「虚偽」がサブカルチュアふうのカトゥーンやエンターテインメント、テレビのお笑い番組から推理小説のドラマ化においてまで主流となりつつある、一九八〇〜一九九〇年代の風潮が、教科書に押し寄せている図であろう。

言うまでもなく「無人警察」は、教材として問題になったのである。しかし、述べたように教材は文学である。てんかんにかかわる記述がそのなかに見られる、というこの問題は、あくまで教場において、少数者や、病気を持つ子供、その親を悲しませる「作品」は、教材として避けられるのがよい、という基本、ないし一般論を逸脱している点で、深い病根を覗かせた。文部省の対応は誤れり、と言うほかはない。[8]もしその教材が使われるとなると、少数者への差別、一種の「いじめ」の雰囲気を教室内にかもし出すことになろう。他人を笑いのめすことがもっぱらであるらしいサブカルチュアは、「いじめ」のたぐいに対して抵抗力がありそうにない。それは文学の悪用でしかない。

湾岸戦争以後、事態がいっそう深刻になってきている、とみぎに述べたのは、戦争を素材としてあつかえるようになった、と気づいた（純文学系の）作家たち、評論家たちが、息を吹き返すようにして戦争に取り組み出した、という現状のことにほかならない。太平洋戦争の聞き書きなり、先輩の作家や反戦教師たちの、戦後民主主義的な、教訓めく作品や言動なりが、これまでなんとなく重苦しく、かったるく、手に負えない感じがしていたらしくて、意識から遠ざけてきた作家たち、評論家たちが、戦争を材料にし始めた。湾岸戦争をきっかけにしてこの風潮が見られるのである。「湾岸」のとき以来、戦争の問題をどうやらきちんと正面からあつかわなくちゃならないな、というような発言をする作家や評論家がちらちら現れてくる。おかしくはないのだろうか。しおらしいように見えて、やはり一種の世界的な先祖返りであって、重苦しさが取り払われて、戦争という風景をテレビなどの画面に収まるようにして見せてくれた湾岸戦争以後の現象として、看過できない状態だろう。このことは、私の『湾岸戦争論』[9]における重要な論点であり、提言であったにもかかわらず、なおよく分かっていただけてないことではないか、という気がする。

五 《民族》は超えられるか、詩の敗北か

《民族》の悲劇が世界に引きつづいている現代である。二十世紀は大殺戮の時代で、一億以上の戦死者を出した。みんな十九世紀のうちに予定されていたことだったと、二十世紀の終わり近くになって気がつく。十九世紀に敷かれた国民国家幻想のうえを突っ走って、無差別大量殺戮兵器を使用して、予定通りの二十世紀を終える。まったく人類はばかじゃなかろうか。飢えや虐殺、強姦などの犯罪と近いところに戦争はあり、《民族》はその結果であって、原因でありえない。「教科書、戦争、表現」とならべてみて、みじめな自分の本音を、おそらく私一人のことではないのだろう、と希望を捨てない程度に言いつづけるしかない。

詩なんかは、教材と教材とのすきまに咲いては枯れるあだ花になってしまった。二十世紀の現実に対するこれは敗北なのであろう。われらの周囲へ向かう苦しげな、友人を傷つけるような詩があるとする。たとえば国を挙げて何かを賛美するような雰囲気にあるときに、それを批判するような詩をだれかが書いたとして、その詩は、もしそれが真に、詩であること、詩としての生命のかかった主張である場合に、本音を隠しえぬ拠点であるからには、その反作用は詩人その人に向けられても、社会の方向へはたらきかけることにはほぼ無力であるしかなかろう。

監禁あるいは、そして死が現前する、そういうきびしい直面に、力尽きるあきらめとともに、仇敵のように憎まれる自分を許しながら、飾ることをやめて、ねたみを振り払い、ぼろぼろのさいごをたたんで意識の衰えを用意する、詩人や読者がそのようにして、良心の砦に対して忠実であった

かが聴聞される機会において、もし国家に対し、集団に対し、ひざまずくようにして屈服するならば、《解放》されるというような敗北。いや、そういうことを言いたいのではない、戦死について想像したい、いやいや、もっとみじめな日常の「戦死」がわれらの背中に集注している、という本音、何一つなしとげえぬ、というなさけなさにおいて、みじめなその日常はなお語るに値するか、というような問題である。

主権のある国へ、隣国が侵略した。侵略がいけないから、それの制裁の戦争が正義になる、という戦争肯定の理屈を「湾岸」はばらまいた。その「矛盾」を根底から説き明かす物語論を結局、「湾岸」は産まなかった[10]。これまでの物語論はだから冷戦の産物でしかなかった、ということだけが明らかになった。産み出したのは死の哲学である。人質が毎日、十人ずつ処刑される光景は思い浮かべにくいにせよ、ありうるかもしれない。きみのよく知る友人の住む沖合の島が何者かに襲われて、どんどん人が死んでゆくことになるなら、詩人はそのような現在に対して無力であるか。むろん、無力であり、そこで詩は死であるしかないからには、ぜひ詩人たちは義勇軍に志願して特攻する《戦争》の犠牲にでもなるしか方法がない。教育者ならどうする。

教育の現場なら、詩よりもっと大きな言語や物語の問題があつかえる、という余地みたいなことが信じられる、というところであろうか。依然として反戦教材の可能性である。民族間の紛争にしろ、葛藤にしろ、「教育」によって解決がなされるかもしれないという隘路は、物語論の視野にあろう。ゆらぎにゆらぎながら、そこにゆきつくしかない。地道に物語を解読してゆく真に人類らしい英知によって、民族間のあらゆる抗争は、超えることができる、と言われるとしたら、そちらに傾く。要するに「解決」のための物語論がいまさがし求められている。教科書の与える物語のかずかずが戦争にまみれているのはそのせいだ、と言ってしまうなら、もう私の述べたい結論の一歩手前にある。これ以上は言うべき言葉がない。

私はこんにちまで、友人たちとともに、教科書をつくってきた。十年という歳月に、国語の古典、現代文、詩、批評、また古典。紙一重の精神の危機に裏づけられた本音との妥協の連続である。教科書をそっと置く手は神の代理ではないか、と思える。すべて、教育は代行であるべき（だから報われてはならぬこと）だろう。戦場という鬼畜が住むところへまで子供たちを逐う力を持つ教育なら、『野火』のような神学をあつかいうるということか。人間じたいが鬼畜になることができる、ということなのではあるまいか。われわれは鬼畜であるところまで降りて、なお深く平和を問いかけることをしなければならないらしい。

本稿の書き始めにおいて、教科書の「表現」に対し悲観的な接近を試みるつもりで、さいごまで悲観的ではあるものの、だんだんに「反戦教材」を支持するような論調になってくると収拾がつかない。異様な終わり方ながら自分の「「引き続く物語」に引き続く」[11]（一九九一・一一）という作品を引いてやめにする。

シドニー・カートンは『二都物語』の主人公で、
ひそかに愛するルーシー・マネットの恋人チャールズ・ダーネイに自分が、
瓜二つであることを利用してみずからダーネイの身代わりになって、
ギロチンに向かう、そんなシドニー・カートンみたいに、
わたしはギロチン式に校門ではさまれて、死ぬ、

あんたは四人の級友になぶられて死ぬ、どこかでかっこうが鳴いている、
わたしも、あんたも魂が死ねない、言葉をもう言えなくても、

魂をぶらさげて写真を見てたらさ、わたしは自分が死ねないってことを、
はっきりと知る、でも言葉をもう言えなくてからだはギロチン、
あんたも校庭で死ぬ、からだが覗けるところから覗いてみなよ、
けりをいれられて頭蓋骨が陥没する、捲れ上がる粘膜がぜんぶすり潰されていた、
そんなのありかよ、ふたりしてこのぶらさがる魂を、

だれに訴えるんだよ、詩人たち、わたしたちのかたきをうってくれないのかよ、
やっつける言葉もからだもあたいらにはないんだよ、
言葉を生きる詩人たち、……という詩を書いたこともある、
やさしい心のおねえさん、おにいさん、あたいらの魂に味方してくれ、
おじさん、おばさん、十五年しか生きられなかったわたしたちのために、

一編だけでいいから、一編ずつでいいから、詩を書いてよ、
あたいらの魂は学校に通うよ、死んだ子供たちだけが使う特別の教科書で、
受けられなくてもがんばるよ、わたしたちの高校受験を、
だから飾ってくれ、寄せてくれ、一編ずつの詩を、

わたしたちの教科書の巻頭に。

（「引き続く物語」はジョン・アッシュベリーの作品より）

注

（1）『四』一九八二・四、藤井『ピューリファイ！』書肆山田、一九八四。

（2）藤井「感想――勧告と同意」『群像』一九九四・一〇。

（3）みすず書房、大島かおり訳、一九九四。原書は一九九一。

（4）原作者（フィールド氏）によって隅々までの検討をへた翻訳である。この書は一九九四年最大の問題提起書ではなかろうか。しかるにこれを癒しの書物であるなどと論じるような書評によって、押し流そうとする風潮は残念でならない。

（5）参照、藤井「国文学の誕生」『思想』一九九四・一一。

（6）インタビュー「旧ユーゴスラヴィア内戦の構図――岩田昌征氏に聞く」（聞き手・中村えつこ）、『感情』一、一九九四・四。

（7）新泉社、一九七八、改訂一九八七。

（8）注2に同じ。

（9）藤井、河出書房新社、一九九四。

（10）参照、藤井「物語は解き明かされたか」『琉球新報』一九九四・一〇・二三。

（11）藤井『大切なものを収める家』思潮社、一九九二。

詩のするしごと

一　定型からの距離

課題はニヒリズムに抗(あらが)う、ということです。これはむずかしい課題です。なぜなら、ニヒリズムは、それじたい、文字通り「無」であって、何かにたえず結びついてのみあろうとします。権力と結びつくこともありました。反対に、個人主義と結びつくこともありました。現代俳句や短歌にニヒリズムは濃厚にありますか。さいわいにも、と言うべきか、ニヒリズムの度合いを希薄にしているように見えます。しかし、じたい「無」のような在り方だとすると、ババぬきのババならぬ、ジジぬきのジジみたいな感じです。いや、みんながジジをつかまされて、しかもどれがジジか分からぬわけですから、もうどうでもよくなって、ジジかもしれないカードをさんざん褒めちぎって、つぎの人にぬいてもらうしかない。ニヒリズムの蔓延とは、そんなゲームではありませんか。現代俳句や短歌の世界といえども、そうして見ると、ニヒリズムの蔓延をまぬがれていないのではないか、と考えられます。定型もさることながら、「俳」や《うた》といった文化の保護膜が適度にはたらいている世界であるから、被害は比較的小さいかもしれません。それに比べると現代詩は、ニヒリズムを身近にして、たえずすれすれのところに病跡を隠しながらやっているな、との感想をいだかされます。

現代詩におけるニヒリズムは、現代俳句や短歌のジジぬきに対して、ババぬきではないでしょうか。だれかが、そして自分が、持っているジョーカー（ババ）に対して無関心を装うにせよ、そのカードはニヒリズムの権化なのです。ほんとうには無関心でいることができず、つぎの人によってぬかれたいのに、なかなか立ち去らない「無」です。むろん、言語は変容を余儀なくされるから、近代以後に限っても、ニヒリズムという語じたい、ニーチェの時代、二十世紀にはいっての革命主義との能動的な結びつき、一転して欧米や日本社会での個人主義化（大杉栄が書くように「個人主義者の意志は、能動的であるよりも、むしろ抵抗的もしくは無為的である筈」）と多様であったし、日本語としては「ニヒルな笑い」＝冷笑や皮肉やちゃかしの思考に語義変化して、一九八〇年代なんか「ニヒリズム」が蔓延した時代だったようです。表層の、比較的若い同人誌などを中心にして、おもしろがりやふざけが見られたのは、裏面のニヒリズムを隠したい情動に支えられていたからでしょう。

一九九〇年代にはいって、様相が変わってきました。

意外なことを言うようですが、自然のすがたや人事のくまぐまが、多くの詩人たちの耳目に見られ、聞かれるようになった、ということが言えます。複雑な意味で花鳥風月の復活のようであり、幻影の自然、人工的な関係であることをまぬがれないにしろ、いわば二十世紀の「遺産」を詩の本来の声として、あるいは音として、聞き届けたい、という感じです。それはもしかしたらニヒリズムの果てに出てきたことかもしれません。それでも、詩人としての長い経歴を持つ、もし言ってよければ少年時代に、あるいは青年時代に太平洋戦争を体験せざるをえなかった人たちの、現在書きつづけられるある種の境地は、注目に値することです。自然と人事とが融合していることは特徴です。俳句や定型への接近と無関係ではなさそうです。しかし定型から身をからくも躱すようにして、はるかな縄文数千年の以前から現代詩を、あるいは現代史を構想することの持続を見せ、また体験としての戦争を現代にもたらすための長編的な努力は、成熟した詩人たちにしてはじめて可能なことであります。定点や民俗の原型がどんなにうごいても、詩の瞬間を摑み取るならば、書き手がつねに健在であることを示してやまないはずの、それら担い手たち、一九六〇年安保闘争の時代、高度成長の時代、そして現代をつらぬいて、ひめやかな時のうねりを体感する志は詩の書き手の夜を導いてやみません。

定型論争は、現代詩が無自覚に陥っている諸問題をいろいろに気づかせてくれた、という点で、興味深いことでした。現代詩からはニヒリズムの極致とでも言うべき試みでした。しかし自覚的な運動であったことによって、かれらはむしろ意図的にニヒリズムに賭けて抗うことを可能にする地平をつくり出した、と評価できます。

われわれはすっかり定型から距離を持っているはずであり、無定型に対し深い信頼を寄せることができます。現代の言葉がどんなに不自由であろうと、無定型を手離すことはなくてよいのです。現代詩は定型からの距離によって成立する世界にほかならぬからです。けれども、現代詩人が「詩」についてこうべをめぐらす際に、現代俳句や短歌という詩を忘れて議論します。詩は滅んでいないか、という議論は、その際に現代俳句や短歌を考慮にいれないことによってのみ成り立つそれです。むろん、私はそのような議論の方向をいけないと言うのではなくて、俳句や短歌形式の否定のうえに現代詩はあるのだとすると、考慮のほかへそれらを置くことには正当な事情がある、ということになります。無自覚がすすむとどうなるかという、現代詩の弱点へ定型論争が食い込んできた、ということでしょう。

二　言語の族の複数

定型は日本語でいうと、古代歌謡のうちにそれを持っていました。無定型であるように見える歌謡類のなかにすでにそれは始まったのであって、一千数百年の歴史をへて現在に至ります。それは真に文化と言える内容なのです。原倭国で定型が始まった時点で、中国の定型の歴史は一千年をはるかに超え、世界の文化の一つの中心をなしていました。文化はそれ以前の無定型を整備し、制度によって世界を分かりやすくすることです。けれども、言語という実態から見ると、そのような文化以前の、長い時間が蓄積されて、わずかな文化の時間を支えているのです。世界言語は数百万年を遡ってゆくと、模式上、たった一つの言語にゆきあたります。それは現在の水準から見て、高度の言語と言えるほどではなかったにせよ、明らかに言語の始まりということはあったのです。

約一万年まえで見ると、日本語なんかなかったし、朝鮮語もまたありませんでした。むろん原倭語はありました、その原倭語がそのまま原朝鮮語であることはなかった、と考えられます。アイヌ語は広い旧アジアの言語圏に位置して、日本列島の基層に原アイヌ語があったと見る人は多いようです。一万数千年まえには、日本列島などありませんでした。そこからわずか数万年を遡るだけで、原倭語、原朝鮮語、原アイヌ語の基層が、模式上、一つの原語にゆきあたります。さらに遡れば、地球規模での、原語のこまかい分岐点が見えてきます。一万数千年まえの日本列島の成立はその分岐点の一つです。約二千数百年まえに祖語（原倭語の一種）から琉球語が分岐、独立し、島嶼にへだてられてさらに多くの琉球語を分出させました。

言語の族が複数成立するという事実は、そのようにして言語が変化をこととすることの結果として、自然の勢いです。習俗や思考に言語の族ごとにまとまりが生じて、文化の原型が形成されることもまたたしかなことです。原野や空、動物や植物という、かれらをはぐくむ環境に対して湧く畏怖、親しみの感性を、言語の族ごとに風習を別にして表現することになります。しかし、もともとは一つだと考えるなら、シャマニズムならシャマニズムを取り上げると、言語の族を超えて大きく共通していることの理由は明らかです。文化という在り方はそのような特色がある程度整備されて、制度のように自覚されてまとまりをつくり出します。制度のような文化を形成することの根っこに、原始と言ってもよろしい、学習と言ってもよろしい、文明と言ってもよろしい、正確には《野蛮》と言いたい、言語の無定型な生存状態がもたらす、人類にとっての貴重な生成の時間があったということをぜひ想定したく思います。そういう野蛮を制御して文化が出てきました。文学で言うと、短歌や俳句をはじめとする定型とはそのような文化の遺産であり証しとしてあるのでなければなりません。定型は古代歌謡のなかから産み出されてきた歴史的所産です。

言語の族と言語の族とが接触することじたいに、なんら争いが起きることとは、原則としてありません。北アジアの多くのひとびとが、《民族》を異にしていると自覚しながら、隣り合わせに住んで不都合を生じていません。民族の自覚は、文化の相違にからまって、根づよいと思います。言語を基礎にしているということも、あるやりきれない感情とともに、それを思います。民族は民族間の接触をへて自覚される以前にはなかった、などと一部で喧伝される考え方は、それじたい矛盾を含んでいて、楽天的にすぎると思います。言語の一旦、できた壁は、分岐点ごとに厚くなります。

民族のような意識はその壁を通しての接触において早くから自覚させられてきた、と考えざるをえません。民族と言語とは、そのようにして堅く結びついているように考えられ、事実、言語の族と民族とは高い相関関係を示して現代に至ります。必然性などないにもかかわらず、民族の名において多くの戦役が営まれました。だから戦役には、言語がつねに一定の役割を背負わされています。しかもそれは戦役の遂行のために、重要な役割を果たすらしいのです。岩田昌征氏がこんなふうに言っています。

……その（ペトロヴィチ・）ニェゴシがいかに英雄的にムスリム人を殺すか、ムスリム人の村々を焼き払うか、セルビア人の英雄的行為として描いているのです。この詩はセルビア人にとっては、日本で言うと夏目漱石や森鷗外の古典以上の大古典なのです。で、学校教育のなかでその詩をイスラム人は教えてもらいたくない、セルビア人は絶対教わりたい、そういう詩なんです。昔から確かに僕の友人のイスラム人も、この詩が教えられていることを憤激していました。

今回行って聞いたのは、ボスニアのセルビア人の指導者カラジッチは、いつもポケットにその詩集を持っていて、その詩に唱われたイスラム人虐殺のシナリオ通りのことをやっているんだ。だからこれは、今回きりの話じゃない。三百年にわたる、あるいはニェゴシが書いてから百五十年にわたるセルビア人の心のプランを実行しているんだと。そういうふうに本気になって僕に説くわけです。我々にはちょっと考えられないわけですけれども。

（『感情』一、一九九四・四）

隣り合わせに暮らしていた《民族》同士が、あるときから憎み出して戦争状態になる。《民族》といっても、文化の交流がすすむし、実態は曖昧さをきわめている。そのありもしない純血を想像し《民族》主義であおって敵対関係をつくり出し、戦役をおっぱじめる。その際に詩人の言語が重要な役目を持つ。真にはカラジッチのポケットのなかにニェゴシの叙事詩をしのばせるイスラム人がわの深い不信を読み取るべきところでしょう。戦役のために、言語が、この場合は詩の言語ですが、恐怖や不信の感情を育てているさまを、二十世紀さいごの十年においてなおわれわれは現実として突きつけられなければならないのです。

三　「民族」と「言語」とを超える

一般に言語が戦争状態に荷担する、ということではさらさらありません。民族と言語との堅い結びつきをさらに堅く締めつけてしまう民族主義の言語こそが、明るみに引きずり出され、徹底的な批判の対象に据えられるのでなくてはかなわない。民族と言語とはほんとうに切り離し不可能であるのかどうか、民族と言語とをどう分けてゆくのかという、むずかしいプランをこそ二十世紀は提案しなければならないのでした。人種という考え方でそこに割ってはいった二十世紀前半の人種差別主義者たちによる悲惨な《回答》例は、そのあまりにも悲惨な結果によって、ひとびとをして、人種の可能性を提案することをためらわしめています。かくてニヒリズムが言語のうえに蔓延するのです。冷戦の構造下に隠されたようになって、言語と民族との堅い関係が温存されていまに至る結果、政治的抗争やひいては戦争の根源にある、《民族》という現実へ、言語が荷担してしまうことがあたかも自明のように思われるために、心ある言語の担い手（詩人と言おう）は、現実から逃避することによって、個人の言語行為を守りぬこうとします。

むしろ自明であるのは人種でしょう。数百万年の人類史によっていくつもの人種が誕生しました。人種が起源神話として、なんら根拠のあることでなく、また生物学的なそれの概念にしろ批判されるかもしれないとして、さらには人種主義の惨害があまりに大きいことによって、できるなら避けられる傾向にある危険な概念であるにしろ、だからといって「民族」の幻想が「人種」主義を隠微に温存することで、かえって国際的な紛争を激化させるとしたら、その現実に対しては、いわば文化の反対概念として、階層ならぬ人種があるのではないかということを、理論上の提案とする必要が出てきます。人種と言語との関係はまさにソシュールの言う所記と能記とのようなことであって、その結びつきは完全に恣意的な要素によって決定します。A人種の赤ちゃんはB人種の親で育てられるなら、その親の言語を習得します。言語能力は先天的に備わり、言語そのものは後天的にのみ獲得されます。母語も母国語もすべて後天的な習得によるのです。人種差別はそのような言語の恣意性を隠蔽して、あたかも人種が言語や文化と堅く結びつき、備わっているかのごとき幻想に取り込まれ、文化や言語の「優秀さ」を自覚したと思い込んだ民族主義者が引き起こすのです。言語にたずさわるひとびとがそれを見ぬくことをしないなら、あとはニヒリズムに陥るしかないでしょう。

ネーションという英語には、その民族という意味と、それから国民という意味と、それに国家という意味とがあります。言語じたいを観察的に、あるいは批判的に生きるしかないひとびと、つまり言語学者にしろ、詩人や文学者たちにしろ、その、ネーションならネーションという語が、三つ意味を持っていて、その意味のかさなり具合のちょっとしたずれから、ゆきちがいが生じもし、さらには戦争状態になりかねない、ということを観察しうるからには、勇気を出して、国際社会に対して批判的な発言をくりかえしていけないことがありましょうか。民族、国民、国家という三つの概念は、民族と国民とをかさねたり、国民と国家とをかさねたり、という巧妙な会話術によって、ネーショナリズム、ナショナリズムを延命させてきました。使い分けられているのですから、民族、国民、国家をそれぞれ別の語にしたてている日本語の事例は、それなら世界に誇るべきナショナリズム批判の契機を持っているかというと、じつは英語のネーションにほぼ相当する語が日本語にあって、それが「日本」という語、あるいは「アメリカ」という語、「フランス」という語、つまり何ともとらえどころのない国名ないし地域ないし文化を漠然と指す語なのです。勇気を出せ、とは、こんな身近な「日本」なら「日本」という語一つにしても無批判的に使うな、といったような易しい提案のなかにある、というしだいです。

時代に立ち込めるニヒリズムに対して、詩は無力なのか、そうでもないか、ということの、基準はありません。現代詩人が社会に対して直接に発言をするということじたいは非常にきらわれる、ということがあります。エントロピー的な力が直接にそとへ出てしまうからではないでしょうか。作品のなかに閉じ込めておけば、詩の力となって内部を燃焼させることができるのに、詩のかたちをとらずにそとへ出してしまうことには、詩人の行為としてどこか違反であるように見える、ということがあります。それは詩人として違反の行為であるばかりでなく、社会的な行為としても違反なのだ、と見ぬく必要があります。「言葉から変われ」と言ったのはだれだったか、会議に飛び交う言葉、議論に出てくる言葉そのものからして、詩人には疑わしくてならないはずであり、言葉の変革からさきに提案してしまうような子供らしい「世間知らず」を詩人は演じる危険があります。むろん社会的な成人としてそのようなうごきは、現実の、たとえば実務的な会議や打ち合わせの会場でみずから統御されており、なんの危険もありえません。単なる幻想のなかでのみ危険な提案を詩人は社会に対していつでも用意しています。

四　現代詩のジレンマ（自縺麻）

世界時計は終末に向かって針をすすめた、ということを近ごろ聞きました。いろんな理由によって人類は殺し合いを、というより一方的な大量殺戮をやめようとしていません。環境の汚染、自然の破壊をおしすすめています。思うのですが、二十世紀は十九世紀のうちに準備を終えていたことを、百年かけて実行した、という程度の時代でしかなかったのではないか、と私のなかのニヒリストはほとんど言いたい。アルフレッド・ノーベルが火薬を発明して、大量の殺戮が始まり（と昔の偉人伝に書かれていた水準の知識で言うのですが）、ランボーはすこし別にして、ニーチェ、マルクスともに十九世紀に生まれ活躍し、二十世紀にも活躍しつづける〝偉大な〟導師たちであります。言いたいことはそのことではありません。ただし、フーコーが言おうとして、それからドゥルーズが言いつづけて、生涯を賭けたたいせつな問題です。まさに皮肉なことに、哲学者たちが（サルトルも含めます）力を尽くしたために、いま流行の語で言えば「隠蔽」されてしまったところの何かです。つまり二十世紀は言語をまったく軽蔑しました。何だか、新しい隷属の関係をつくり出して、言語を最下位に位置づけたようではありませんか。言語学は、ごく一部のそれを除いて、ただ叛乱する言語を鎮圧するための高度な方法を考案するみたいでした。飼い馴らされた言語たちは、新しいメディアの植民地で、差別主義の手先になりつつあります。すべてがとは言わないが、言語による隷属装置は、その差別主義のために、支配の原因になる場合があったし、あるのです。二十世紀ぜんたいは言語に対するそのような制度をむしろよいこととして、管理の方向を急速にすすめているように見えます。しかし詩のするしごとがその方向に沿う必要はまったくありません。

現代詩の世界ではこれまで、多くの実験や試行がたえず行われてきました。その中心にはつねに言葉への想像力がはたらいています。そのことじたいは俳句においても同じことが言えるのであって、また現代短歌についても同様のことが言えます。季題は言葉です。すぐれた俳句には、季題への想像力がしっかりはたらいている、と述べてよいでしょう。句を人事や機会からひねり出し、季語をあとから加えて一句あがり、といったでき方の現代俳句をときに見かけるのは、どこかがまちがっている、と言いたくなります。季題が一見して見えないこともあり、それがすぐれた俳句でないと言い切れない場合があるので、季語を不可欠だということにはならない。むしろ、時間の思想である季題が超越的な言語であるためにかえって見えなくなる状態が生じうる、ということであって、あくまで基本は中心となる季の言葉を深める想像力の果てに瞬間の詩である「俳」が成立します。短歌の場合は、現代でこそ特定の歌語のような言葉が振り捨てられ、自由を確保したと言え、やはり季感をはじめとして人事のなかの志を述べる言葉には、文化と言えるほどの伝統や重みのある抑制がきいて、位置のどこかを満たす《うた》らしさの語句が、短歌としての良質さを決定します。

現代詩は実験をしよう、試行しようとすると、一方に詩語をどんどん純化して、言葉の詩をつくろうとする傾向があり、自分にもそのうごきをやめられないときがあります。しかし、行きすぎると、必要以上の排除がすすみ、小品化あるいは芸術的断片の集積みたいなことになり、気分はちがうにせよ季語や歌語に似る回路を構成しかねず、日本語にはありえぬ文法的な試みに得々として打ち込む、ということにもなるので、制御がかかります。もう一方の、現代詩は現代語の詩だ、という基本に立ち返らざるをえない。それの場合、現代そのものに突き刺さるわけですから、風俗の現象も世相の流れもどんどんはいってくるからには、その意味で最終的に、蔓延するニヒリズムを、排除したり差別したりしえないことになるのではありませんか。現代詩が無定型であるとは、定型のように選別して、詩になりそうもないことをそのそとへ排除したり、差別したりすることじたいを断念している。つまり、排除や差別を現代詩じたいがやってしまうことであってはならない、と思うのです。そうではなくて、現代詩は排除や差別をかかえ込むことになります。したがって現代詩は現代詩であろうとすればするほど、ある種のジレンマに取り込まれざるをえません。詩の感性ほんらいのうごきが、現代のうちなるきわめて詩になりにくい機会や現象に、むしろみずから巻き込まれるようにして近づいてゆくことがある。社会や機会に対してどんな位置を現代詩の詩人は詩のなかでとらされるか、というむずかしい疑問がそこにはのこる。

五　言語の批判

詩人は社会のなかでのジジやババの役割を背負わされています。まるでエントロピーのごとく、ニヒリズムを一身に受けて虫送りされるスサノヲ神ではありませんか。分かりやすく言うつもりでかえって大げさな譬喩を弄しているのかもしれません。要するに、言葉じたいにさわるかのような職業はいくつもあって、言語学にたずさわるひとびとのそれと、広告世界のそれとをただちに思い浮かべます。それらと詩人のしごととは、似ているところがあり、同時にちがうところがあるように思えます。ちがうところを突きつめてみると、詩人のしごとはけっして職業ではない、という感じがします。詩人の役割を言語学者や広告世界のひとびとの場合と比べてみると、言語の観察や利用をたくみにしなければならない点では似るとともに、立ちいっていままさに観察し利用しつつある言語を批判する、という特異な面があることに気づきます。それは言語政策や日本語教育に見られる言語の統制ともちがいます。言語学の批判でもありません。言語そのものの批判が詩人のしごとにはある、ということができます。だから、詩人の批判の力が、社会にとって有用なようにはたらくなら、世間から歓迎されることでしょう。けれども批判ということは、反社会的な要素を隠し切れません。詩人のしごとは、言語学や広告制作のしごとと似ているように見えて、真実には一部の哲学者のそれにはるかに近い何かなのです。

日本語の境域——言語の〈エスニシティー〉試論

方言は地面を、這いながらすすむ（地面語と名づけたい）。

古語は地層となって折りかさなる（地層語）。

若者言葉でもある、新方言については年速一キロとかぞえる、研究者がいたし（井上史雄さん）、古典の言葉は地層学がどんなに重要な、ヒントになるか、自然は裏切らないのである。無アクセント、曖昧アクセントについて、一型アクセントをも含めて自由アクセントと名づけ、日本語の古層をそこに推定してみた、さきの試みについては（藤井『自由詩学』思潮社、二〇〇二）、それを言い出してみると、賛成する意見から、いくらも声をかけられたのはうれしい。

S・R・ラムゼイ「日本語のアクセントの歴史的変化」（『言語』一九八〇・二）のコピーを、橋尾直和氏が送ってくれて、甲種アクセント（京都式）のほうこそは乙種アクセント（東京式で東北から北海道、西は中国地方・北九州など）の「滝」（落ちるところ）が、一拍まえにずれて、つまりあとから成立したのだろう、とそこでは論じられている。ラムゼイ氏の調査は通説をひっくり返す、まさに発想の転換に基づく。われわれの自由アクセントが、東京式アクセントよりもさらに古層にあろうという、考え方をつよく支持してくれそうに思える。一九八〇年前後はいろんな領界でコロンブスの卵みたいな学説が出揃うから、おもしろい。

大井川上流は曖昧アクセントを含む、古層として知られる。方言学者の宮良当壮氏が訪れたら、大きめの子供が小児に「ウラタ　ナーキソ」（俺たちとは来るな）などと、昔の「な……そ」（禁止）をそのまま使っていたという、報告もある（『風土と言葉』岩崎書店、一九五四）。「な……そ」じたいを古層とは言いえないにしても、地層学的に言えば古層なくして「な……そ」は容易にのこらぬと、それだけでも言えそうである。

そこで、やはり橋尾氏から教えてもらった、山口幸洋氏の幾冊かの本を読んでみたら、「出したよ、来たよ、逃げたよ、見たよ」を子供たちが、デーケヨ、キケヨ、ニゲケヨ、ミケヨとすらすら告げてくれたという。これらのケは古語の「〜けり」をのこしたのであろう。それはよいのだが、そのあと山口氏の言う、コメントがすごくて、「〜けり」の「用法自体が未だ完全に解明されていず、現在の学説は古文を現代の考えによっていろいろ解釈しているだけで、それを現実に使っていて説明できる人は、この世にはいないからである」（『静岡県の方言』静岡新聞社、一九八七）とある。古文と現行語との関係をここまで言う、識者が絶無に近いのに、方言学者から聞けるとはまことに貴重な、宝石のような、一言である。

縄文語（＝最古層）というのは、特集や研究書のたぐいまでが出る、いまの状況にあって、今後すすむ、研究かもしれないが、現在のところ死語であり、一例も確実な、用例を手にしていない以上、弥生語の史前史は、資料時代とまったくちがう、新型のものさしを用いて、雄大かつ慎重に行われるしかない。贋石器づくりで著名になった、藤村新一氏に象徴されるように、日本考古学や歴史学をおもに支えてきたのがナショナリズム、「日本精神」史、ないし心情的日本主義であるならば、あんな忌まわしい、事件をもう引き起こさないためにも、古い話題の全部をアジア的規模へ持ってゆくべきだ。

心情派の人もいようから、一千年ぐらいのこちらがわと、むこうがわとに分けて、こちらがわは日本文化論者の餌食になろうとも、むこうがわはもう日本歴史からはずして、日本文学にしても一千年をさかいに、やめてもらうとすれば、『源氏物語』などはまさに日本文学から追放すべき、いまにさしかかりつつある（藤井「物語における王統」『源氏物語と帝』森話社、二〇〇四）。

いちばん大きな、ものさしではかるとしよう。五万年まえのスンダランド人が、以前の原人や旧人たちとどう繋がるのか、それは分からないが、スマトラ沖地震津波、ついで起こりつつある火山活動の活性化が、スンダランドの第二次沈降を引き起こすか、それもまたまったく分からない。北方へと移動した、ひとびとは、まだなかった、日本列島あたりへやってきて、最初の旧石器生活を開始した。大陸と地つづきであるから、北方原人や旧人たちもまたどんどん訪れてきて一向にかまわない。

縄文文化というのは一万六千年以上まえにまで、起源が引き上げられてきた。当然、日本列島形成以前という、計算となって、大陸の周辺文化と言えば言えるものの、南方要素の北限でもあるのだから、それじたい、複合文化であったろうし、大噴火によって前後をまっぷたつに分けられる、規模の異変もあり、自然との闘いや克服、あるいは自然の賜物として、ただならぬ、言語能力の発展を見たとは想像にかたくない。ともあれ最古層を形成したろうが、子音と母音と、あるいは母音がしっかりと音節を一つ一つ決めてゆくという、現日本語の特徴は、南方語のある部位にも見られる。太平洋全域に船を出していた、活発な、言語族が、日本語での基層をなしたとする、見方を見方としては提出してよかろう。マオリ語の起源がかえって中国南部あたりに求められることはよく知られている。

縄文語はけっして一枚岩でなかろうから、エリアに分けるしかないが、琉球諸島に見るだけでも、北部、中部、南西部と特徴づけられる。

一方、地中海沿岸を十万〜一万年単位で古く出てきた、新人Homo sapiensが、いまのイラン東部からパキスタンへかけて拡大し、インダス文明をつくり上げるものの、あとから来た、サンスクリット語族に追いまくられ、一部は南インドへ逃れ去って、いまにドラヴィダ諸語、タミル語などの文化となったと言われる。文学で見ると、二千年まえのサンガム詩や、ティルックラルという、箴言詩などを文献のうえにのこしており、これらは大野晋氏（『日本語の形成』〈岩波書店、二〇〇〇など）、高橋孝信氏（『ティルックラル』平凡社、東洋文庫、一九九九）によって知ることができる。

サンガム詩は音数律が五・七・五・七……、また五・七・五・七・七という、日本文学で言えば短歌形式そっくりの詩歌を、厖大（ぼうだい）にいまにのこしている。ティルックラルは五・七・七らしい。短歌の要素は音数律ばかりでもなかろうから、比較するのに細心の注意を払うべきだとしても、大野氏による、それらの指摘はあまりにも衝撃的だ。もし本居宣長がそれを知りうるならば、勇躍取り組んで倦まなかったろう。知らなかった、宣長が、和歌起源論を日本風土のうえで花ひらかせた展開は、限界への挑戦であるから、十分に許せる。かれの知らなかった、知見を持つ、われわれが、それでも和歌起源を「日本語」に求めつづけるなら、怠慢の至り。

藤原明氏の考えを借りると、日本語は系統的に中部・北部ドラヴィダ諸語に近く、したがって日本祖語は（南にはいらず）インド西、あるいは北部から東北部へ移り、しばらく定住して稲作などをしていたろうが、アーリア人（サンスクリット語族である）に押し出されて、雲南にはいったろう

（一部は東南アジアにはいったかもしれない、と）、そして中国南部、江南から対馬海流に乗って北九州へやってきた（『日本語はどこから来たか』講談社現代新書、一九八一）。一九八〇年前後にはこんな若手の本も出揃っていたのだ。

氏が雲南経由を考えたのは、一九八〇年代ごろの稲作起源論に基づくのであろう。揚子江（＝長江）下流に水田耕作の古い、遺跡がつぎつぎに見つかる、こんにちにあっては、いくらかの修正が必要な、意見かもしれない。同じく藤原氏によると、百年まえのH・B・ハルバートという学者に、朝鮮語とドラヴィダ諸語との比較文法書があり、ソウルで出版されているというから、ドラヴィダ諸語、朝鮮語、日本語三者の比較にわれわれの視野をひらいてゆくかもしれない。

朝鮮語じたいが複雑な、地層学を必要とするとは、これからの作業日程でますます確信されるであろうが、ベースに日本祖語と同じ、事情が起きたと考えられる。稲作の起源と移動、朝鮮半島と北九州あるいは対馬海流、そして古層、最古層にある、いくつもの祖語の関係は、いまのところいくつかのミッシングによってはばまれているものの、まもなく整合性のある、意見に見舞われそうである。

藤原氏は江南にあった、呉の国滅亡の紀元前四七三年が、暫定的な、稲作到来の時期ではないかとしている。弥生時代の始まりを紀元前一千年ぐらいに持ってくる、現代では、高度の整合性を求めてゆかなければならない。けれども『魏志倭人伝』などに見ると、古代日本人として、「われわれは呉の子孫だ」と言うらしい、かれらの自己主張にも十分に耳を傾けることとなろう。さきに和歌起源論を日本社会で展開する、おかしさについて述べたが、その狭隘さは漢民族中心文化の考え方のなかでも起きる。五言絶句や七言律詩などの「五言」や、「七言」の起源はどこにあるのだろうか。『詩経』などが四音であるのを見ると、五や七がもともと漢民族根生いでなく、文化として取りいれた、可能性はないのだろうか。そう思ってみると、1、ドラヴィダ諸語のタミル語の詩歌が、五音や七音を多く見せている、2、日本古語で五・七の組み合わせから短歌や長歌ができている、3、漢詩が多く五言や七言であるという、三角形に、ある種の連絡が見えてくるはずではないか。そういうところにも整合性を考えてゆく、手がかりはあろう。

ここいらから中くらいのものさしではかるとする。紀元前一千年ぐらい、つまりいまから約三千年まえに弥生語の流入という、bang（爆発）があり、と言っても一千年単位の歳月をかけて、いまの東北地方から琉球諸島までを原日本語で染めあげた。これはじつに徹底していて、現行の日本語と琉球語とは、どこまで行っても方言同士と言ってよい、きょうだい語であり、祖語から別れてきたはずの過去を疑えないが、そのことは三千年まえから二千年まえにかけて、両地域ともに優勢な、何らかの語族によってのしかかられた、大事件を雄弁に語る。外間守善氏はもうすこし遅く見て、日本祖語からの別れを三世紀代から六世紀代にかけてとする（『沖縄の言語史』法政大学出版局、一九七一）。

琉球諸島には琉球諸島の先住語があり、日本列島には日本列島の先住語があったにしても、両方のエリア全域を襲う、つよめの語族によってbangは引き起こされた。ではどうして現代の琉球系日本語とでも言うべき、沖縄語が成立したか。『物語理論講義』（東京大学出版会、二〇〇四）で、（1）数万年単位の先住文化、（2）そのうえに被いかぶさる、古日本文化、（3）そのうえに広がる、按司（あじ）たちや王府の文化という、三つの「地層」を考えてみた。そして琉球語bangなる、爆発的発達を、それらのうちの三層めにおもに求めた。あるエリアが特徴的な、言語文化を持つとは、層的な、分析をへてはじめて言える、推定だろう。そういう提案でもある。

アイヌ語は北海道アイヌ語、樺太アイヌ語、北千島アイヌ語という、広がりを持ち、カムチャッカ半島にも痕跡があり、中心がどこかというより、広くエリアを持つ、亜寒帯地域の有力な、諸言語の一つである。くりかえすが、亜寒帯地域の一言語である在り方と、北海道なら北海道という、一地域で、どんな層的形成を見せているかという、実際とを、分けてゆきたいと念願する。隣接語である、日本語との貸借関係が多い、事情も忘れてならない。隣り同士が接触する実情と、日本語とアイヌ語とが、文法、語彙などにおいてすっかり別個の言語だ、という、現実とを、けっして混同してはならない。

民族を別にし、異質な、言語としてある、同士が接触すると、友好や宥和関係の生まれる、一方で、千数百年にわたり、東北、北海道地域で、日本語とアイヌ語とは対立しつづけてきた。この千数百年という、言い方には批判されることもあって、『日本書紀』に出てくる、蝦夷や、史上の毛人のたぐいをアイヌと見るのを疑う、現代日本人研究者や批評家がくりかえし出てくる。それとまったく根っこが同じ問題で、縄文語とアイヌ語とのあいだに連続性、ないし何らかの連絡を見つけようとする、考え方があとを絶たない。それらを頭ごなしに否定しても不毛だし、諸言語間につねに何らかの連続性や連絡のある、在り方は経験的にだれもが知っている。

民族学というのか、ソフトに日本文化論と言い換えてもよいのだが、民族言語について考えることとは国粋的な、科学だろうか？　ハードに言うと、帝国主義的侵略の使わしめなのだろうか？　明治以後の戦争文化を支えてきたのは、ナショナリズムつまり、国家主義ないし国民という、考え方であり、それにもし奉仕するならば文化研究は、ソフトであっても国粋主義になる。

もし、民族学といえば帝国主義の手先のように思われているとしても、それがあるときに、とんでもない力を発揮して、「日本民族などという、存在はないんだ」と「実証」してしまうなら、国粋的な、社会からはえらく反動的な、科学となって、すくなくとも民族主義的には戦争をする、理由がなくなってしまう。

国家が戦争を求めるならば、民族学は抑止力となりうるという、理由だが、ある国家のなかにはいっていって、民族なんかないのだと実証しては、民族学の首をみずから絞めた、結果になるから、たぶんそうはしないと思う。話は一巡し、代わって言語学が真価を問われようという、展開になるとして、しかし言語学がもし「日本語」を実証してしまうなら、民族学と同じ穴のむじなだと言われても仕方がなかろう。

日本語にエスニシティー、つまり日本語らしさなどあるのだろうか。まったくそんな「らしさ」はどこにもなくて、言語が諸言語の一角に投げ出されているのみである。教育学者たちが美しい、日本語や、正しい、日本語を愛したければ、それはナショナリズムにすぎないので、おそらくエスニシティーの装いでそれらはやってくるだろう。ならばエスニシティーを積極的に解体するかという、段階だとしても、ないエスニシティーをどう解体するか、かえって難問である。

むしろ日本語グループとでも言うべき、存在を積極的につくり出して、何でもありの貪欲な、言語活動にしてしまうという、手があろう。翻訳語と短歌の五・七・五・七・七とが、一つになったってよいだろう。日本語がどっから来たか知れないのではなく、日本語グループによる、刻々変化しつつある、言語活動こそがたいせつなのでは。

衝突とはそのような言語活動の別名にちがいない。

Ⅲ　Eメール往復書簡（ハルオ・シラネ／藤井貞和）

カノン、カウンターカノン

ニューヨーク――東京――ニューヨーク――トリチュール――チェンナイ――シンガポール
――プラハ――東京――ウィーン――東京――東京――原州――江陵――ソウル

書簡1　九月十一日　ニューヨーク市から　**ハルオ・シラネ**

藤井さん、今日は九月十一日です。追悼式の日です。去年のことがいろいろと思い起こされます。ちょうど一年前のこの日、コロンビア大学の大学院の『源氏物語』のゼミの用意をしていました。朝九時に大学院生の一人から自宅に電話がかかってきて、「世界貿易センタービルで事故が起こったようですが、今日ゼミはありますか」と言うのです。世界貿易センタービルは直接うちの窓から見えないので、慌ててテレビを点けると、両方のタワーが燃えていましたが、何が起こっているのかよく分かりませんでした。『源氏物語』は読めないかもしれないけれども、いずれにしてもみなが集まって話し合ったほうがいい」と学生たちに伝えました。

十時ごろ、研究室に大学院生たちが集まった時点では世界貿易センターは、もう崩れていました。一人の大学院生の奥さんが貿易センターの隣のビルに勤めていましたが、まったく連絡が取れない状況でした。あとで分かったことですが、コロンビア大学の卒業生だけで、百七人が死亡しました。

悪夢の日々でした。最初の一週間は生存者（ビルに残っている人たち）の安否のことで頭が一杯でした。学生たちはみな何らかの形で被害者を助けたいという気持ちが強かったのですが、最終的には、生存者がほとんどいなかったため（逃げた人は逃げたが残った人はほとんど例外なしに死亡した）、救助作業をしている人を助ける形になりました。人と会うと、みな黙って抱き合った。ニューヨークに長年住んでいますが、今回初めて、一つの村に住んでいる感じがしました。ただし、今までのような平和と安全の生活はもうないだろうと思いました。爆弾の恐れが相次いでいました。マンションの前の車に爆弾が仕掛けられているようだ、ということで立ち入り禁止になり、一時的に家に帰れなくなったこともありました。

このような悲惨な事態に直面したときには文学がほど遠いものに思えるかもしれませんが、一つ印象的だったのは、人々が公園や広場に集まって、短い詩を書いて壁に貼ったりした光景です。（子供たちも同じように絵を描いたりして壁に貼っていました。）アメリカでは、普段あまり見かけない光景ですが、人間は本当に悲しいとき、不安なとき、口では何とも言えないときに、詩や歌——凝縮された表現や音楽に近い言葉——で気持ちを表したくなるのかもしれません。本居宣長が述べたように、自分の書いたものを他の人に読んでもらうことによって、書く者も読む者も慰めが得られるのかもしれません。

『源氏物語』はいろいろな面ですぐれている作品だと思いますが、今回、あらためて思い出されるのは、悲哀、哀傷の場面、恋人、妻、子供を喪った場面、喪った人を回想する場面（「桐壺」「夕顔」「葵」「幻」「総角」など）です。「桐壺」巻を例にとると、野分の場面で桐壺帝と光源氏の祖母の交わす贈答歌が、それまでの二人の複雑な感情のすべてを凝縮した形で表すことになる。このように、主人公をはじめとする登場人物たちがこころに深い衝撃を受けて、時間とともに過去を振り返る場面が非常にすぐれていると思います。王朝文学（特に和歌、日記、物語）の大きい特徴は、季節とともにめぐる周期的な時間と個人の生の前進的な時間とがしばしば交差することですが、季節の周期的な時間が個人の過ぎ去った過去を強く思い起こさせることとなり、過去と現在とが同時に存在して響き合うのです。『伊勢物語』第四段の、「月やあらぬ春や昔の春ならぬわが身ひとつはもとの身にして」が典型的な例です。さらに微妙な時の変化や日々の時間の流れの意識が加わって、そのなかで、個人（登場人物）が自分の過去と人間関係を探る。王朝文学は「時間の文学」と言ってよいほど、人間のさまざまな時間を徹底的に掘り下げています。

テロのことに戻りますが、9・11の後、しばらく時間が止まった感じでした。日常の時の流れが止まって、過去と現在と将来とが同時に思いやられた日々でした。テロと『源氏物語』とは一見まったく関係ないように見えますが、テロの一つの根本的な原因は誤解と失望です。テロは、相互に意思を伝え合う方法や可能性への信頼が崩れるときに起こる現象です。『源氏物語』の語りの原型は色好みであるとか貴種流離譚であるとかいろいろ言われていますが、紫式部にとって一番根本的な関心は、人間のお互いの誤解とその誤解から生まれて来る悲劇ではないでしょうか。『源氏物語』は世界最初の小説だとよく言われますが、私から見て、『源氏』に「小説的」な特徴があるとすれば、それは何よりも、そこに展開される dramatic irony ドラマティック・アイロニーです。

ドラマティック・アイロニーというのは、ある登場人物が話したり、考えたりしているときに、読者にとっては、その登場人物が相手の心理や状況などを明らかに誤解していること（あるいは自分自身を誤解していること）が見てとれるということです。ドラマティック・アイロニーは、『源氏物語』の第一部にもむろんありますが、第二部になって深くなり、第三部では全体にわたって染み透っています。irony（皮肉）というものは、文字通りの意味とそうではない意味の「差異」のなかに立ち現れます。dramatic ということは、その差異が「劇的に」、立体的に見えるということです。『源氏物語』における複数の語り手と複数の視点とが、その「差異」を「劇的に」見せてくれているわけです。特に、主人公、光源氏は自分の好きな女性のことをよく理解しないで、自分で知らないうちに相手を傷つけながら行動しています。極端な言い方をすれば、光源氏は、自分が最も愛する女性、紫上を、（女三の宮と結婚することで）自分ではそうと気づかずに、最終的には殺してしまうわけです。もちろん、『源氏物語』は当時の貴族社会の結婚制度や位と階級の差などが引き起こすさまざまな悲劇をも語っているのですが、『源氏物語』が世界最初の小説（「小説」や「novel」という言葉とその概念じたいに問題はありますが）と見なせるとしたら、それはドラマティック・アイロニーを心理的に徹底して追求しているところではないかと思うのです。どうでしょうか。

今日はこのくらいにして、今度は藤井さんのお話を聞かせてください。

書簡2　九月二十五日　東京より　藤井貞和

シラネさん、『國文學』二〇〇一年十二月号（特集「王朝文学——韻文と散文の交通」）の、「仮定法としての『源氏物語』――コロンビア大学オープン・ゼミ」は、いくつもの意味で、読者を勇気づけます。第一に、『夢の浮橋――『源氏物語』の詩学』（中央公論社、一九九二、角川源義賞受賞）、『芭蕉の風景　文化の記憶』（角川書店、二〇〇一、石田波郷賞受賞）の著者である、そして編著『創造された古典――カノン形成・国民国家・日本文学』（鈴木登美との共編、新曜社、一九九九）においてカノン形成の問題を提起した、ハルオ・シラネさんによって、新たな文化論の構想がつむぎ出されます。それは〝試論なくして事柄が自然発生することはない〟との見地から、西洋理論への立脚を意図して表明する、それじたいきわめて挑発的な構想でした。第二に、コロンビア大学大学院でのセミナーのすすめ方を、再構成して、私どもへ示してくださいました。これについてはわが小林正明の尽力のなせるところでもあり、日本社会（特に教育機関）への、みごとな架け橋となっていることでしょう。そして第三に、二〇〇一年九月、ニューヨークという、時日と場所とを刻みいれたシラネ・ゼミ（秋学期）であることに、われわれは認識を新たにしないわけにゆかない（再構成ですから、9・11とのダイレクトな関係は望見できないものの）。

九月十一日（二〇〇一年）、ニューヨーク市の、学友たちその他、身近なひとびとの安否の確認作業がすすめられ、病院には献血をするひとびとが駆けつけている、との一報を、同日中にコロンビア大学の大学院生から私は受け取りました。「テレビでは、〈戦争にはいりました〉など宣言しているが、愚かな仕返しをしてアメリカ合衆国が事態をエスカレートさせないことを望む」とも、そこには付記されていました。

リアルタイムでむき出しのメディアが日本へも映像を送りつづけ（戦争報道が徹底して管制下に置かれることと対照的かもしれない）、二機めの突入、ツインビルの崩壊、三機めのペンタゴン突入、四機めの墜落をつぎつぎと見せつける。その時点で十一機がハイジャックされ、のこる七機のゆくえが分からなくなっている、という報道もまじって、テレビの画面のまえに立ちすくみながら、私のなかから出てくるのは声にならない悲鳴です。

その十年まえには、地下を爆破したテロがあり、六名死亡という惨事で、そのときニューヨークに暮らしていた（コロンビア大学に客員教授として滞在中だった）私は、大学院生のアパートで、その夜、持たれた、慰めのパーティーにおいて（とは、かれのパートナーがそこに勤めていて、彼女は煤だらけになりながら八十階から階段で降りたのです――）、かれらがひそひそと「あれはビルの倒壊をねらったテロではないか」と話していたな、といまに思い出します。

その意味で、ニューヨーカーたちの奥に蔵匿(しま)われた、既視感に満ちた悪夢の「実現」だったかもしれません。十年まえのあの日は、授業を終えてそとへ出ると、世界貿易センターで「事故」があったらしい、という知らせがはいって、院生とそのパートナーのために、みんなが心配して学科のオフィスにあつまり、彼女はビルのそとに出るやただちに電話をいれて無事を知らせる、という、文字通り大学のオフィスが、かれらの学問研究だけでなく、生活の中継地としても機能していることをまざまざと知らされました。これは特記すべきことです。

今回はマンハッタン島での生存（＝生活）じたいをおびやかされるという、一変した状況で、大学の卒業生など、関係者からも多くの犠牲者を出した大惨事であり、大地震や、憎むべき戦争に匹敵する惨害を、テロリストたちが引き起こしたことにおいて、けっして神の名ならぬ、人間の名によって告発されなければならない犯罪でありました。これもその日のうちに（上記の院生のEメールのように）、一部ではあるにせよ、報復行為に出てもアメリカ合衆国のためにならないという、冷静な分析を求める声や、報復反対の声明が出始め、旬日ののちには例の、いくつもの反戦チェーンメールが、カナダの片田舎から、スイス、オーストラリアなどをめぐり、ニューヨークをへて日本、韓国へも送り届けられます。

被害者たち（言うまでもなく多国籍でした）の無念を思うと、「敵」をさがし出し、報復止むなし、とするきもちと、そうであってはならないという、高い感情とのあいだに、引き裂かれる米国国民の苦悩を、各種投稿やさまざまな意見表明のなかに見ることができました。

対するのに日本では、どのような支配的「感情」が進行していったか、とても私には9・11の直後に日本社会で起きたその「感情」生活の実際を、一口で説明することができません。むろん、官製の「意見」は同盟的な米国傾倒で、のちのイージス艦派遣構想などにつながるアフガン攻撃支持へと発展します。

けれども、広く日本社会を被う（じつはアジアぜんたいでもそうでしたが）、まさに湾岸戦争に引きつづくかのような、〝対岸〟の火事見物気分は無惨なことでした。湾岸のときにはまだしもありえた、感情のダブルバインド状況の自覚は、今回のアフガン攻撃へと至るメディア報道の論調をはじめとして、根こそぎ失われたかのようで、まるでみんなで幼児退行や言葉狩り（「テロと言うべきではない」「戦争の定義は」云々）を試みている、あわれな日本社会でありました。私も言葉遊び作品を発表して、意図してかれらの仲間入りを果たします（『読売新聞』に発表した「チェーン」という回文詩のことです）。

また、私は「ほんとうの物語敗北史とは」という書き物をひそかに書き出して、あとを書けなくなりました。物語とは、複数の語り手や主体が錯綜する、ダブルバインド状況なら状況を引き受け、自覚して、けっしてそこから立ち去らないことです。私は報復戦争を無意味なこととして反対しますが、それは真に無意味であるばかりでなく、戦争そのものを否定する非戦の立場から反対するとなると、反対そのことが無意味となって、救いがたいダブルバインド状況に陥ります。

『夢の浮橋』において、ドラマティック・アイロニー(注)によって、『源氏物語』の対読者の関係、主人公対主人公の関係の、ダブルバインド状況がみごとに解き明かされていった考察を、いま強力に、私は思い起こしています。「複数」の語り手、そして「複数」の視点という提起は、古びない視野、方法的模索の出口を提供しつづけているのではありませんか。『源氏物語』を通しての思考実験がつづけられなければならない理由です。副タイトルの「『源氏物語』の詩学」は、『源氏物語』じたいのそうした創作技法の探索であるとともに、現代での文化技術をわれわれがどう身につけるかという「詩学」でもありました。おっしゃる通り『源氏物語』と現代とは深く結びついて容易に離れないのです。

(注) 会話の対称が二人称であるとともに、語り手が語りかけるあいて(聴き手)もまた二人称であることはドラマティック・アイロニーかもしれません。

書簡3　九月十四日　ニューヨーク市から　ハルオ・シラネ

同時多発テロ後の数箇月のあいだに、アフガン戦争が起こりました。二重三重の悲劇になりました。今まで被害者になっていた私たちアメリカ人が今度は一種の加害者にもなりました。湾岸戦争のときと同じように、情報がよく入りませんでした。メディアが政府と協力していること、一方的な映像を出していたことがよく分かりました。最初の事件から二箇月後、アメリカの一般向けの文学研究・教育雑誌（『PMLA』二〇〇二・五）に頼まれて以下のようなことを書きました。特集の題は「今なぜ文学を教えるか」でした。

今回のように深く大きい悲しみをもたらす惨事が起きたとき、文学研究や文学教育はほとんど無力に見えるかもしれない。しかし、このようなときこそ、文学が重要ではないかと思う。文学は、人間の根本的な、一番深いところを探求して表現する方法であるばかりではなく、自分が知らない文化や社会、そこに生きる知らない人々の気持ちや状況を想像力を通して理解するために不可欠の手段だと思う。

この十年間、アメリカにおける文学研究は根本的に変化した。文学研究はもはや、特定の一つの国や国家の文学を研究したり、その国の伝統を教えるだけの分野ではない。文学研究はmulticulturalism複数文化の研究になりつつある。今日、英文学という分野は、イギリスの文学だけではなく、インド、南アフリカ、カナダ、アメリカなど、広く英語圏の、あるいは英語で書かれた文学を研究する分野に拡大しつつある。スペイン文学も、スペインという国の文学だけではなく、南米や北米のスペイン語圏の文学をも研究・教育の対象とするようになっている。フランス文学、中国文学についても、ヘブライ文学、アラブ文学についても同様のことが起こっている。ヨーロッパ中心のナショナル文学の研究から、グローバルな文学・文化を対象とする分野になってきている。

テロの時代、その反動としてのアメリカ（おもにホワイトハウス）の愛国主義と国家主義のナショナリズムの流れのなかでこそ、このような意味でのマルティカルチュラルな文学教育は重要であり、文学研究者、教育者の責任も大きい。テロはいかなる理由によるものであれ断じて許されるものではないが、テロの根本的な原因（経済的なグローバリズムの浸透のなかでの貧富の格差や反米感情、パレスチナの問題、植民地主義の歴史のその後など）も追究しなければならない。北米や西ヨーロッパ以外の地域——中近東、南アジア、東南アジア、南米、東アジアなど——のそれぞれの文化と歴史を、もっとアメリカの一般教育（小学校から大学まで）の対象に取り上げる必要があり、アメリカ人全体の視野を広げなくてはならない。

アメリカは合衆国で、全世界のさまざまな人種と民族が作っている国だ。ニューヨーク市は複数の民族が一緒に住んでいる大都市である。自分を知るためにも、異文化を知るためにも、非西洋文化とその歴史の教育が必要である。冷戦後、世界の構造が根本的に変わり、国際的にも国内的にも、多元的な複数文化・複数の民族の時代に入った。テロは、この新しい複数文化・複数民族の時代の一つの暗い産物である。異文化（特に遠い非西洋文化）に生きる人々の状況を理解するために、また国内のさまざまな民族を知るためにも、今こそ文学が広い教育の場で強く要請されている。

ざっと以上のようなことを述べました。紫式部は、「蛍」巻の有名な「物語論」で、物語（文学）は『日本紀』のような歴史書が見せてくれない世の中や人間の側面を教えてくれると述べています。この論を拡大すれば、文学が正史に対する批判にもなります。例えば、善と悪の抗争というプロットを強調するアメリカ政府（ホワイトハウス）の国家主義のナラティヴが「正史」だとすれば、文学＝「物語」こそが、もっと複雑で多彩な歴史や、さまざまに異なる複数の視点を見せてくれる

のです。そこから、複数の声や抑えられた声が聞こえてきます。

書簡4　九月二十〜二十四日　トリチュール、チェンナイ、シンガポール発　藤井貞和

十四日に成田空港を発つまぎわに往復Eメールを受け取ることができました。この「往復Eメール4」では、文学教育が現代の暗部をも含めたグローバルな状況に対し、どう立ち向かえるかを問う、「往復Eメール3」に向き合いましょう。

おっしゃるように、英文学なら英文学は、英国の文学だけでなく、インド、南アフリカ、カナダ、アメリカなど、英語圏の文学になっています。ある意味で植民地主義の変形ですけれども、英国じたいでは成り立たなくなった英語文学の、世界的な規模での再編成がすすみ、それはアジアやアラブ、イスラム圏をすら包みこみます。インドではしばしば訊かれます、「日本の詩人や作家は何語で書くのか」、と。かれらの認識としては、日本語をネイティヴとする日本人作家が、もしも「世界」に認知されたいならば、たとい日常的には日本語だか何だか地方語でしゃべっているとしても、発表する作品は英語で書いているだろうという、当然の誤解を前提にしたうえで、念のためにたしかめるような思いで「日本の詩人や作家は何語で書くのか」と訊いてくるのです。

私のインドはこれで三度めです。ヒンディー語、ウルドゥー語をはじめとして、今回はカンナダ語、マラヤーラム語、タミル語の使われる諸地域です。私は途中参加ですが、仲間たちはコルカタ（カルカッタ）で、ベンガリー語の女性作家マハッシェタ・デヴィ氏を訪ねる、という目的をも達成

しました。

いったいそんなにまでして何を求めるのか、と呆れられそうですが、これまで日本とインドとの文学的「出会い」は、多くの場合、英国やアメリカ圏を媒介に英語を通して接触する、という在り方だったのです。さらに言えば、もしお仕着せのプロジェクトに凭れかかるだけなら、いつまで経っても事態は変わりません。直接、出かけていって対話しようという、手づくりのキャラバン（その名も日印作家キャラバン）でした。

私なら私が、日本語でマハッシェタ・デヴィの作品を読みたい場合に、ベンガリー語からの翻訳がぜひとも必要となってきます。ガヤートリ・スピヴァグ経由（＝英語）でサバルタン（下層民）研究を試みる研究者は日本国内に何人もいますが（スピヴァグの批評書のなかになんとデヴィ氏の作品がはいっている）、知りたいのは直接なるインド、多言語下に活きられるインド、作家たち一人ずつの言葉、呼吸のような肉声に近い文学の言葉ではないでしょうか（デヴィ氏には一九九〇年代の初めに『ジャグモーハンの死』〈大西正幸訳、めこん、一九九二〉があります）。

むろん、直接に知りたいとは、カンナダ語やマラヤーラム語で交流したい、というようなことではけっしてありません。多民族、多言語社会や、非英語圏でこそ、英語なら英語が共通語にならざるをえないという状況の確認です。複数の言語を生き生きと、そしてしなやかに文化や文学が越えてゆく、いわば言語の生存状態へのわれわれの感嘆がここにはあります。ケーララ州のトリチュールでは、古典語のはずのサンスクリット語をベースとする、二千年以上をへてきたとかれらの言う、クーリヤーッタム劇をも観ることができて、われらの感嘆は頂点に達したことでした。

かれらインドの詩人たちや作家が、ウルドゥー語で書く作家はウルドゥー語で朗読してくれ、またヒンディー語でスピーチしてくれるという状況は、われわれが（英語をまじえるものの、基本的には）日本語で語りかけることへの、当然の返礼でありますが、多言語状況下でのいわば本音でもあって、英語という準公用語の受けいれをモットーとしつつ、かれらの主体的な選択でもある、という態度を明るみに出したことになります。

シラネさんのEメールのなかに、さりげないが重要な確認があります。「アメリカは合衆国で、全世界のさまざまな人種と民族が作っている国だ。ニューヨーク市は複数の民族が一緒に住んでいる大都市である。自分を知るためにも、異文化を知るためにも、非西洋文化とその歴史の教育が必要である」。

私はいま、それじたいが一世界であるようなインド社会にあって、シラネさんの言葉に出会うと、まったくその通りだと深くうべなわざるをえない。むろん、インドのこんにち、急速にヒンドゥー・ナショナリズムという求心力がある種のひとびとからつよく求められ、インド・パキスタン紛争の先行きが不透明な状況下（ウルワシー・ブターリア『沈黙の向こう側』〈藤岡恵美子訳、明石書店、二〇〇二〉が出ました）に、国ぜんたいをまとめあげようとする動力がある程度、はたらくということがある。しかし、相対的に文学者たちをはじめとする文学的、文化的、あるいは社会的抵抗がつねにバランスを取りつづけ、また多様性の「世界」そのものを一体化する論理など現実にはありえない以上、この大きな多言語的、多民族的「民主国家」の世俗的将来像をわれわれは注視しつづけるべきではないか。

ひるがえって、日本社会はどうでしょうか。日本社会には公用語の規定がないぐらいに、日本語の圧倒的使用ですが、もしそれを第一公用語とするなら、第二公用語は当然、アイヌ語になります。また多くの沖縄諸語（琉球系日本語）が行われます。朝鮮語も根をおろしています。

けれども、一言語一民族国家だと思い込んでいる「日本人」はけっしてすくなくない。たとい一言語であろうと、それはベンガリー語やタミル語が一つの言語であることと同じ意味で一言語です。

若い中島岳志は、一九九四年に大学にはいり、その翌年には地下鉄サリン事件があり、社会学者からは生きる意味を問わない「まったり世代」だと「賞賛」され、しかし小林よしのり（民族主義的な漫画家）にはつよい違和感を感じつつ、出口のまったく見えない現代日本に「悶（もだ）え」て、インドにまで調査にやってきて、ヒンドゥー・ナショナリズムと格闘する（『ヒンドゥー・ナショナリズム』中公新書ラクレ、二〇〇二）。出口の見えない社会が、出口を求め出したとき、戦前の日本社会でどんなことが起こったか、もろ刃のやいばのような「悶え」であるにしろ、中島のような悩める若者の在り方は貴重な、あるいは希少価値であるかもしれません。

国文学は〈「国」の文学〉〈国文の学〉という意味であり、ある種の「出口」ないし「入口」を演じるかもしれないナショナルな回路をつねに持ちます。日本社会での英文学だって、フランス文学だって、「国文学」にはちがいないのであって、シラネさんの洞察の通りです。「国」にもぐり込みながらそれに奉仕しない、といったタイプの精神活動を維持して「文学」研究をつづけることは、実際に、なかなかしんどいことであって、ややもすれば文学史の記述などで、くりかえし「正統派」国文学の復権が主張されます。「反体制」であるはずの物語文学が、その「正統派」を実証するかのごとき位置を要求される現状は、なんといっても「歴史」のアイロニーでしょう。最終的には「もののけ」にも生きる権利があると主張する物語ですが（注）、しずかに物語のうちがわから立ち去って、かれら（＝もののけ）がもぬけのからのようになった「物語文学」の屍を読まされる日が、もうすぐそこにまでしのび近寄ってきているかもしれません。

（注）藤井『源氏物語論』（岩波書店、二〇〇〇）参照。

書簡5　九月二十八日　チェコのプラハにて

ハルオ・シラネ

藤井さん、インドの多民族社会、多数言語の現象と詩人・作家との関わりをとても面白く読ませていただきました。感銘を受けました。今の日本における「国文学」研究が世界の他の国の文化や文学とほとんど直接交流がないこと、あるいはインパクトが少ないことはとても残念だと思います。日本語から英語その他の外国語に翻訳された国文学の研究書はゼロに近い現状です。欧米にいる仏文、独文、インド文学などの研究者は、自分の研究を出来るだけ多くの人、自分の国以外の人にも訴えかけたい気持ちが強いので国際的に著作活動をしようとしますが、日本ではその気配はほとんど感じられません。皮肉なことに、日本は翻訳王国です。日本ほど翻訳の盛んな国はないでしょう。他の国の流行に敏感で、翻訳が早い。ただしこれは一方通行的で、文化的な輸出は少ない。俳句、『源氏物語』、能、漱石、谷崎、川端など、海外の研究者たちは日本文学を必死に翻訳し、紹介しようとしていますが、これはたいへん孤独な作業です。お金になりませんし、翻訳はほとんど業績になりません。もっと日本の国文学者に国際的な場で活躍してもらいたいですね。最近少しずつそういう方向に向かっていますが、海外の研究者と交流を深めること。そうすれば、海外における日本文学の翻訳と研究の促進につながりますし、国内における国文学研究にも刺激になるはずです。国内における国文学研究がますます細分化している今、大学改革などで職業的な危機に直面している今こそ、こうした活性化が必要ではないでしょうか。

私は今、日本文学の国際会議のためにプラハに来ています。プラハの旧市街真中にあるカレル大学（Charles University）はチェコの日本学研究の中心ですが、一九八九年、Velvet Revolution ベルベット革命（ベルリンの壁崩壊後の動き）までは悲惨な状況で、研究者は自由に国外に出られなかったし、自由に研究できませんでした。今回の会議の主催者の一人リーマン教授（Anthony Liman）は一九六〇年代末に亡命して以来、二十年以上祖国に帰れませんでした。

プラハは大河、ヴルタヴァ川の両側に位置する、こじんまりした、すばらしい街です。中世の城下町がそのまま残っている風景です。川の西岸にそびえる丘の上に大きい城・宮殿があって、東岸にはオレンジ色の屋根の古い建物が並ぶ旧市街が広がっています。街じゅう、石畳の細い路地があちこちに曲がりくねっています。幾世紀にもわたって、新しい建物や道路が作られるとき、古いものを壊して全体を立て直すのではなく、古いものと並んで新しいものが付け加えられてきました。その結果、一つ一つの路地がそれぞれ独特の個性を持っています。いくら歩いても飽きない街です。旧市街の中心に大きい広場があり、どんな路地を歩いても、いつかまたこの広場に出てきます。

ある意味で、プラハの旧市街は『源氏物語』の構造と魅力に似ています。中心の広場（光源氏の一生）があり、そこにいろいろな方向からつながっている、それぞれ個性豊かな路地（女主人公たち）が次から次へと出てきます。『源氏物語』には一見すると必要のない巻や場面や登場人物——例えば、「匂兵部卿」「紅梅」の巻など——があり、この作品はいい意味で横道の多い「街」のような物語です。一つの角を曲がると、新しい登場人物が待っています。紫式部がそれぞれ性格の違う個性豊かな女性を次から次へ鮮やかに作り出していったことに、あらためて感嘆します。

プラハはこの夏、歴史上最悪の大洪水の被害を受けました。今、中心を流れるヴルタヴァ（モルダウ）川の水位はもとに戻っていますが、旧市街の多くの教会、店、博物館などが大きな被害を受けました。地下鉄は現在も水で一杯になっていて、復旧にはあと一年ぐらいかかるとのことです。目下、おもな交通機関は路面電車だけなので、電車は東京の朝夕のラッシュ時よりもさらに満員の状態です。

ところで、洪水が最悪のときに、インターネットで次に掲げる俳句がチェコ語で飛び回ったというのです。

JAK RYCHLY'JE / PROUD ŘEKY BEROUNKY / PO CERUNOVYU'CH DESTICH
五月雨をあつめて早しヴルタヴァ川

このチェコ語の俳句が一気に広まって、有名になったというのです。チェコ人のリーマン教授に言わせると、今まで日本の俳句の存在を知らなかった多くのチェコ人がこれで俳句を初めて知りました。これが松尾芭蕉の『奥の細道』中の名句、「五月雨をあつめて早し最上川」の変形だとは知らなくても、街の人の感性にピンときたらしいのです。夏の長雨が広い地域（ハンガリー、チェコ、ドイツ）にわたって、複数の川からヴルタヴァ川に流れ込んで今回の洪水になったそうですが、この俳句は、「五月雨（夏の長雨）をあつめて早し」と、実にうまくその状況を簡潔に表現しています。これは日本文化の輸出の良い例かもしれません。

書簡6　十月九日　東京より

藤井貞和

五月雨をあつめて早しヴルタヴァ川

連日、報道された、ヨーロッパの歴史的な大洪水のなかで、チェコ語の俳句が一気に広まった（しかもインターネットから始まった）とは、小気味のよい話ではありませんか。俳句（あるいはハイク）はたしかに、国際時代を象徴する、じつに豊穣な（増殖する）形式だ、との一言に尽きます。『源氏日記』のタチアーナさんから昨年、聞いたのは、ロシアでもハイクが盛んで、芭蕉の人気がベースだろう、ということでした。同じく昨年、湘西（湖南省）に行ったとき、中国でやはり俳句がブームで、もともと漢俳というのがあったからだろうという意見を聞きました。インドでも知られていて、ヨーロッパからはいって広まったそうです。全米、全ヨーロッパで、詩人たち（名前を挙げきれません）に、早くから inspiration を与えつづけてきたことは周知の通りです。

シラネさんは『源氏物語』の研究につづいて、俳句の「原型」（という言い方をしてよいですか）をなす、芭蕉の詩学について、まさに正面から取り組み、その十七世紀詩人の、定型性や、あるいは破壊と達成とについて、精妙に論じられました（『芭蕉の風景　文化の記憶』）。詩であることの正当な評価を求める、貴重なおしごとであって、日本社会ではいままであまり見られなかった視野です（川本皓嗣氏らにすこしあります）。それゆえに毀誉褒貶のはばは大きかったかもしれませんね。私どものやっている物語叙述会では、それの日本語訳が出たとき、さっそく取り上げて合評をしたのですよ（発表者・木村朗子さん）。お知らせしなかったかもしれませんが。

私は芭蕉や、日本文学の一角を占める俳諧という文学、すぐれた近代（や現代）俳句詩人たちの詩的活動について、詩として評価することをもっともっとおしすすめるべきだと思っています。しかしそのことと、盆栽や水石と同じように日本社会が広く愛好する形態であることとを、はっきりと分けたいと思います。また世界に知られるようになったハイクは、多くの言語社会によって愛好されるようになった、つまりもともと世界のどこにでもあった「短詩」を再開発して、現代にふさわしく生きられるようにした、impact のつよい、ある種の「国際詩」であって、多くの現代詩人にそれらがインスピレーションを与えることをこそ評価すべき、それらじたいは大衆文化にすぎません。あるいは言語の境い目をパスポートなしで越えてゆく平和な使節たちなのかもしれない。

日本の著名な作家が（大江健三郎氏ですが）、カリフォルニア州のどこかで講演して、ある質問に答えて、「俳句は文学じゃありませんよ」と言い返したので、会場がざわついた、とは聞いただけの話ですが、さもありなん、と思われるのです。でも、日本社会でそれを言うと、もっと会場がざわわとすることでしょう。大江さんは俳句を大衆文化と見たてて、それに対して文学を特権化した勘定になりますから、単に言い返したにすぎない、と言えばすぎないのですが、もうすこし本音のようなところを付度すれば、近代文学にしろ、現代文学にしろ、本格的な小説なら小説、批評に耐えられるすぐれた作品なら作品が、きちんと翻訳され、日本文学として受けいれられる、というような、評価の基準がまるでなくて、恣意的に、翻訳者たちのきまぐれで、英語なら英語に供されれる、という事態へのいらだちです。俳句じたいの問題あるいは責任ではない。

翻訳や著述でこそ、日本の近代や現代文学の研究者たちが、ちゃんと文化的に「国際貢献」できる、ただし冷静に、専門家としての迫力でやってほしい、世界への貢献という舞台であるはずなのに、ジャーナリズムや出版者たちにへんに追随して、研究者としての批評の目を曇らせている人がすくなくないみたい。戦争資金に九十億ドル出したり、紛争地域へイージス艦を派遣することだけが「貢献」じゃないですよね。文学者や研究者たちこそは文化的、平和的に、国際時代に真の貢献ができるはずなのに。

たしかに「批評的」なだけで活躍している人もけっこう多くて、かれらがおとなしめの研究者たちから白い目で見られることには一定の理由があることになりますが、その研究者たちはと言えば、けっしてと言ってよいぐらい、「国際的な著述活動をしようと」しません。日本の文学研究が世界の他の国々の文学や文化とほとんど直接の交流をしないこと、あるいはインパクトがすくないこと、日本語から外国語へ翻訳された国文学の研究書がゼロに近い現状であること。シラネさんから指摘されたそれらのことは、まさに図星だと言わざるをえないのです。

もし日本文学全集や研究シリーズを、世界のいろんな言語で出すとしたなら、現代の「ベストセラーズ」だけを持ち出すような、へんてこな翻訳状況や日本文学の紹介は、かなり是正されることでしょう。訳出されるべき作品の選定には、文学研究者の力量が問われます。ここまで考えたとき、まさに、古典文学についてですが、シラネさんたちがいま、新しいテクスト（教科書）の編纂に取り組まれていることの意義が浮かび上がってきます。

私も参加している、『ミて』という、月刊の雑誌があって、今日届けられた、つまり最新号を見ていたら、「ベオグラード・レポート」のディヴナ・イリンチッチさん（日本文化をこれから専攻したいと思っている若い女性）が、洪水のプラハまでやってきて、カレル大学のセミナーで、なんと「スズキ・トミ先生がとても面白く興味深く谷崎のことについて話してくださった」のを、聴いたのですって（「谷崎がプラハに現れた」『ミて』四十号、二〇〇二・一〇）。ユーゴ空爆を体験したベオグラードから、けっしてへこたれない、ユーモアたっぷりのメッセージを送りつづけてくれるディヴナが、チェコまで来て、鈴木登美さん（コロンビア大学教授、シラネさんのパートナー）の発表を聴く。すぐ、日本の友人たちへ、こうして知らせてくる。シラネさんのEメールとかさなって、すっかりうれしくなってしまった私です。

書簡7　九月三十日　ウィーンにて

ハルオ・シラネ

藤井さん、今回はウィーンからメールを出します。

ウィーンはまさに王朝文化の歴史的都市です。ハプスブルク家が十三世紀以来、神聖ローマ帝国の皇帝として、のちにはオーストリア帝国の皇帝として君臨し、富を集中した貴族社会が第一次世界大戦まで七世紀余にわたって、建築、音楽、絵画、文学、その他の文化を育成、発展させました。王家の宮殿（冬の宮殿、夏の宮殿など）は信じられないほど豪華な、贅沢なものです。第一次世界大戦での敗北によって帝政は終わり、ウィーンの宮殿は、今では国家の文化遺産として市民（そして観光客）にも開放されています。紫式部が女房として仕えた十一世紀初期の平安朝の内裏も、規模はともかく、こんなに豪華で洗練されたものだったのでしょうか。もしそうだとしたら、同じ貴族生活といっても、越後の国の受領の日常や、宇治の大君のような隠遁生活と、内裏の生活とは甚だしい差があったことでしょう。清少納言とちがって、宮廷世界の表裏を描いてその世界を相対化したところこそ、紫式部の大きな達成ではないでしょうか。

ところで、『源氏物語』が欧米で翻訳で読まれるとき、いちばん誤解されやすいところは、恋愛問題だという気がします。欧米の読者の多くが、初めて『源氏物語』を読んだとき、光源氏に同感できず、きわめて批判的な目で見る傾向があります。源氏は女性を悪用（征服）しているのではないか、という反応をよくアメリカの学生（特に女子学生）から聞きます。『源氏物語』は、tale とか romance とか訳され、あるいは great love story として紹介されてきました。これはまったくの誤訳、誤解だとは思いませんが、『源氏物語』での「恋」と現代の「恋愛」は、根本的に違う気がします。その差を理解しないかぎり、光源氏という主人公に同感することは当然不可能でしょう。

英語の love あるいは現代の「恋愛」というものは、他者（特に異性）と肉体的、精神的に一緒になりたいという希求、あるいは一体になっているという感情を指していますが、「恋」は、ご承知のように、一緒になれない、そばにいない人を淋しく恋い慕う気持ちが中心です。英語で言いますと、"to miss someone" という表現に近い。『万葉集』では「こひ」を「孤悲」という表記で書いています。「しのぶ」という動詞が「恋」の性格をよく表している。「忍ぶ」は、人には知られないように感情を抑える、秘密にするのに対して、「偲ぶ」は、人をしみじみと思い出すことです。主観的な印象にすぎませんが、「忍ぶ」は『古今和歌集』の「恋」の巻一・二の基本的な感情で、「偲ぶ」は、「恋」三・四・五によく出てくるように思われます。いずれにしても、逢うという場面がほとんどないのです。契りの前か後に堪え忍んで想い待つということが多い。

いない人を恋しく想い慕うという感情は、『古今和歌集』の恋歌だけではなく、四季、羇旅(きりょ)、哀傷（挽歌）、雑歌などにもくりかえし出てくるモチーフで、平安朝和歌の一つの基本的な姿勢です。七月七日の夜以外は一年中離れていなければならない男女の気持ち（待つことと偲ぶこと）に焦点を当てる「七夕」が、『万葉集』だけでなく、『古今集』「秋」の巻の最大の季題であることは偶然ではないでしょう。こう考えると、例えば、『源氏物語』冒頭の「桐壷」巻が「恋」の物語であるとすれば、この「恋」は帝が桐壺更衣と一緒になるところではなくて、更衣を喪ったところから始まることになります。「偲ぶ」ところにこそ焦点があると言えるでしょう。

「恋愛・love」という観点からだけで考えると、少なくとも西洋の読者には、光源氏の魅力がなかなか理解できません。何で女性がいやがって逃げているのに追いかけ回して悩ましているか、ということになります。しかし、「忍ぶ・偲ぶ」あるいは「恋・longing」という見方をすると、光源氏への読者の態度が大きく変わります。同情的になるのです。例えば、源氏の須磨流離は「恋愛」の場面ではありません（周りに男しかいない）が、最大の「恋」の場面だと考えられます。光源氏が初めて紫上を「恋しく思ふ」巻なのですから。紫上が、ここで初めて、光源氏の最も深く愛している女性になります。当然、源氏と紫上の最大の「恋」の巻は、亡くなった紫上を源氏が偲ぶ「御法」と「幻」の巻です（「須磨」は「羇旅」歌、「御法」「幻」は「哀傷」歌に近い構造です）。つまり、「恋」というものは、最終的に内面的な時間と回想につながるのです。『源氏物語』が世界文学として欧米で注目されるとき、洗練されたロマンス、恋愛心理小説の先駆として見られることが多いのですが、プルーストにもつながるこの物語の深い時間意識を理解するためには、誤解されやすい「恋」と時間の関係をよく解明する必要があるのではないかと思うのです。

この問題にはジェンダーもかなり関係している気がします。『古今和歌集』の「恋」の巻（五巻）を見ますと、日本語の場合、特に和歌の場合、主語がないので話者が女性か男性かよく分からない場合が多い。小野小町の「思ひつつ寝れ(ぬ)ばや人の見えつらむ夢としりせば覚めざらましを」（五五二歌）は、「恋」二の最初の歌で、女性の視点からのものだと思われていますが、「恋」一・二（逢えずの恋）は根本的に、男が女を追い求める（女が逃げる）という基本的なパターンです。それに対して、「恋」の三・四・五巻（契りを結んで後に会えない恋）は女性中心です。そうなると、居ない人を恋しく思う「恋」というモチーフは、基本的に「女性的」な立場になるわけです。要するに、光源氏が「男性的」な立場（女性を追い求める立場）から「女性的」（恋しく思う）立場に変わるときにこそ、彼は一段と深い主人公になるわけです。この物語でいく度も示唆されているように、光源氏は「男性的」な面と「女性的」な面、両面を持っていますが、「女性的」な面に注目しないかぎり、主人公としての、さらにはこの物語全体の重要な側面を見逃すことになるのです。

書簡8　十月二十日　東京より　藤井貞和

物語や和歌の基底に「恋」があり、あるいは「偲ぶ」「忍ぶ」とはどういう感情であるかをしっかり理解しなければならない、という、シラネさんの重要な提案です。『源氏物語』を最初に読む、欧米の読者の違和感は（『伊勢物語』についても同じ反撥が出てくるようですが(注)）、まさに「批判的な目で見る」と言われる通り、欧米的な「愛」によって読もうとすると、理解をはねつけてしまう、じつに不可解な光源氏の「恋愛」行動には、読者がいたくとまどわされる、ということでしょう。

　けれども、「須磨」巻で紫上を恋い慕う光源氏に焦点を当ててみると、「恋」の場面にほかならない、という視野をシラネさんはひらきます。「御法」巻、「幻」巻もまた、喪った人を恋い忍ぶ箇所である、というのです。女性的な立場へと、主人公たちがシフトしてゆくとき、それにあわせて読者の反応は、反撥から、深い同感へと移行します。シラネさんはこれらのことを、和歌集の部立てによっても証明することによって、物語と和歌との、深部での共通性にふれてゆこうとしているかのようです。示唆的なそれらの考察であり、何度も味わうきもちでいます。

　現代日本社会が、一千年まえと、どれほど変わってしまったか、表層はいろいろに変化してきたとしても、『源氏物語』の一読者である、私の感触で言うと、精神生活の奥底は、そんなに変わらず、現代に来てしまっている、と思えてならない。『源氏物語』の「愛情」行動のさまざまな形態を読んで、現代日本は、一通り近代社会ですから、光源氏に対して、一応、文句をつけながら、じつは違和感をおぼえたり、批判的になったり、ということがあまりないようです。

　おっしゃるように、（欧米的な基準に照らして）恋愛らしい恋愛が、『源氏物語』のなかにほとんど見られない一方で、現代日本社会にあっても、「恋愛とは何か」ということを、よく分からない、説明しがたい、突きつめて考えない、という事情があって、そういう現代社会に『源氏物語』が嵌（はま）るというか、『源氏物語』と現代社会とが堂々めぐりになって、結局、多くの『源氏物語』論が、そういう「愛情」問題を論じようとすると、どんどん人物論の気配を呈して、随筆のようになってしまいます。かえって随筆家たちの『源氏物語』の感想のほうが冴える、ということは日常に見られるところでしょう。

Eメールを拝見しながら思うのですが、沖縄語（琉球系日本語）で、恋する女のことを男から「んぞ」と言います。九州でも「むぞう」など言うかもしれません。好きで、かわいくて、たまらない思いのするあいてを、「無慚（むざん）」を語源とする語で表現するのです。


無慚やな甲（かぶと）の下のきりぎりす　芭蕉

の「無慚」です。

そういえば、「かわいい（かわゆい）」（かっわいい、きゃー！）という語も、もとは「皮映（は）ゆし」ですか、こちらが赤らめる顔の感じです。いとおしい（いとしい）という語は「厭う」などいう語と関係ありそうです。思うこちらがわが、つらくて、無慚で、たまらない、もういや！という、それが愛人を意味する語になる。同じく沖縄語の「かな」「かなしゃ」（かわいい人、愛人）は、日本古典語の「かなし」でしょう。「かなし」の語源説は「かぬ」（できかねる、未充足だ）の形容詞化だ、というのが有力ですが、まさに充足できない思いを根底にたたえて成立した語でしょう。私は『源氏物語』もそうですが、さらには『万葉集』の底辺に、この満たしえない「かなし」みをよこたえて読みたい。シラネさんの言う「恋」とは、「忍ぶ」とは、この「かなし」さではないでしょうか。

一九七〇年代にはアメリカ社会で運動としてのfeminismが根づきます。性役割（sex roles）というような言い方が古かったかもしれません。そこからgender（これも性役割と訳される）が分けられます。一九八八年秋の、私の最初のニューヨーク滞在で、コロンビア大学まえの書店などを見て歩くと、女性学（women's studies）関係の本が書棚五段以上はあって、かたっぱしからひらいて見ながら、圧倒的でした。著名なfeministたち（詩人や活動家）にもお会いできて、彼女たちから、日本のfeminism状況についていろいろ聞かれると、女性文学研究にかかわる人間（＝feminist）である私が、ほとんど何も答えられない、というありさまでした。日本社会でも急速にそれらの影響下にgender研究がすすみますが、おもに一九九〇年代の数年間です。極端に言うと、日本古典学がたどってきた女性文学研究の方向からすると、それらはまさに逆流であって、へたをするとファッションにすぎない受けいれが日本では懸念されました。

その懸念はアメリカでのgender研究にも向けられるべきことです。比較文学のプログラムを中心とするアメリカで、もともとヨーロッパに始まったかもしれないgender研究を肥大させてゆく理由は、文法的なgenderを持つ言語社会（ヨーロッパ圏）に対して、ほとんどそれを持たない英語文化圏での、社会学的な（あるいは文芸批評や美術史的な）paraphraseだったということです。私は言語的なgenderをきちんと基礎づける必要があることを、『批評空間』で提案し（「表現としての日本語」『平安物語叙述論』所収、東京大学出版会、二〇〇一）、また折口信夫の「女歌」論に見るセクシズムを批判するなどして（『国文学の誕生』三元社、二〇〇〇）、それらの懸念に対してある程度は応えてみようとしました。

シラネさんは、小町の夢のうたのgenderに対して、従来の思い込みへの深い疑念をいだきつつ、さらには『古今和歌集』の「恋」一・二から、「恋」三・四・五（巻十一〜十五）へ、という展開に対する、新たな視界を思い描こうとしている。

『万葉集』の作歌だと、巻十一、巻十二などの作者未詳歌群であっても、男歌か、女歌かを、だいたい言い当てることができますが、たしかにそれらをベースにしてゆくと、『古今和歌集』歌以下の、平安和歌のgenderは、えらく混乱をきたすこととなってきました。近藤みゆきさんらの研究が、コンピュータを駆使するなどして、ようやくこのあたりの事情に、光が当てられつつある現状です（「古今集の「ことば」の型」、国文学研究資料館編『ジェンダーの生成』臨川書店、二〇〇二）。小町のうただから女歌だとは、たしかに単純に言いにくいのであって、逆に言うと、中世和歌などの、男性作家の作であっても「女歌」と言うべき場合がある、という意見は早くからある通りです。シラネさんの意見はその核心をついた、というように考えてよいのではないでしょうか。

こんにち（一九九〇年代前半のアメリカ、後半にはいって日本で）、かえってsex（uality）からgenderを分けることの困難さが指摘されるようになりました（だからこそジェンダー構築主義の必要性が説かれるのでしょう）。一九九二年暮れにシカゴ大学を訪れたとき、「ぼくらはqueer studiesです」と称する数名の男子学生と私は話をする機会があって、何か新しい事態が起きていることを感知できた気がします。突拍子もない連想かもしれませんが、私はそのとき、日本女性文学から何が世界へ貢献できるか、というようなもどかしい思いにとらわれました。「ポストgender」をかれら（男子学生ばかりでなく）は、こんなに苦しんで模索しているんだ、ということに対して、日本女性文学（特に古典）から、女性性の文学の持つ、さまざまなメッセージ性を、これまでにいろいろと発信し、発言してきたならば、もうすこしは世界の混迷をいま救えるのに、というまったく奇妙な（＝queerな）思いです。

父系的なエディプス・コンプレックスの枠組みで、日本社会を読みとる限り、日本の古典文学に見る（天皇や）父親は、弱々しい存在に見えることでしょう。しかしその枠組みをとっぱらってしまえば、相対的に弱々しいというようなことは、どこかへふっとんでしまって、強い父親も弱い父親も消えてしまう。それでよいのですが、やはり評価の基準が必要だ、ということなら、日本で一九三〇年代に構想された「阿闍世(あじゃせ)コンプレックス」(古澤(こさわ)平作「罪悪意識の二種」〈一九三一〉、小此木啓吾編『現代のエスプリ』百四十八号、一九七九)によって、『源氏物語』が読まれることを、私どもは主張しました(安川洋子論文「阿闍世王説話と薫の造型」『iichiko』二十三号、一九九二・四)。古澤がフロイトに提出したその論文は、母の力のつよい社会での子供たちの生き方を探求しており、物語研究に深い示唆を与えると思います。

(注) 以前にエイリーン・ガッテン、最近ではジョシュア・モストウさんの意見がある通りです。

書簡9　十月二十七日　東京にて

ハルオ・シラネ

藤井さん、私は今、東京です。いつも示唆に富んだメールを送って下さってありがとうございます。阿闍世コンプレックスへの注目は刺激的です。一見すると、『源氏物語』における光源氏、藤壺、父の桐壺帝の三角関係は、フロイトのエディプス・コンプレックスを思い起こさせますが、『源氏』では、フロイトが主張する父・息子の葛藤の気配はゼロに近いですよね。フロイトを念頭にしている西洋の読者は、ここでとまどいます。紫式部は父と子の葛藤は問題にせず、絶えず焦点を光源氏と藤壺の関係に合わせています。桐壺帝の存在も暗にそれを補強しています。ここでは阿闍世コンプレックスのような非父系的なモデルが必要になってきますよね。ただし、面白いことに、若い光源氏が母の存在に近い藤壺と契りを結ぶ巻「若紫」で源氏が幼い紫上に対して「父」として出てくるように、『源氏』では双系的とでも呼びうる構造があるように思えます。

前のメールでマルティカルチュラリズムと教育について触れましたが、これは最近の私の日本古典文学研究の原動力になったものです。マルティカルチュラリズムの影響で、アメリカにおける教育制度としての文学が大きく変わりました。ヨーロッパ中心、国家中心の文学研究だけではなく、非ヨーロッパ、非西洋、少数民族との交渉を含めた分野になりました。今から振り返ってみれば、ベルリンの壁が崩れたのが一九八九年です。一九九〇年代には、戦後の冷戦の米ソの二元対立から民族中心の複数文化の時代に入ったと言えるでしょう。今のテロの時代もその延長です（今週起こったチェチェンとモスクワ劇場の悲惨な事件もその一つの例です）。

このようなアメリカにおける教育改革を背景に、今から五年前、日本文学におけるカノンの問題をめぐってコロンビア大学の同僚、鈴木登美と一緒に国際シンポジウムをニューヨークで開催し、その成果が日米加の研究者による共同論文集『創造された古典』に結実しました。カノン研究の前提は、今の古典（カノン）は、普遍的な価値のあるテクストだからという理由だけで古典になったのではなく、社会制度、特に、教育制度が要請して、価値を与えたテクストだというところから出発するんです。フランスの社会学者ピエール・ブルデューが、生産には二つの基本的形式があることを指摘しています。作品の生産とテクストの価値の生産です。カノン研究は、テクストに価値を与える機関（歴史的に言いますと、寺院、学校、美術館、出版社、など）がそのテクストを再生産するプロセスを分析します。どうしてある特定のカノンができたのか、どうしてあるテクスト（あるいはテクスト群、ジャンルなど）が特権化されたのか。『創造された古典』で特に注目したのは、カノン形成と国民国家のアイデンティティー創出との深い関係です。

『源氏物語』『古今集』『伊勢物語』『古事記』など、中世、近世、特に、藤原定家や本居宣長のような学者によってカノン化されたテクストがかなりありますが、でも、いま「日本古典文学」とされているもののほぼ半分以上、例えば、『平家物語』、謡曲、西鶴、近松などは、近代に入ってから古典と位置づけられたものです。カノン研究は受容史研究と近いところがありますが、受容史研究は作品の解釈や受容(注釈やテクストの編成)の変遷を縦にたどるのが中心です。それに対してカノン形成の研究は、解釈や受容の変遷を権力と制度のダイナミックスのなかで、要するに、制度のなかの受容の動態を分析します。

もう一つ大事なのは、カノンは必ず複数存在しているということです。時代とコンテクストによりますが、歴史的に見ると文化的な磁場がいつも複数存在していて、それぞれのカノンが作られ、この複数のカノンが競合して互いに影響を与え合っているダイナミズムがあります。場合によって、ある文化的な磁場が権力とつながって他のカノンを圧倒して主流のカノンになりますが、絶えずこれは相対的な問題です。

これからのカノン研究の方向として、少なくとも二つの大きい可能性がある気がします。これまでは主に権威と教育の問題に焦点を当ててきましたが、これからは、カウンターカノン、カウンター文化(counter-culture)のプロセスをも加えるということです。例えば、小野小町、和泉式部などは勅撰和歌集に採り入れられてカノン化されたわけですが、一方では、説話、御伽草子、奈良絵本など、いわゆるカノン外の物語、絵、口承文学を通じていろいろな形で普及しています。歴史的に見て、ある時点ではこの大衆的な現象がカノン形成に力を加えて、カノンじたいの編成・再編成に大きく影響しています。今までは、カノン研究は上から（教育機関、国家などを中心に）見る傾向がありましたが、これからは、下からも見る。特に、さまざまなメディア、絵巻、絵本、演劇、浮世絵などを通してこの現象を分析するとたいへん面白い。近世においては、これは出版文化・貸本屋・寄席のような制度や現象ともつながります。ある意味ではカノン研究とカルチュラル・スタディーズも連続しているわけです。

もう一つの可能性は、カノンとされたものの実態の研究です。近代になって、古典というものは、一つの作品あるいは特定のジャンルとして扱われてきましたが、実は昔から、大体の読者は作品全体を読まないで、部分だけ読む。勅撰和歌集の八代集よりも抜粋の『定家八代抄』や『百人一首』、『源氏物語』五十四帖よりもダイジェストの『源氏小鏡』『おさな源氏』といった具合ですね。文学作品が（アリストテレスが主張したような）一つの統一されたものだという意識の薄い、断片的なテクストの多い日本では、これが特に重要です。撰集が日本古典文学のひとつの大きな特徴だということも偶然ではないでしょう。要するに、日本では作品が文学の根本単位ではなく、部分の方が重視されてきたので、カノン研究にもそういう分析がぜひとも必要だと思うのです。

これと関連した問題ですが、文学的トポス（topos）、つまり、広く認められた共同のテーマのパラダイムが日本の文学カノンの柱となっているという問題があります。日本古典文学のカノンは、『源氏物語』『伊勢物語』『古今集』などの作品だけではなく、そこに内在しているトポス――春雨、ほととぎす、恋、離別、旅、など――を中心としている、という気がします。このようなトポスは特に詩歌（和歌、連歌、俳諧、歌謡）を中心にして、時代と社会的なコンテクストによって変わってきています。断片的なテクストの多い日本では、こうしたトポスこそがカノンだというところがある。このトポスとしてのカノンがどのように形成され、変質してきたか、それがどのような社会的政治的なコンテクストのなかで出来上がったか、ということが今の私の研究の一つの大きな関心です。

文学というものはいろいろな働きや作用があります。現実と離れた想像の時空間を作ってそのなかに読者を存在させることもあります。そのような想像の時空間を極度に発展させた連歌が特に室町、戦国時代に流行したということは偶然ではないでしょう。そのような共同の精神的な非日常の空間が必要だったのでしょう。だからと言って、そうした詩歌を権力や権威と切り離して分析することはできないでしょう。連歌師たちは古典のカノンを再編成して、新しい支配階級となる武士層に提供したし、その武士たちが王朝文化、特に『源氏物語』にあこがれてその復興に力をそそぎ、今まで自分たちにはなかった文化的な権威を利用しながら権力を強化していったのです。このように、カノン研究は、テクスト分析と文化研究の接点になって新しい領野を拓いていく可能性がある気がします。いかがでしょうか。

今回、藤井さんと往復メールができて、本当に嬉しかったです。世界が縮まった感じがします。この往復メールが始まってからバリで大規模のテロが起こり、また、モスクワでもかなりの犠牲者が出ました。日本ではあまり報道されませんが、ニューヨークからの連絡によると、現在、コロンビア大学や他の大学の多くの学生や教員たちがホワイトハウスのイラク攻撃の計画に反対して、デモに参加しているようです。戦争とテロがこれ以上起こらないことを強く祈念します。お元気で。

書簡10　十一月八日　原州（ウォンジュ）、江陵（カンヌン）、ソウル市より

藤井貞和

　往復Eメールがさいごに近づきました。創り出されるカノンとは、品田悦一氏（万葉研究者です）の言葉を借りるなら、「「国民」という、いまだかつて存在したことのない団体がその「古典」の所有者とされた以上、問題の現象には、単にもともとあったものを「復興」するだけでなく、新たに創り出すという側面、少なくとも、新たな意味づけのもとに据え直すという側面が伴っていた」（『万葉集の発明』、副題「国民国家と文化装置としての古典」、新曜社、二〇〇一）と、簡潔にまとめられた通りです。当然、品田氏は『創造された古典』をここに引いています。

　興味深いことに、シラネさんは、今回の往復メールに見ると、けっして『創造された古典』の段階にとどまることなく、かえってそれを出発点として、カノン外のカウンター（反対）としての、物語、絵、口承文学を視野にいれ、また八代集や『源氏物語』が部分化される現象にもカノン分析の手を伸ばし、部立てや句題、季語や連歌の在りようを通してコンテクスト化する、いわば古典の社会性にも注目するという、ある意味でカノン批判への批判に応えようとする、研究のダイナミズムを提出したように見えます。カノン、カウンターカノンと言われるゆえんでしょう。

　その『創造された古典』の韓国版が、写真をいれるなどして、新たな装いで世に送り出されようとしていますね。シラネさんが文学研究はマルティカルチュラリズムになりつつあると言われた通り、テクストの「独占」はもはやどのような意味でも許されないときに来ています。逆に言うと、あらゆる研究者のパテント（先有権）をきちんと守って、世界を無視した日本研究を日本人研究者が独善的にやらないようにするための、創意、教育、そしてシステムの創出が緊急の要請としてあ

ります。

三点に提案をまとめると、最初に、日本文学（研究）を、廃止というと実情から遠ざかるけれども（写本研究の道をのこさなければなりませんから）、比較研究ないし文学研究、言語研究、あるいは創作批評そのものへとシフトさせる必要がある。しかしそのシフトは従来の国文学や研究、批評の枠内で十分に可能な意識的変革です。多く若手の研究者や大学院生たちはこれまでにも国文学科などに所属しながら、旧来の枠どりに飽きたらずして、はみだしてやってきました。ただし、そのような「はみだし」を学科から認められることはだいじな条件でしょう。カノン研究は温存されたディシプリン（学科組織）にあって意識革命として支障なく行われうることです。

しかし第二に、歴史を古代史（考古学を含む）から変えてゆかないことには、どうしても首かせとなる。仮に年代に分けるとして、たとえば九九九年をもって時間の区切りとして、一千年以前は日本史、朝鮮半島の歴史、古代や中世中国の歴史などの個別を全廃し、世界の歴史学者が相互に議論できる完全な古代史そのものにすべきでしょう。一千年以上の過去を現代〝国民国家〟の枠から幻想する古代をいっさい棄てて、アジア学で歴史を統一させるのがよい。

現代ナショナリズムへ古代の歴史が参画してくることをやめれば、いわゆる教科書問題は雲散消滅することでしょう。言語や文化だけが地域性や諸言語の共存状態を古代において生き生きと彩色します。

九九九年を境い目とするならば、たとえば『源氏物語』なら『源氏物語』を、いよいよ日本文学から追放して、アジアの文学へと登録させなければならないときに来ています。韓国では、留学生のそれらを含め、『源氏物語』だけで何本もの博士論文がこれまでに書かれ、中国や台湾などでも博論や学術論文がつぎつぎに産み出され、アジアのみならず、アメリカ合衆国をはじめとして、欧米諸国で無慮数百の著書や論文が書かれてきました。ロシア、東欧社会、エジプト、トルコ、インドやタイなどの南アジア、豪州、南米でも研究がすすみます。

よって第三に、世界から産まれる論文の共同管理が行われる必要がある。九九九年以前にあってはむろんのこと、それより早い時代であっても、日本語文学にかかわる参考論文群が、一つ一つパテントを主張していると見るべきです。日本国内で書かれる論文が、情報不足から現在、世界で書かれる論文を参照しえないということは、今後、不勉強ということになります。カノンは「国文学」（＝「国」の文学、国文の学）においてのみ起きる固有の現象でした。言うまでもないことですが、韓国なら韓国の「國文學科」は自国の文学として韓国文学を研究する学科です。

けっしてカノン研究の先駆けということではないのですが、古典文学を歴史と人間との中間地帯に置いて、もし歴史が人間的な問いかけを失ったら、あるいは逆でもよいのですが、人間が歴史的に経験することの蓄積をやめたら、そのまま古典は息の根を止められるほかないと説いたのは、一九六〇年代の日本「国文学者」の西郷信綱氏だったように思います（言い方はぜんぜんちがうけれど）。氏の「学問のあり方についての反省」（『展望』一九六九・二、『古典の影』未來社、一九七九）は古典の自明性に対して大きなゆさぶりをかけようとする試みでした。

こんにち、歴史にしろ、人間にしろ、まさに〝古典〟的な意味では問いかけなどどこかへ行ってしまったように思えます。冷戦が東欧社会その他で崩壊したことや、民族主義という名の紛争状態の連続は、歴史そして人間的な問いを断念させ思考停止させるに足るだけの規模を誇った、ということでしょうか。

東アジア（という語もほんとうは選択し返す必要があるのですが——）で、つづけられてきた「冷戦」は、いよいよ終末期へ移行して、拉致問題（五名の生存、帰国と、八名の死亡という北朝鮮からの報知）の急速な展開は真に衝撃的でした。二十世紀という前世紀において、いったいわれわれが何を考え、アジアで何をしようとしてきたかの〝真価〟がいま、問われようとしています。それなのに、身の置き所もないような拉致被害者たちに対して、まっさきに深く詫びなければならないのはだれとだれとか、ことの本質をきちんと述べているのは、ごく一部の批評家や在日の詩人たちなどでしかないようです。日本社会の多くの世情はまったく血も涙もないにひとしい、その場限りの〝非人間的な独善〟であり、また朝鮮半島の歴史やひいては朝鮮文化、朝鮮語への無知蒙昧がずいぶん目立つ感じです。このことはけっしてトップ記事にならないかたちで、韓国国民感情としても痛みいるような思いを分かち合うことであるとうかがいます。

日韓文学シンポジウムを、最初は作家中上健次の遺志を受けついだようなかたちでしたが、手づくりでやってきて、私は四回めの参加です。出会うこと、言葉をさぐり合うこと、文化の相違を越えることで精一杯だったのが、ほぼ共同主催と言える状態にまで今回は漕ぎつけられたと思っています（日韓ワールドカップに似ているかもしれない）。とともに、一年が十年のようにして突きすすむ韓国の文学と、十年間停滞をつづける日本社会との〝出会い〟でもあったという感懐です。たくさんの留学生たち、元留学生たちには助けられました。

先々月にも、同じようにして南アジアとの国際交流を経験してみて、多元的なアジア・マルティカルチュラリズムの一端にほんのすこし現実性が出てきたように思えるこのごろです。平壌での正常化交渉時における、拉致被害者の報道（九月十七日）はインドのバンガロールで受けたのです。

アジアで唯一、植民地主義を実行したのが、かつての日本政府であったことを踏まえ直して、一から考えすすめるとどうなるか、思案が尽きません。

充実したEメール交換でした！

Ⅳ　物語問題片

物語は解き明かされたか

湾岸危機から四年目、そして湾岸戦争から三周年の今年が、もうのこりすくなくなって、来たる年は一九九〇年代半ばにさしかかる。私は今春『湾岸戦争論』（河出書房新社）という本を、忘れない形見として、そっと差し出す手紙のように刊行した。その結果は、希望も絶望も、宙に吊られている現在である。

私の反省として、湾岸戦争に関する大きな〈パズル〉ないし「物語」を、われわれが依然として解き切っていないこと、自分もまたほんとうはそこに解決を見いだしていないことの無念が、だんだん増殖する。湾岸戦争とはどのような物語だったのか。

九十億ドル（実際には百三十億ドル）を出す「日本」国の、中規模であるにせよ、世界戦争への、参加の姿勢に対して、あのとき、信じがたいことに、すくなからぬひとびとが、あのときだけは「戦争がきらいだ、だがしかし……」という、判断中止であった。

主権を持つ一国が侵略されるという事態があると、その主権を回復させるための制裁措置に対して、反対できない、と考えるのが実情だった。湾岸戦争にぜんぜん関心のないことによって、個人の内面を防衛する人たちが、けっしてすくなくなかった。しかし、その限りでなら、〈パズル〉でなく、「物語」でもない。

非戦論者であることをつらぬこうとすると、解きがたいパズルないし「物語」に逢うことになる。と言っても、パズルとしてはごく単純なそれなので、非戦論者たちにとり、侵略（戦争）に反対することはむろんのこととして、侵略への制裁である戦争にも、戦争であるからには反対しなければならなくて、解きがたいパズルの始まりである。

とともに、湾岸戦争の何たるかを、まったく説明できなくて、「湾岸戦争は起こらなかった」などという、詭弁を振り回す、冷戦の遺物であるところの、ポストモダン式「物語」論は、そのまま湾岸戦争によって、すっかり破産したというのに、とって代わるべき、世界を解き明かす〈モラル〉の物語はまだ〈準備中〉だ。

酸鼻をきわめる民族紛争や部族間のなぶり殺し合いや、暗いニュースが駆けめぐるのは、湾岸戦争をきちんと批判する「物語」論を欠如させてきたことの、結果と責任とである。宗教、文化という現実に目を奪われて、民族「廃絶」へ至る物語計画を用意できていない。詩人たちが「明るいニュース」を用意しようにも、世界はあまりにも暗く支配されている。

これからの時代は多文化主義だと言うのは容易い。国名を冠した〈ナショナル〉な多文化主義など、それも基本「矛盾」から成るパズルである。むしろ非戦型の多文化主義をどんどん提唱すべきだろう。

一九九〇年の湾岸危機に立ち返って、あのとき、世界はどうすべきであったかを、非戦の原型から、何度も問いかけてみなければならない。先行の物語（それを「物語」論ではプレテクストと言う）はどこかにないか。たった一つある、と最近の『aala』という雑誌が書いているのによると、チベットこそが、主権国家でありながら侵略によって壊滅した数すくない事例なのだという。とすると、ダライ・ラマの非戦主義なんかが、可能性の「物語」として浮かぶ。けれども、それでは、クウェートのひとびとにとって耐えがたい台本ということになろう。

この問題は、じつはいまにおいて重要な「国内」問題であるところの、国連の常任理事国入りの「課題」に連なる。私の「答え」としては経済制裁とともに、イラクを国連から〈放出〉すべきであった、という提案である。それが国連の弱体化をまねこうと、湾岸戦争を避けるためにはそれしかなかった。あとは非戦型の文学者が結集して、ことにあずかろうというほどの「文学」への信頼をのこしたいのが、わが秘めた『湾岸戦争論』の趣旨である、と言いたい。

「日本」の常任理事国入りは、世界が戦争へ参加することを拒否するための手段として、国連からの脱退の自由を「国民」との、〈同意〉とすることが条件ではないか。昔物語によると、国際連盟からの脱退をやってのけた「国」だそうである。その教訓は非戦への武器にならないことだろうか。

(『琉球新報』一九九四・一〇・二三)

シ（ー）ディ（ー）カ

国境近い　カシュガル（喀什）から、もどってきた　人たちの伝えによると、パキスタンへ行けなくなった　アメリカ人の旅行団体が、パニックを起こしてか、ホテルに居座って、たいへんだったらしい。パキスタン街道は一筋しかない。私はウルムチ（烏魯木斉）から、あまり離れずに、カザフ、ウイグル民族の、観光的な　村を訪れて、帰ってきた。三十分で解体できる、というパオ。茶色い　ひつじ。私としては新疆ならではの緑柱石や紅玉、水晶などを手にいれて、いつものように、足取り重たい　帰国。

帰途の飛行機のなかで、ビン＝ラディン中国入り、というようなニュース。中国政府はそれを必死に否定。それはそれとして、中国政府がなんとなく、にんまりしている　感じがある、というか、アメリカの意図をアジア囲い込みと見ているらしくて、出番をさぐっている　感じ。日本社会では、報道が、戦争をまるであおり立てている　みたいで、論調も何もない　はずかしさ。ゲロの出そうな　テレビの報道。いっぱい解説者が出てきて、きもわるい。

日本一般民衆は、何となく反米的で、クール。それもおかしいな、と思う。報道と一般民衆とが乖離している　のは、いつものこと。でも、一般民衆が反米的な　だけでは、困った。報道や日本政府は一応、西側というか、アメリカに就こう、という　つもりか、今回は自衛隊によ

る　後方支援だという。　戦争ごっこを、これでは日本社会のガスぬきにならない。　予想される五百万人のアフガン難民と飢餓。

日本社会の、米欧への面従腹背がよく出ていて、アジアだなあと思える。　むろん、面従腹背でよい。　というより、国体じゃないけれど、「国是」として非戦が前提だった。　はっきりブッシュに言ってやったら。　ブッシュのやっている　ことは、アメリカのガスぬきとなってはたらくかもしれない。　国内の、報復意志を高めて、統一させ、士気を高揚させ、臨戦状態へもってゆく。とにかく腰ぬけ大統領と言われる　のが、いちばんつらいだろうから。　もし戦争だ、と認めるなら、負ける　ことだってあるんだぜ、とブッシュに言わなければならない。　国家の合法的テロが戦争だ、というのはその通りだ。　ただし、冷戦だって、戦争な　のだとしたら、戦争かどうかの論議は意味があまりない　みたい。　現実の戦闘状態を回避する、という　のが、いまにアメリカで、高まってくる　反戦ムードでしょう。　反テロは、報復に結びつかない、という　アメリカは少数でも平和型の、報復反対キャンペーンが起こる　はずで、それは現実的に力を持つといちばんよいけれど、たとい無力でも思想的にはキャスティングボードに参与する　可能性がある。　九月十一日、当日、ニューヨークから、早くも戦争抵抗者連盟は声明を出してる、しかも的確に。

しごとにもどろう、日常のアメリカの誇りを取りもどそう、という　ニューヨーク市長の言い方は、国内の報復感情をあおり立てる　ことと、ある意味で正反対だけれど、同じ　楯の両面だろう。ガスぬきしながら、名誉ある　回避の可能性はある。　その狭い　ところへ向けて、日本ジャーナリズムや政府筋はちゃんと言わなければならないのに。　アメリカ追随も、反米も、庶民感情でしかなくて、そのさきが見えないという　ところがまさに庶民らしさで、必要な　ことはいま、そのさきだろう。　くりかえすと、アメリカ追随も、反米も、いま超えてゆける　のでなければ。

テロに勝てる　戦争はない。　アフガニスタンに、世界の眼があつまっている　のは、陽動と見るか、本当の《戦闘》は《本土決戦》だと、ブッシュは分かってる　はず。　本土決戦なんてやったことがない　アメリカニスタンとして、ここはやめた　ほうがよい。　だって、ニューヨークはもっとやられるし、スリーマイル原発だって守れるか。　サリンをどこに撒かれるか、分からないし。これで報復核でもやったら、テロに口実ができて、『湾岸戦争論』の著者（藤井）としては、湾岸からアフガンへ、なんてしゃれにならないわ。　戦闘行為そのものをやめさせないと、という　思い。大統領はアフガニスタンやっちゃうかも。　おさまらない　きもちの癒しのために、ある程度やるとしても、地上戦なら、高山病で、まずばたばた、と中国での新聞にある。　即死はよい　ほうで、即死でないならば解体してしまうと、対ソ連戦闘のときみたいに、士気さかんかもしれないけれど、タリバーン（神の子?）はいま、必死だから、と、やはり中国の新聞にある。　ビン＝ラディン（拉登と書く）が国外へ、たとえば中国へ出れば、アフガニスタンをやる　理由がなくなって、もしやったらテロがわにますます口実を与えよう。　なるほど、猫は見かけなかったよ。　かれらがつきあう　のは、羊であり、ロバであり、らくだであり、そして馬。　ビン＝ラディンは五百人の「勇士」とともに、騎馬でアフガニスタンを出た、という　ニュースもあった。　二十一世紀の騎馬民族。　ブッシュその人が言ってる、まだ世界史として見る　ことができない、と。　その通りだろう。　現代史のよい　勉強な　のに、と思う。　パンダは闘うか。　星の王子さまも、室生犀星も、紫式部も、そして自由の女神も、みんなで闘えますか。

（『水牛のように』二〇〇一・一〇・一）

チェーン

抑止切れ、
たったいま、
威嚇（いかく）の音！
国家の火が、
燃え！
否（ノオ）の、
報復？
非違（ひい）か、
しいて一つ、
共存せず、
決せよ、敵か、
という、この、
創痍（そうい）にねむる、
魔は、
いじわるな開始だ、
理屈か、

愛で、
メールの、
糸と、
祈る絵！
メディアか、つくりだし、
いかなる輪、
示威(じい)！
はまる胸に言う、その、
行為と、
書き手！
よせつけず、
戦争よ、きっと、
否定し、回避！
工夫！
ほのおの、
絵もが、
火の括弧(かっこ)！
遠のくか、
いま至った歴史、

苦よ！（一〇月八日）

（『読売新聞』夕刊、二〇〇一・一〇・一三〈土曜日〉）

（うしろから読んでも「抑止切れ……」）

二度目は喜劇。　報復だ、報復だ、報復だと言って、やっぱり報復する　のでは、笑うしかない。けれども、アメリカのナイトショーなどの、特集番組で、コメディアンに対し、またメール、インターネットがあまりにも悪ふざけで、と嘆いている　のを見ると、ふたたびのいま、重い　足取りの、われらの「物語」論の出番なのか。　湾岸戦争の際と、すっかりちがってしまった、メール世界でのかけめぐる　世界の在り方は、やはり評価しなければならない。　何も予言はできないけれど、「戦争は起こらないだろう」と言うのと、メールが「戦争を起こさないように」とチェーンするのとは、僅少の差である。　ほんとうに連鎖なのだろうかと問わなければならない。

戦争をやめなければ、テロをやめさせることはできない。　国家の合法的テロをやめなければ、私的テロはいつまでもつづく。　かくて、連鎖がつづく、という　事態を、「物語」論が解き明かすのでなければ。　とりあえず、戦闘行為を止めなければならないのである。　世界が破れても「物語」が生き延びるなら、成功だとしようか。　だいじなのはたとえば問いかけ方である。

（二〇〇一・一〇・一四）

ほんとうの物語敗北史とは

a（以下は九月十五日という時点での、あるサイトの投稿だという。日本語に訳され、数箇所をへて、コピーとなり、切れて、最終的に中村えつこさんからいただいた。切れたところは（　）でおぎなう。私はこれを引用する。世界貿易センターを攻撃するような現実をまえに、物語も映画もCGも、もろく敗北する。しかし、ほんとうに敗北したのは何だったろうか。深い反省を与える。）

涙は、止まるか？

（……）ン・ゲラッシ

（世界）貿易センター事件のテレビ・ニュースで、愛するものの悲劇の運（　）胸の痛みを語っている人を見ると、私は、泣かずにいられな（い）。私は不思議に思う。なぜ、私は涙をおさえることができないのだろ（う）と。

（われ）われの軍隊がノリエガを探すという口実で、パナマのエル・チョリ（　）ョ近くの五千人の貧しい人たちを一掃したとき、私は泣かなかった。（われ）われのリーダーたちは、ノリエガがほかの場所に隠れているとい（うこ）とを知っていた。しかし、われわれはエル・チョリージョを破壊し、（　）そこで暮らすひとびとはパナマから完全にアメリカを追い出したい国（　）義者であったから。

（　）、私は泣かなかったのだろう？　われわれが二百万人の無実のヴェ（　）ム農民を殺害したとき、計画の立案者であるロバート・マクナマラ（　）長官は、われわれが戦争に勝つことができないということを知っていたにもかかわらず。

（　）、献血に行ったとき、同じ献血の列にならんでいる三人のカンボジア（　）を見つけた。私はなぜ、私は泣かなかったのだろう、ということを思（　）した。「われわれの敵」に対決するという理由で、ポル・ポトに武器（　）金を渡し、百万人を虐殺するのを助けたとき、われわれの敵（　）結局キリング・フィールドを停止したのだが。

（　）晩、泣かずにいるために、私は映画に行くことに決めた。フィル（　）フォーラムで上映しているルムンバを選んだ。そして私はまたも（　）かなかったことを思い出した。われわれの政府がコンゴのたっ（　）とりの良心的なリーダーの殺人を手配し、どん欲で、不道徳な、人（　）の独裁者であるモブツ将軍を奉ろうとしたときも、私は泣かなか（　）ＣＩＡが、第二次世界大戦で日本の侵略者と戦い、自由な独立国（ ）立したインドネシアのスカルノの転覆を手配し、日本の荷担によ（ ）少なくとも五十万人の「マルクス主義者」を処刑したもう一人の将（ ）ハルトを奉ったときも、私は泣かなかった。

（ ）は、昨晩ふたたびTVで、行方不明になっている立派な父の写真のまえで（ ）月の子どもが遊んでいる光景を見て泣いた。　にもかかわらず、（私）は、タイムズのレイ・ボナーの克明な写真解説による何千人もの（ ）サルバドル人の虐殺や、そこにいたアメリカ人の修道女や助修女（ ）ＩＡに訓練され資金援助を受けたエージェントによって、強姦され（ ）殺されたりしているのを見ても、けっして涙を流さなかった。　しかし（ は）法務次官の妻バーバラ・オルソンがいかに勇敢だったかを聞いたとき、泣きさえした。　私が法務次官の政治的な見解をひどくきらっていたにもかかわらずだ。　しかし、米国がすばらしいちいさなカリブ海の国グレナダを侵略し、旅行者用の飛行場を建設して暮らしを向上させようとしていた無実の市民を、ロシアの基地の証明だという口実で殺害し、米国の軍事基地にしたとき、私は泣かなかった。

現在のイスラエル首相アリエル・シャロンが、サブラとシャティーラのパレスティナ人難民キャンプの住民二千人の大虐殺を命じたとき、なぜ私は泣かなかったのだろう。　テロリストであるシャロンが、ベギンやシャミルのように首相になり、英国外交官の妻や子供が宿泊していたデイビッド・ホテルを吹き飛ばしたのに？

私は、人は自分だけのために泣くと考える。しかし、それは同意しないあいてへの、復讐なのだろうか？　アメリカ人はそれを求めているようである。たしかにわれわれの政府とマスコミはそうである。われわれは自由を主張するが、あいてがそうしないという理由で、われわれの利益のために世界の貧しいひとびとを搾取してよいのだろうか。

いま、われわれは戦争を行おうとしている。われわれは、無実の兄弟と姉妹の多数を殺害した戦争の道を歩むことを権利として保証されている。もちろん、われわれは勝つ。ビン＝ラディンに対して、タリバーンに対して、イラクに対して。だれであろうと、何であろうと、われわれは勝つ。その過程でわれわれは、ふたたび無実の子供たちをわずかばかり殺害する。しのびよる冬に備える服のない子供たち。自分たちを保護する家のない子供たち。わずか二歳、四歳、六歳という罪のない子供たちなのに、通うべき学校もない。たぶん、エバンゲリオン派のファルウェル宣教師とロバートソン宣教師とは、かれらはキリスト教徒でないので死んだ方がよいと主張するであろう。そして、たぶん、国務省スポークスマンの何人かは世界に向けて、かれらはかつてとても貧しかったが、いまはいくぶん裕福になっていると語るだろう。

それではどうすればよいのか。われわれは、現在われわれが欲する手段で世界を運営することができるのか。たしかにわれわれの財界首脳たちは、ひとびとを国際的に監視する新しい法律によって、グローバリゼーションに対する反対デモをしているひとびとが永遠に脅かされるのを喜んでいる。シアトル、ケベックまたはジェノバでの暴動はもう起きない。平和はつづく。

つぎの機会に、だれかがそれを成し遂げることができるのだろうか？　エル・チョリージョでのわれわれの大虐殺から生きのこった子供か？　ニカラグアの少女か？　彼女は、学者であった母と父から、ギャングたちのことを学んだ。ギャングたちは、ＣＩＡのハンドブックに貧しい者の暮らしを向上させるには政府を倒すこと、そのためにはいい給料をもらっている先生を殺し、保健ワーカーを殺し、政府職員を殺すべきだと書かれているのを読み、アメリカ人から民主的コントラと呼ばれていたということを。あるいは、ニクソン政権時代の共産主義者と社会民（　）ジャー国務長官の命令によって家族全部を亡くしたチリ人か？

世界を運営しようとすれば、だれかの復讐に苦しまなければならないということを、われわれアメリカ人はいつになったら学ぶのだろうか？　戦争はけっしてテロリズムを止めない。われわれが自分たちを守るのに恐怖を用いる限り。私はＴＶを見ることを止め、泣くのをやめた。私は散歩に出た。四軒先の地元の消防署のまえに群衆があつまって、花を置きロウソクを点灯していた。消防署は閉まっていた。火曜日から閉まっていた。つねに微笑んで元気に近所のひとびとに挨拶していた親切なすばらしい集団であった消防士たちは、最初のビルの犠牲者を救援しようと急いで、ビルの崩壊に巻き込まれたのだ。私はふたたび泣くことになった。

私はこれを書き始めながら、私自身に言った。これを送ってはいけない。隣人や生徒や同僚が憎しみを抱くだろう。　傷害沙汰に巻き込まれるかもしれない。　しかし、ふたたびTVをつけると、パウエル国務長官が私に話しかけた。　これらの子供たち、貧しいひとびと、反米主義者たちへの戦争の準備は完了した。　なぜなら、われわれは文明化されており、かれらはそうでないからと。　そこで、私はこれを危険にさらすことに決めた。　たぶん、これを読んで、すくなからぬ人が尋ねるであろう。　なぜ、世界の多くのひとびとは、われわれがかれらに与えたものを味わうために死ぬ準備をしているのだろうかと。

（菅原秀訳）

b（二〇〇一・一〇・一七）

みぎは、アメリカのZmagというサイトに九月十五日に投稿されたコメントだ、という。「この人のような考え方をするアメリカ人はたくさんいると思いますが、現状ではとても危険なので声を出せないと思います。コメントを書いた本人との連絡は取れなかったのですが、Zmagのサイト管理者と相談し、この人はアメリカの暴走に歯止めをかけようとする強い意志があるので、非英語圏の人々に伝えることこそ本人の意思にかなうと判断し、日本語訳をしました。ぜひ、多くの人々に回覧していただければと思います」（ワールドビュー・ジャパン　菅原秀）という添え書きがあって終わる。

私（―藤井）は、みぎを、書き写しながら、もし私が中世史家ならば、偽文書ではないかときっと疑う、と思った。だれもが半信半疑で、書き手すら真偽をたしかめられない、読み手にとってはたしかにそうだと思える、そういうことならば、世界のすべての文書は偽書でなければならない。すくなくとも、物語学徒にとって、真偽の区別はない、と言うほかはない。これほど歴史の真実に迫る文書はほかにあろうか、と思える。ここに読まれるのは、泣く、泣かない、という二元法である。

十年まえの湾岸戦争の既視感そのままに、このたびのテロリストの攻撃と、報復としてのアフガン戦争というように見える。解きがたい湾岸戦争の物語を、もしこんにちに引き継いでいるならば、十年という怠慢でしかない。そう思いもしつつ、みぎの、泣く、泣かないというストーリーを読もうではないか。かの湾岸のとき、米国民の八十パーセント（以上）が、イラク攻撃を支持し、多国籍軍のために、貢献することを望んだという。数値ということが、けっして物語とあいいれる存在ではないことを私は言いたいのである。「八十パーセントが支持する」「ああそうなの、それがどうした」——多数派工作のような発想から、物語が生まれることはない。ノーマ・フィールド氏が、そのころ明言したように、二十パーセント（弱）のアメリカ市民が、湾岸戦争不支持の志を持っていること、そのことによってこの数字は意味がある、ということだろう。今回のアフガン攻撃は九十パーセントが支持し、アメリカが大きく一つにかたまってしまった感さえある。それがどうしたというのだろう。私が泣かないのはどういうときで、不覚の涙が止まらないのはどういう際だ、という二元法は、けっして数値のまやかしのなかから出てこない。アメリカ社会に限定されたことではないので、いわゆる普遍的感情であるけれども、それが困難であるという戦時体制においいて、つよい意志から発せられる平和思想は、まったく物語の水準であると言うほかない。泣く、泣かないの物語は、数値社会のアメリカを食い破り出てくる、湾岸以後のまったく新しい物語だ、ということを認定しようではないか。

ほんとうに敗北したのは物語だったか。物語のなかでのみ起きるべき事件を、現実に許してしまうとき、敗北感はいやまさる。しかし、テロリストの攻撃をまえに、物語が敗北して許されるのなら、敗北もしようではないか。敗北をかさねるからといって、代償として物語が生まれるのではないはずである。数字という世界の回文を断ち切って、物語（あるいは物語学）が誕生すること。そこに立ち会わずして、十年なら十年の空白も成果も、われわれは言う権利がない。戦争をやめなければテロが終結することはない。回文を終わりにしよう。帰らないすくなびこなに託して、十三日の回文（「チェーン」）を八重のしおあいへ埋葬すること。

ほんの二〇分まえ、イラクが戦争を中止するというニュースがあった

大きな物語という言い方じたい、矛盾だ。物語、モノガタリという語は、ささやかな、とりとめない、という意味を持つ。高橋亨が、蓮實重彦や、野家啓一を批判するのは（『物語の千年』森話社、一九九九）、まったくその通りで、二〇〇一年九月十一日以後において、この『千年』や、安藤徹・高木信らの『テクストへの性愛術』（同、二〇〇〇）は、時宜にかなった予言の書となる。

蓮實以前には、神話などと言われていたのである。蓮實もまた予見的に、二十世紀という神話、また革命神話が、冷戦というかたちの終結によって終わりを迎え、ポストモダンと化した状況を物語と言いたかったのだろう。神話ははやらなくなり、物語が生まれる直前の、すきをついて湾岸戦争をだれかが起こした、というのが私の見渡しである。

矛盾で、ダブルバインド。それらもまた「物語」でなければならなかった。神話を物語研究会は、引き受けるかどうか、瀬戸際だろうという気がする。『千年』も、『性愛術』も、見識であり、モラルの呈示である。歴史に対して物語はいったい何ほどのことをのこしたのだろうか。

「ほんの二〇分まえ、イラクが戦争を中止するというニュースがあった」

ほんとうはアメリカが戦争を中止したのかもしれない。一九九一年二月十五日、停戦と降伏との駆け引きの始まりである。アメリカによる戦争の中止を構想するのは大きな物語のしごとなのだろう。存命なら訊いてみたい鮎川信夫には、いくつか思いがあろう。しかしここは物語の終わりでなければならない。

寂しいこの晩秋。この寂しさはアメリカの奥深いところで、むしろヨーロッパに近い北部の、小動物のあえぎのようにつぶやかれる、黄葉のかなたの「良心」かもしれない。

六千人というアフガンの子供たちを殺害し切ったアメリカは、同等の数に達したことに思い当たって、それがどうだというのだろう。どうすることだろう。必要なのは「良心」とちがう。けれども、アメリカが、戦争を中止するなら、というより、中止することで、ようやく戦争であるところの、この報復攻撃を、「良心」が、やめようと決意するなら、受けいれなければならないだろう、世界。

ヴェトナム戦争をどのように終えるか。アメリカにはその唯一の経験があるのではないか。ないのは物語である。あるのは攻撃の犠牲であり、米兵の若い死をもかさねて、冬のきびしいアフガン攻撃ののち、なすところもなく撤退する。アメリカ本土が生物兵器の脅威にさらされるのは、なぜそうなるかをみずから説明できないアメリカ国民にとって、無惨と言うほかない。むろん、日本社会がテロによって脅威にさらされるとき、「報復」は許されない。

覇権主義の挫折を、アフガンとパキスタンとから撤退するとき、あじわうアメリカは、世界からたたえられなければならない。物語の終わりを描くことは物語学のしごとであった。ない物語の終わりを、アメリカが模索するとき、物語論はアメリカの名誉のために、たたえることができるか。

一九八〇年代、一九九〇年代に、アメリカの各大学機関などで、行われた物語会議のたぐいは、今回の攻撃によって、ほぼ灰燼（かいじん）に帰した。けれども、日本も追随した責任が消えないはずである。つぶやきは、それらを許し、なおそのさきに物語論をつむぎ出そうとする余力に、向けられなければならない。

湾岸戦争の既視感そのままに、と前回。ちがうところは、と言えば、メール社会が、よこのアクセスを可能にしたので、湾岸のように、狂熱の報道と向き合うしかなかったひとびとが、思わず多国籍軍に感謝を捧げる、としたような異常心理に、今回は陥らなかったこと。そこはメール社会の到来が、この十年を空白にしなかった、と評価してよいと思う。そこを除いては、湾岸戦争物語を放置していまに至る、ということなのだろうよ、きっと。メディアとちがう視野をつくり出した。長引きそうだから、と、模様眺めの物語が、始まろうとしているいまというときは、やはり困ることになろう、という懸念だ。私は湾岸戦争物語のつづきで、物語学徒に発信した。これは物語問題なんだから。もうよいですか。メディアに対して。〝物語とメディア〟という特集もありました。湾岸戦争の際には、ちいさな軍事評論家が居酒屋にいっぱい生まれて、メディアの復唱でにぎやか、だったかかな。物語のかんちがいは、終わるのかな。

（見出しは竹田英尚『湾岸戦争下のフランス』〈三一書房、一九九三〉より）

（二〇〇一・一〇・二九）

V　アジア、社会、個人

戦争責任論争と問題点

一　告発以後

論争としての戦争責任追及。

それは、もはや、われわれの耳朶(じだ)に新しいことでなくなっている。私はいま、古戦場のような書庫から、ほこりをかぶった『文学者の戦争責任』を引っぱり出してきた。一九五六年九月二十日第一刷発行、吉本隆明・武井昭夫著、淡路書房、百三十円。もちろん古書として、大学にはいってから購入したのだ。

きびしい告発の書であった。すくなくともはじめて読んだとき、きびしい告発の書であると思い、そのきびしさに興味をいだいた。

かすかな違和だ、違和感を持ったのだと、いまから反省するならば言えよう。きびしいな、という思いは、私なら私の、戦時の実体験がほとんどないこと、そういう世代のちがいに基づいた思いだったであろうか。

よく分からない。武井についてはさておく。吉本の「まえがき」や、「前世代の詩人たち」などの、前代の詩人批判の秋霜烈日さ。その秋霜烈日さ一般を、私は、きらいであるはずがない。吉本のそのきびしさはどこから来るのだろうか。

告発の書である。告訴の書ではない。法律用語としての告発とは、当事者以外の、第三者の正義の声であり、告訴とは、当事者が、被害の修復や、魂の慰謝を求めて法廷に訴えるのを言う。

苦痛を受けた立場が魂の慰謝を求めて訴訟を起こすということに、非難の余地は、さしあたりない。ただし、けっして、何らかの事件の被害者が、親告に際して、類似の事件を社会から根絶するために自分は恥をしのんで、告訴に踏み切るのだといった、正義づらをしないこと。純粋に苦痛に対する慰謝として加罰を要求するのであって、告発の姿勢を加味すべきでない。告訴へ踏み切るときの理屈に、犯罪防止の防波堤であるかのように自分をふるまわせるという、告発のようなポーズを取るならば、それは思いあがった犠牲者づらをしているのにすぎず、感心できないように思われる。

一方、告発ということになると、理屈は簡単でなくなる。純粋に第三者の正義から告発するという姿勢を守り切れるか。そもそもそのような純粋な第三者の正義という立場がありうるのか、問題は簡単に処理できにくくなってくる。

それゆえ、吉本が、告発の書であるにもかかわらず、つぎのように発言するのは正当であろう。清岡卓行「奇妙な幕間の告白」(一九五六)などを取り上げて言う。

これらの発言は、要するに批判者に戦争責任を追及する資格があるか、わたしたちはすべて戦争にたいして共犯者だったのではないかという点にある。もし、わたしが、十代から二十代はじめにかけての自分の戦争観と体験を記述することに公共的な意味があると考えるならばそれを記述することは雑作ないが、そんな自己告発に何の意味があるのだ。わたしは、わたしなりに戦争期の自己の内部的、現実的な体験を生涯にわたって重要なポイントをなす体験と考え、その考えの下に「高村光太郎ノート」(戦争期について)をかいたのだが、自己の体験を単に告発することによって公共的な問題を引出しうるなどと自惚れたおぼえはない。しかし、わたしの奇妙な論敵達が指摘するほど、それに触れていないわけではない。まずこれらの論者たちは、自ら誇る文学批評的眼力によって、わたしの詩人文学者の戦争責任にかかわる批評を読み通すべきではないか。そこに、わたしの戦争期と戦後にかけての内的格闘のあとが読みとれないようでは文学を語る資格はない。

(「まえがき」より)

告発の書であるが、みずからを告発するようなモチーフを秘めていることが分かる。告訴はみずからを告訴することができない。告発は、自己のなかの他者を告発し、他者のなかの自己を告発するというようにあるわけだろう。

きびしさは、吉本の、みずからへのきびしさであるというように理解することができるが、それを他者のほうへ向けることができるのは、他者のなかの自己へ向けて、きびしくならずにいられない、という限りで正当なのだと言うことができる。

こう考えてみて、最初の違和感が、だんだん、うすらいでゆくようにも思うが、たった一言だけ言っておけば、この秋霜烈日さを楯の一面として、寛大さがいつでもあらわれてくるという、過去千数百年にわたる、日本社会の両面性を観察することができる。ぐにゃぐにゃの骨無しのようにして天皇制がどこまでも生き延びてゆくことの対極に、過激派的なる立場がいつでも用意されてくる

といった両面性。それは吉本その人が、「高村光太郎ノート」で、

高村の崩壊の過程に、ひとつの暗示がある。それは、近代日本における自我は、内面にかならず両面性をもたざるをえない、ということである。それは一面では近代意識の積極面である主体性、自律性をうけつぐとともに、近代のタイハイ面、ランジュク性をもよぎなくうけつがざるをえない。他面、かならず、自己省察と内部的検討のおよばない空白の部分を、生活意識としてのこしておかなければ、日本の社会では、社会生活をいとなむことができないのだ。

と述べている「両面性」と、近代的には関係するところの、奇妙なまでのきびしさと寛大さとが共存する日本社会のなかを、思想家的な自己へのきびしさに醒めてゆくようにして吉本の理論構築が行われている、と指摘できよう。

二　比喩の途

一九五五年から一九五六年にかけて、吉本隆明らによってするどく告発され、ピークをなしてゆくこの論争は、一九五九年あたりで、事実上の終結を見る、ということになる。この論争は、終戦直後に発して、一九五〇年代ぎりぎりまで経過して、そののちはアクチュアリティを失う。翌一九六〇年は安保闘争の年であるから、文学者が、状況の新たな段階に対して、どう参加してゆくかという課題へ、戦争責任論が、主体性的に、展開を遂げていったとも見られる。

一九五九年ごろをもって論争が終結したと見られるとは北川透が書いている。「この論争の概括、問題点、到達点が知りたければ、一九五九年に書かれた鮎川信夫の「戦争責任論の去就」（「現代批評」三号）、吉本隆明の「詩人の戦争責任論——文献的な類型化——」（「解釈と鑑賞」七月号）がよく問題の所在を明らかにしている」と言い、そして、「この二論文によって、この論争は事実上、終結したものと考えられるのだ」と述べている（「詩論とは何か——詩人の戦争責任論があらわにしたもの」、一九六五、『詩と思想の自立』思潮社、一九六六）。

すでに「終結」した論争であると一応、言えるのだ。それゆえ、「終結」していると見る限りで、それは、こんにちの眼から、どんな意義をのこしたと言えるか、考えてみる必要があろう。こんにちの眼から言えば、文学者や詩人の戦争責任を問うた、その論争は、つまり表現者として書くことと、書かれる状況との、責任関係を、戦時下という、もっとも苛酷で極限的な典型において問いかけたと言える。書くことの倫理を問いつめるのに、苛酷な典型であればあるほど、問題点がきわだちやすい。

愛国詩や戦争をあおり立てるような作品を書いたか、書かなかったか、というレベルをけっして問題にするのではない、とは鮎川信夫をはじめとして、くりかえし確認されてきた戦争責任論の基調であった。そのことに、私は、まったく異存がないし、ある詩人が戦争詩を書いたか、書かなかったか、を取り上げて、その詩人の評価に代える、といった議論は、まず皆無になってきたと言える。最近、金子光晴に、戦争詩を書いた前歴のようなことが見いだされて、反戦の詩人だと通説化されていただけに、話題になった。しかしそのことをもって、金子光晴のしごとに対して、何らかの決めつけるような批評態度に出た人がまったくなかったようなのは、同慶の至り、というところである。
戦争をあおり立てるような作品を書いたか、書かなかったかのレベルが問題なのではなく、作品一篇に内面の省察がどこまで深く遂げられているか、否か、ということが、たしかに、戦争責任論の核心であるにちがいない。だから、作品一篇に内省なくして、国家の詩を書きうる人は、戦後の人民の詩を書くこともできるのであって、そのようなよこすべり的文学状況が臆面もなく横行してゆくところにこそ、文学的近代の弱点が露呈されている。ひいては戦後責任の問題にほかならないのだ。

こんにちの眼から見れば、そのように普遍化された文学の問題として、表現者の書くことと、書かれる状況との責任関係を問いおろした、倫理的意義がまず第一にある。――どうも、私どもの世代にとって、もはや戦争が比喩でしかなくなってしまった以上、一九五〇年代の戦争責任論から、戦争の部分を切り離し、一般に責任論としてならばその意義を積極的に認めることができる、という何ともぶざまな場所へ落ち込んでゆく実感。

きびしさの極から、寛容さのほうへと、ズルズルズルズル転落してゆくような実感であるということだろう。戦争が比喩であるとは、そのような状況に対応しているはずである。

ふたたび法律用語で言えば、時効ということがなぜ、明文化され認められているかという事情にかかわってくるのだが、学説によれば時効とは、権利のうえに眠りほうける者を保護しない、ということであって、戦争責任追及に時間の限界があるわけでなく、ただ、追及の手をやすめて、権利を行使しないでいれば、時効が、取り返しのつかないこととして成立するのだ。

戦争を追体験することはできない。九十万人以上を殺したと言われるヴェトナム戦争を体験することもまた、われわれにはできない。仮借なく、時は過ぎ去った、と言うしかないように思われるが、この戦争を体験することのむずかしさは、最近に始まることではさらさらないので、たとえば、鮎川が「われわれの心にとって詩とは何であるか」（一九五四）のなかで、鮎川自身と、それより若い高橋宗近との、戦争に対する把握のちがいを述べているのは、すでにこの問題なのであった。

三　問題点二、三

以上のような点を踏まえながら、われわれは、今後に立ち向かう問題点を考えてみるしかないが、それはどのような点がかぞえあげられるだろうか。第一に、時効になったかもしれない戦争責任追及を、より根底的な社会批判にまでおしすすめた吉本隆明が、一九六〇年代以降、『共同幻想論』などを産み出していった、原理論的な批判の方向に示唆がある。すでに述べたように、一九五九年は戦争責任論のゆきづまりであり、鮎川はそれを氏自身の「挫折」のようにとらえているが、そのゆきづまりを吉本がどのように突破しようとしたかについて、鮎川は言う。

挫折を究明して、それをのり超える方法を、まがりなりにもつかんだのは、前世代でもなければ、私たちでもなく、戦争から全的な被害を受けた吉本たちの世代が最初だったのである。『文学者の戦争責任』では、まだいくらか見くびっていたが、『芸術的抵抗と挫折』（未來社）に至り、自己批判にまで拡大転化することで、日本の社会構造の欠陥をその深部から抉り出そうとする姿勢にまで発展したのをみては、その努力の本格的であることを疑うわけには、ゆかなくなってきた。細部において異論があっても、その理論の総体からくる衝撃の重みは、詩人の戦争責任という問題について、これまで私が考えてきたことのすべてを打砕くほど力強いものであった。

(「戦争責任論の去就」一九五九)

ここには戦争責任論の新たな展開の方向が、すでに明確に示されている。新しい世代の関心が国家論の方向に向いていった時期が一九六〇年代の前半であったことは、弱冠の私にも、肌で感じられた。ただ、どう言えばよいのか、戦争は、国家暴力である、という限りで、国家論が戦争の問題を包含するということに、異論はないけれども、戦争は、それこそ神話の時代から近代戦争までをつらぬき、人間の本性に深く巣くっている何ものかであるという独自面の考察は、等閑にふせられているきらいがあった。人間の本性に対する考察ということであるならば、文学本質的な課題であるということは、依然として言えるのではなかろうか。

第二に、作品としての戦争詩について、それらのなかに一片の人間省察もない、という否定面を、言ってみれば、充塡してゆく在り方としての神話の役割、そうしたことを許してしまう非人間的な詩形式とは、近代にとって、いったい何であったのかということ、近代と古代とのかかわりを十分に見つめておかなければならないという気がする。

鶴岡善久に、太平洋戦争下の詩的動向をさぐる書物があって(『太平洋戦争下の詩と思想』昭森社、一九七一)、類書がすくないという点でも、注目すべきしごとになっている。その冒頭は「調和としての神話――戦争詩の一側面」というエッセイで、田中克己・河井酔茗・川路柳虹・百田宗治・丸山薫・長田恒雄らの作品を取り上げる。

……
その声に
ぢっと耳を澄ましてみたまへ
それは誰の声でもない
父から
祖父から
曽祖父から
またその父から
祖父から
曽祖父から
幾百千年流れつづいて来た
君の血の声だ
僕たちの血液の声だ
……

（長田恒雄「声」部分）

鶴岡は言う、「さきに指摘した「主体性」、「批評性」の喪失と、「神話」への接近は、詩人たちの心的状態をきわめて、シャーマニズムのそれに近い形に変貌させることになる。詩人は神国思想に塗りつぶされながら、特殊の精神状態におちいり、神を呼びよせる役割を演ずるかの自己錯誤の状態になる。しかもここで錯誤の意識がまったく欠落したとき、詩人は明らかに、シャーマン（巫みこ、いちこ、いたこ）となる。そこで彼は「幾百千年流れつづいて来た／君の血の声だ／僕たちの血液の声だ」と聞きうることが可能になる。そして聞きえた血の声（あるいは神の声）を大衆に口寄せする形で彼らの詩は書かれている。彼らにとって詩は「巫女の声」なのである」（二一五〜二一六ページ）と。

鶴岡の文脈としては、戦争に対する弾劾として、みぎのように言われている。その文脈に対して、とりたてて私の異見はない。ことは近代詩の道程、運命にかかわる。詩が「巫女の声」であることをやめてきたことこそ詩の不幸な近代であった。詩形式が「巫女の声」を取りもどしたような一瞬を持った、あるいは持ちえたかのごとき幻想を飛来させた一時期がほかでもなく太平洋戦争下であったという、何ともやりきれない詩の近代的運命について、鶴岡の、一種近代主義的文章は、かえって、さまざまに、考えさせてくれる。

詩人が大衆にさきだって血の声を、神の声を聴くというシャーマンの役割に立つ、ということは幻想的な古代のことに属するが、太平洋戦争下の意識は、なんといっても「近代」から遠くはずれている。これが戦時下においてでなく、詩人の想像力が、時代を予感することとしてはたらいたのなら、これは詩的可能性でなければならない。戦時下において、真に大衆に先立つ詩人の耳であるならば、戦いの神の声ばかりが聴こえるというのであってはならないだろう。敗北する神の声をも、聴きつけるのでなければならなかったろう。戦争詩がだめなのは、そのような意味において、時代の予兆たりえていないところにある。そして、戦争詩は、だめになることを通して、詩の、時代との関係や、可能性の領域を、無惨にも問いかけているのだ。

第三に、さきほど、比喩としての戦争、と述べたことに関係してくる。われわれの生活感覚と、戦争の意識との、あやうい接点に、いつでも醒めていたい、ということがある。虚構の問題だ、と言い換えてもよいかもしれない。

生活のなかでわれわれは思想を持つ。苦痛や憎悪を、思想化することができる。私どもは、そのような思想の、虚構的な構造に醒めていなければならないだろう。虚構であることに醒めていればこそ、それを創造する思想上の闘争が必要になってくるのだ。思想の虚構が見えてこなければ、戦争に取って代わられることになろう。

スポーツ新聞を見ていたら、こんな記事があって、息をのんだ。「米国では、売春婦役の女が暴行されたあと相手の男にナイフで手や足を実際に切断されて本当に殺される、恐怖の暴行殺人映画が、ひそかに上映されているという。インチキ芸能プロにダマされて売春させられたスター志願の女の子もいるけれど、映画に出演して殺されるよりはマダまし。スターへの道はキビシイ」というもの。

根拠のある記事なのかどうか、もしかしたら芸能欄担当の記者が、穴埋め記事にでっち上げたかもしれない。事実がどうかということは問題でない。内ゲバ殺人や、生活のなかの戦争の感覚が、みぎの記事に書かれている殺人には、よくあらわれている。殺される役割の俳優が、ほんとうに殺されるのだが、殺される役割でありつづけているのである。おそらくギャラは前払いで、ちゃんと受け取っているのであろう。カメラは、殺されてゆくその売春婦役の女を撮りつづけるのだ。

そのような映画は、どこか戦争に似ていないだろうか。戦争には多少とも演技の必要があること、観客もまた、どこかにひかえているようであること、などをも含めて。その映画が、虚構の大原則をとっぱらってしまった、許しがたい「作品」であることは、言うまでもないことだろうと思う。

われわれの生活は、じつに貧窮をきわめ、戦場のようなありさまを呈している。比喩として、言うことができるであろう、生活は戦争である、と。そのような虚構の意識によってからくも耐えているのである。

思想は騙(かた)るか

私の出るべきではないシンポジウムで、もちろん、堅くお断りしました。しかし長野（隆）さんから、つまり弘前から、東京へ、長距離電話で、一時間も二時間も説得されると、断り切れなくて、今日こうやって出てきております（笑）。東郷（克美）さん、安藤（宏）さん、長野さんという、専門家たちのあいだにはさまれて、私は専門でありませんので、気がらくと言えばらくですが、一方で、近代文学に対し、批判的なことを今日は言わなきゃいけない役割どころでしょうね。その点ではやはり気が重いなという思いでおります。

一　大衆のナショナル・ヒストリー

太平洋戦争下の長編小説、『右大臣実朝』（一九四三）を見てゆきますと、「あなたにお知らせ申しあげます。」「ございます。」「私には、ただなつかしいお人でございます。」と、さきほど安藤さんもちょっと触れられた問題であります通り、こういう丁寧な文体で書き切られています。そういう文体は聞き手をつよく意識する文体としてあって、語り手は、安藤さんの言われたように、源実朝に近侍し、八年してその死に遭うと、出家して二十年が経つという、四十歳になる男性でしょうか、その人が「あなた」という人に訊ねられて語るという形式です。肝腎の聞き手である「あなた」とはだれでしょうか。

「ございます」という、そういう文体は、古文で言いますと「さぶらふ」あるいは「はべり[1]」というような、まあそれよりもうすこしつよい言い方かもしれません。それと類似する文体を思い浮かべてゆきますと、史論の書として『愚管抄[2]』、あるいは『神皇正統記[3]』といった書物をただちに思い浮かべることができます。『愚管抄』の慈円[4]は、ある説によりますと、西園寺公経（きんつね）[5]に宛ててこれを書いたと言われる。また後鳥羽上皇[6]の討伐計画を阻止することが目的だということで、具体的にだれにこの『愚管抄』を宛てているか、そういったことは、いろいろ議論がなされておりまして、それの歴史の見方というのは非常にしっかりした、一貫した内容がある。カタカナを採用して「侍リ」という文体で書き切られている歴史の書です。

……マタ世継モノガタリト申（まうす）モノモカキツギタル人ナシ。アリトカヤウケタマハレドモ、イマダエミ侍ラズ。……

（『愚管抄』巻三）

最真実ノ世ノナリユクサマ、カキツケタル人モヨモ侍ラジトテ、タダ一スヂニ道理ト云フコトノ侍（はべる）ヲカキ侍リヌル。

（同巻七）

『神皇正統記』も、後村上天皇[7]か、あるいは一般の武士に対してでしょうか、家の書として書かれた内容でしょうか、ともあれ北畠親房[8]は、やはりだれかに宛てて書いたというふうに言えると思います。

シカレバ神皇ノ正統記トヤ名ケ侍ベキ。

（『神皇正統記』）

オヨソ政道ト云フコトハ所々ニシルシハベレド、正直慈悲ヲ本トシテ決断ノ力アルベキ也。

（同）

とあります。それらに類する文体を『右大臣実朝』はみごとに見せている。実朝の会話がカタカナであることも、私などには、思いなしか、それらに似ているように思われます。けれども、もちろん『右大臣実朝』は歴史書でありません。『愚管抄』や『神皇正統記』とは一応無関係に、その「ございます」文体を採用しているはずだと考えます。で、その歴史の見方というのを、『右大臣実朝』で見てゆきますと、

……かへつて頼家公の御身辺さへ危くなつてまゐりましたので御母君の尼御台さまは、頼家公の御身に危害の及ばぬやう無理矢理出家せしめ、一方お弟君の千幡さまの将軍職たるべき宣旨を乞ひ、頼家公はその御病状のやや快方に向はれしと同時に伊豆修善寺に下向なされ、さしもの大騒動も尼御台さまのお働きにてまづは一段落………これも北条氏の手に依つて殺害せられたのだといふ不気味な噂が立つたさうでございますが、それは私がやつと七つか八つになつたばかりの頃の事でございますし、そんな事はございますまいと私は打ち消したい気持でござ

います。

（『右大臣実朝』）

という、こういう文体ですね。文体としては通俗に流れており、新奇さという感じが、どうしても見られない。『愚管抄』や『神皇正統記』が、いわば〝気骨のナショナル・ヒストリー〟とでも言いましょうか、あるいはもっと端的に〝憂国のナショナル・ヒストリー〟[9]とでも言いましょうか、まあそういう性格だといたしますと、一方の『右大臣実朝』の示す歴史は、甘やかな大衆化現象に溺れている、と言わざるをえません。それでいてこれでもナショナル・ヒストリー、名づけるなら〝大衆のナショナル・ヒストリー〟ではないか、というのが私の言いたいことです。批判的な歴史家なら、恥ずかしくてなかなか書けないような、何かを讃仰してやまない、そういう精神に満ちた歴史に沿うばかりでありまして、実朝死後二十年経ってなお、近侍していた男にして何も見えていない、このなさけなさには呆れざるをえない。

二　丁寧語文体、非対称性

平安時代から鎌倉時代へやってくると、文学史にしても、歴史にしても、ある種の突出が目立ってならない。それは鎌倉時代が、あとの時代から突出する不思議さでもありまして、いま言った言葉を使って言うならば、まさにナショナル・ヒストリー誕生のときにあたります。《平家》が語られ始めます。[10]『右大臣実朝』のなかにも、琵琶法師の語りの出てくるのが象徴的ではないかと思います。象徴という意味では、まさに鎌倉時代初期を象徴する、実朝その人を書きたい、と思いつづけて、それをついに実現させてゆく小説家の執念が、この「ございます」文体を通して、昭和十年代というナショナル・ヒストリーの時代に嵌ってゆく、それをある痛ましい思いとともに指摘できるのではないか。むろん、ナショナル・ヒストリーの時代はその、昭和二十年で終わるのでなく、戦後に生き延び、連続してこんにちに至る、日本社会にある種の平均文学史像をつくり上げているわけですね。

その文体の問題をさらに注視しつづけてゆきますと、戦後の「ヴィヨンの妻」[11]にも、その語りはだれに宛ててのものかわからないという問題があります。語り手は〝ヴィヨンの妻〟ですから、ヴィヨンの妻が物語をする物語＝〝ヴィヨンの妻の物語〟というのが、まあいわば正式の題名になります。それはよいとして、物語として、ではだれが聞き手かという課題に対し、どう答えたらよいのでしょうか。

あわただしく、玄関をあける音が聞えて、私はその音で、眼をさましましたが、それは泥酔の夫の、深夜の帰宅に決まつてゐるのでございますから、そのまま黙つて寝てゐました。

こういう「ございます」言葉は、過去という時制に結びつくと「ございました」となり、文中では「ございまして」「ございませんでしたので」など、また「いたしまして」「いたしました」というのも目立つほかに、夫に対しては「申しますと」「たずねてくださつて」というような敬語もあらわれます。「妻」が夫に対して尊敬語を使用するというのは、日常会話にならありうるとしても、こんな語りの文体のなかで、非常に奇妙であり、不愉快にも感じられる人がいるかもしれません。丁寧語の「ございます」や「いたします」言葉は、いったい何ゆえここに選ばれているのか、なかなか明らかにすることができません。丁寧語は、語る場所があって、体験談や何かによって、さきほど安藤さんも言われたように、そういう距離のある人や、目上や、身分の上の人のいる場合に使用されます。ここでの「ございます」言葉は、妻だから、女だから、使用されているということでしょうか。それなら、夫がいるから、世の男がいるからでしょうか。小説家その人は、非常に苦心して使い分け使い分け書いていて、けっしていい加減な書き方ではありません。語り手を女に、妻にすることの条件として、男である小説家が、「ございます」言葉をその指標であるかのように選んだ、ということでしょうか。この分からなさは、現代の読者を、ある一部かもしれませんけれども、不愉快な思いに誘い込むのではないかと思います。

そういえば、父と母との非対称性も気にかかります。「父」[12]という作品と「母」[13]という作品との対比でもあります。「父」という作品の〝父〟は語り手である「私」であり、〝義〟のために妻子をほったらかして女と思い切り遊ぶ、ということをいたします。しかし、「母」という作品の〝母〟は、若い男が話題にする、その男の文字通り母親であって、「私」は旅館の隣室でそれを盗み聞きする立場でしかありません。この非対称性は、男の小説家が、小説家としては中立でなければならないことを忘れ、男の自己中心的な社会性をそのまま語りにかさねている結果ではないかと危惧されます。丁寧に丁寧に小説家は書くことによって、このような現象があらわれるのであって、戦後の数多い作品の、意図的に妻の語りとして書かれた場合に現象し、また自分を〝父〟として置いてみる操作によって、はからずもこのような構造が覗かれる、ということではないかと思います。

三　語りの構造

「親といふ二字」[14]という作品では、まず作り手がいる。そして語り手がいる。作り手の産み出す語り手が、作品では「私」という人称で出てまいります。「爺さん」は、郵便局では「私」という人物の話しあいてであり、「私」が家に帰ると〈話題〉の人物になります。「親といふ二字」という作品は、二つの場面から構成されている。「私」という人物と、それから、家に帰ってきては、女房が「私」の話しあいてとして存在している。時称と言いますか、時制[15]と言いましょうか、「た」を中心にしておりますけれども、非過去の文体であることが多く、文体的にはさきほどの「ございます」ではありませんで、普通の文体をとっています。

長編、『パンドラの匣』（一九四五〜一九四六）もそういう意味では分析してみるとおもしろい作品かなと思うのです。作り手がいて、その作り手は前書きのなかで「作者」という名告りをしています。語り手を作り手は産み出して、作品のなかで「僕」というふうになります。「健康道場の人々」というのは、手紙のなかでの〈場面〉ですけれども、手紙としては〈話題〉になります。「君」というのが手紙のあいて、そして「僕」がいて、時制は手紙文ですので「た」その他いろいろ利用されております。

「カチカチ山」[16]という作品も、作り手がいて語り手がいて、語り手は作品のなかで「私」「作者の私」「父」、前書きのなかにも「父」。童話原作の聞き手は五歳の娘、そして「読者諸君」や「読者」や「君」というのが呼びかけられている。で、「狸」や「兎」は、〈話題〉の人物と言ってよいんでしょうか。物語のなかでは兎のあいてとなっている狸が、兎とお互いにあいて関係になるわけですね。「お爺さん」が〈話題〉人物となります。時制は物語のうちだと非過去が非常に多く、文体は会話が多く物語文を形成しています。

「新郎」[17]も、作り手がいて、語り手が「私」であり、あるいは「太宰治」という名前も出てまいります。「私」、それから「妻」、妻は「家の者」とも呼ばれ、「学生たち」が出てくる。「訓導」や「校長」は手紙のあいてであったり話題であったりする。時制は「た」中心です。文体をまあこういうかたちで、一つ一つ分析していって、私はこういう分析がおもしろいので、語りを分析をしてゆくと、もっともこの小説家の気になる、これは安藤さんもよく論じられている作品で、すこし古くなりますが、「道化の華」[18]というのがございます。

「道化の華」は、第三人称で書かれているらしい「海」という作品がもともとにある。ジイドの「ドストエフスキー論」などの影響下に書き換えられて、「僕」というのが出てくる「道化の華」初稿へと変わったと言われる。また何度か書き換えられていった、というふうに言えると思います。ちなみに昭和十年代というのは、横光利一[19]の『純粋小説論[20]』(一九三五)が出てきた時代であることも忘れたくない。

「海」(A)は、作中世界として、葉蔵、飛驒、小菅、真野といった三人称が出てくる、基本の小説形式で、物語である以上、それを語る語り手がいることはもちろんで、その語り手が表に容易には出てこない、というふうに推定されます。「たいへん素朴な形式」だと、小説家自身が言っておりります。時制は「ゐた」「だつた」というふうな〝過去〟をもって基本としていたと思われます。時制や人称というものは、語る〈現在〉を基準とするからには、語り手を必要とし、その語り手が、過去の叙述として語り、その語り手は、三人称の登場人物に対して、「私」あるいは「僕」として、「海」という作品ではそのまま登場していないらしい。どう言えばよいんでしょうか、物語である以上、語り手をかならず要求している。語り手が過去の叙述として語ってゆくという、そういう語り手が、物語のなかでは、一人称の登場人物でありうるかどうか、『源氏物語』[21]なんかではときどき出てきて、だから一般的にありうるとして、「私」や「僕」というかたちで登場していない場合には、一人称であると言えない、ということで、私としてはここにゼロという人称[22]を考えてみるほかない、というふうに思っております。

四　ゼロという人称、無人称

「道化の華」から「海」の部分を引き算いたしますと、「僕」という一人称や、「君」という二人称や、「彼等」という三人称があらわれます。「海」は素材であり、遠景化され、前〝物語〟化され、時制は非過去を中心とする〝僕〟による語り（B）となります。「道化の華」は、このAとB と――AとBというのは「海」の部分と「道化」の部分とです――の、しつこいぐらいの累加、交渉、言及、批評から成る、そういう二つの作品から成る。Aを仮に「海」部、Bを「道化」部と、いま名づけてみると、この二種は、水と油とぐらいに異なる性質を持っています。「僕」は絶対に「海」の世界、Aの世界へはいっていけない。「海」、Aのほうは、情死に至る事件を、いわば生き延びた遺書のようにして書き綴る物語です。B「道化」の「僕」のほうは、A「海」の葉蔵を、〝葉蔵は僕だ、葉蔵は僕だ〟とくりかえすしかありません。われわれが身分証明書を指さして〝これは私だ、これは私だ〟とくりかえすようなこととしてあります。アイデンティフィケーションは、二者の懸隔、へだたりを大前提としたうえで、くりかえしくりかえし叫ぶことによって証明するしかない。「彼等」は、Ａ「海」における飛騨や小菅、もしかしたら葉蔵もいれられるときがあるかもしれません、三人称であるからには、葉蔵がはいってきておかしくないんですけれども、それでも、飛騨や小菅という固有名詞の三人称と、「道化の華」における「彼等」という代名詞の三人称複数との相違は明瞭でしょう。作り手である人は〝類例のない小説の創造だ〟と言っておりますけれども、またどこか、たしかに新しい違反、あとから書き換えられるという、「アンフェア」な行為が目論まれたらしい小説である、そういう感じはありまして注目されます。

語り手というのは、一人称、二人称、三人称から成る、語りの内容そのものを支えるゼロとしてあります。その語り手によって作品世界を語らせる、つまりゼロの人称をつくり出す作り手というのは、ゼロでありえないわけですから、そういう意味で絶対にあらわれることのない在り方として、一種の虚と言いましょうか、名づけるならば、無人称というふうに名づけたいと思います。Ｂ「道化」部分にあっては、一人称と二人称と三人称とから成るプロセスとして書かれています。二人称というのはどうしても浮いてしまうのです。「君」というのが出てきまして、まあ論理的には、その真野という看護婦ということになりますけれども、ちょっとそうは取りがたくもあり、いずれにしても、ＡとＢとの水と油のような乖離ということが確認できるのではないかと思います。

五　作者はかたるか

「無人称」という言い方をして、多くの方が気づかれたように、亀井秀雄さんの『感性の変革』(23)

というのに根ざして、私はこれを批判的に取り上げているわけです。近代文学が、批評、表現の領域にまで視野を低くしたときに見えてきた、その「無人称」という提案です。やや復習をいたしますと、無人称の語り手と、作者自身とが一応区別される、という亀井さんの指摘でした。区別されるというのは、作中人物のだれからも独立した語り手の可能性を「浮雲」[24]なら「浮雲」の第一篇に見ようとする、そういう在り方でした。そういう相対的な事実である語りというのが、二葉亭の〝「私」的な感性〟において消去されてゆく、そういう近代文学の傾斜を見いださざるをえない、と。これが亀井さんの『感性の変革』でした。たしかに〝語り手〟は、近代文学として見ると通俗性が感じられ、漢文体の小説(服部撫松[25]『新東京繁昌記』、一八七四)などの初期には見られながら、目立たずに消去されていった存在であると、亀井さんの、それなりに説得的な展開でありまして、私から見れば、亀井さんの言うそのような語り手は、古典文学以外のかなり卑俗な部位からやってきて、たしかに近代文学の観念的な成長のうちに、多く忘れ去られていった何ものかです。

それはよいとして、亀井さんに対して私が言いたいことがあるとすると、時枝誠記の国語学[26]から学ぶことが多かった亀井さんなら、ぜひ、その国語学の〝零記号〟を応用して、語り手の人称をゼロと認定してほしかった。それに対して、作り手こそは、絶対にあらわれることのない虚の無人称だったのではないかと。亀井さんのいわゆる「無人称」を、ゼロと無とにさらに細分化する必要があるのではないかというのが私の提案です。実際には、物語である以上、それらは消去されるはずがないわけです。

この小説家にとって返しますと、この苦心の文体を取って、語りの構造をさまざまに実践しているこの小説家の、戦中から戦後へ、さきほどちらと言った語で言えば、アンフェアな感じをいだかされるとしたら、それはどこから来るのでしょうか。たとえば「十五年間」[27]という作品を、さきほど安藤さんも取り上げられました、ナショナルで、〝天皇陛下万歳〟にまで至る考え方ですね。これは『パンドラの匣』のなかでは、「固パン」という中心的な人物の思想としてありました。それはそれでよいのです。それが「十五年間」のほうでは、「私」という人物の思想であるかのように引用されます。しかも「十五年間」というのは、ほとんど虚構と言うべくもない回想であって、そこで一文学者の考えそのものであるかのように引用してしまうというのは、どうしてもアンフェアな感覚であることを否定できない。戦後の代表作、『斜陽』や『人間失格』などの執筆を間近にひかえているこの小説家が、けっして虚構の追求をやめたり投げ出したりしているとは私は思えませんけれども、つまり優れた資質の小説家でありつづけていることは疑いないんですけれども、しかしそのアンフェアなことを許してゆくという、方法の衰弱は隠しようがないでしょう。

　そして「私」性、「私」なる在り方がまさってゆくようになると、書いている限りは虚構の方法に、全身をゆだねようとする作家であることと、日本社会の生活思想に基づく「私」的本性とが、耐えられないほどに乖離してゆく。一般的に言って、生活第一であるところの「私」という思想が、日本社会の、真に小説家であることにとっては命取りだと思えます。もうすっかり命を取られていることに気づかないで、ナショナルな社会小説を量産してこんにちにまで至る一群の文学者たちを、日本ジャーナリズムは、ずっと甘やかしてきています。それがどんなに取り返しのつかない愚行であるか、ジャーナリズムは、大衆社会で売れなければならないという絶対の規制があるために、結局、大衆の生活感覚が支持する小説を推奨してやまず、それが愚行であることに気がつかない振りをしつづけなければならないのです。もしかして、太宰文学が支持されつづけてきた理由であるとともに、作家その人に即しては、その愚行に耐ええない誠実さに、身をもって殉じたとは言えるのではないかと、かなりきびしいようなことを申し上げました。

注

(1)「ござります」「ござる」、現代語の「ございます」「です」「あります」などに相当する丁寧語(一般に会話文を通して出てくる対者待遇表現)で尊敬語や謙譲語と区別され、また平安時代を通じて「はべり」から「さぶらふ」へという大まかな推移が観察される。
(2) 一二二〇年ごろか。七巻本の史論。
(3) 一三三九年に成る。史論書、六巻。
(4) 一一五五〜一二二五年。歌人、歴史家、天台座主。歌集に『拾玉集』がある。
(5) 一一七一〜一二四四年。歌人、太政大臣。
(6) 一一八〇〜一二三九年。上皇のとき、承久の乱に敗れ隠岐に配流される。
(7) 一三二八〜一三六八年。南朝の第二代。
(8) 一二九三〜一三五四年。歌人、政治思想家。
(9) ナショナル・ヒストリーという語については、紅野謙介「「国語」教科書のなかのナショナル・ヒストリー」(小森陽一・高橋哲哉『ナショナル・ヒストリーを超えて』東京大学出版会、一九九八)を参照。
(10) 平安時代から活躍していた琵琶法師が、源平合戦という〝素材〟を得て、ほぼ直後から鎮魂儀礼を伴いながら芸能者として語り出したらしい。
（11）一九四七年三月、『展望』に発表。同年八月刊行の『ヴィヨンの妻』（筑摩書房）に収録。
（12）一九四七年四月、『人間』に発表。
（13）一九四七年三月、『新潮』に発表。
（14）一九四六年一月、『新風』に発表。
（15）語り手の語る現在を基準にして見た時間の在り方。広く時称とも言い、また時間関係の用語をすべて「時称」と言う。作者と語り手とはきびしく分けられなければならない。
（16）一九四五年十月、『お伽草紙』（筑摩書房）所収。
（17）一九四二年一月、『新潮』に発表。
（18）一九三五年五月、『日本浪漫派』に発表。『晩年』（砂子屋書房、一九三六）所収。「海」は一九三二年か三三年かに書かれ、作家自身により廃棄されたテクスト。
（19）一八九八〜一九四七年。小説家。「頭ならびに腹」（『文芸時代』、一九二四）、「機械」（『改造』、一九三〇）、「旅愁」（『東京日日新聞』『大阪毎日新聞』ほか、一九三七〜一九四六）など。
（20）「純文学にして通俗文学」「四人称の設定」を言って実作に応用する。
（21）十一世紀初頭に紫式部によって書かれた、五十四帖の物語文学。
（22）語り手の人称のこと。参照、座談会「「私がたり」の言説について」（『文学』一九九八・春号、亀井秀雄／鈴木登美／イルメラ・日地谷-キルシュネライト／藤井貞和／宗像和重）。
（23）亀井氏は一九三七年生まれ。『群像』に連載し、のち講談社より刊行（一九八三）。第一章「消し去られた無人称」に始まる。

（24）一八八七年から継続発表し、全編合本が一八九一年に金港堂より刊行。二葉亭四迷（一八六四～一九〇九）は『小説総論』（一八八六）で言文一致を唱え、それを実践する。

（25）服部は一八四一～一九〇八年。文明開化の時代相を破格の漢文で縦横に活写する。

（26）時枝（一九〇〇～一九六七）は、『国語学原論』（岩波書店、一九四一）で言語過程説を提唱する。

（27）一九四六年四月、『文化展望』に発表。

フィリピン史研究者

ずいぶん以前に、大岡昇平の『野火』を、私は、わりあい丁寧に分析したことがあって、そのときに『レイテ戦記』をも視野にいれた比較をしたいと思った。《野火》はそののちなくしてしまい、《レイテ》も放置したままながら、東京外国語大学ＡＡ研の池端雪浦氏（＝フィリピン史専攻）が、若き時代に大岡さんの『レイテ戦記』の手いれを手伝ったときに、いだいた疑問を率直に大岡氏に話したことがあり、それを受けて作家が、『中央公論』に連載の初出に対し、単行本で、書き換えや増補を大きく試みられたという経過を、ＮＨＫの取材に応じ話しておられる、そのようすをこの夏、ビデオのうえに私は見ることができた。

『レイテ戦記』を単行本として出すにあたって、全体としてチェックしてほしいと大岡先生から言われて、目を通してみて、当時三十歳前後のフィリピン史研究をしている研究者の卵（注：池端さんのこと）にとっては非常に違和感をいだく作品だった。誌上では見てなかったので、はじめて読んでみて、一方では違和感をいだき、一方では心にひっかかるもの、こだわるものがあった。それを大岡先生に率直に申し上げた。違和感とは、整理して言うと三つある。一つには、レイテが舞台なのに、レイテのひとびとが登場してこない、そういう作品だ、という違和感。二つに、叙述の射程の問題として、レイテ戦を一つの全体像として描きたかったとおっしゃるが、全体像として描くとはどういうことか。大岡氏の、どうして兵士たちは死んでいったのか、死は偶然でなく、参謀が作戦を立て、現地の司令官が状況に応じて決断して、その結果としてある者は生き、ある者は死ぬという、それが全体像だという。しかし『レイテ戦記』の全体像はそれだと終わらないだろう。日本の占領時代に、いろいろな占領政策のなかで、フィリピンのひとびとが苦しい生活をしいられた、その一つに物価の上昇という問題がある。岩武照彦氏によると（『南方軍政下の経済施策』、一九八二）、マニラで、一九四一年十二月を物価指数一〇〇とすると、一九四四年三月には一九七六でまだ小さいが、九月にはいると一四〇八四になる。このすさまじい物価上昇というのは、捷号作戦が発動され、つまり日本が侵略の対象になるとして、それをなんとか防がなければならないということで、フィリピン決戦が考えられて、陸海の兵がフィリピンに送られてくる、結果として陸軍、海軍が競って物資を買いつける、通貨として裏うちのない軍票で買いあさる、その結果、とてつもないインフレが起きる。三年で一四〇八四だ。こういうなかでひとびとは生きていく。レイテ戦はレイテ沖で戦った、あるいはレイテ島のなかで戦ったのがレイテ戦ではなくて、百円のものが一万四千円になるという状況下に生きているというのがレイテ戦だった、フィリピンのひとびとにとっては。

しきりにそういう点は不満だと先生に申し上げた。ある意味で、ないものねだりながら、フィリピン史研究をしている立場として、申し上げた。

三つめの違和感がある。よく戦った兵士のあわれ、ということが先生をして『レイテ戦記』を書かせる、大きなモチベーションの一つになっている、と思う。しかし私のような世代から言うと、〝よく戦った兵士〟と、よく戦った兵士の悲しみ、あわれ、の(対)極にあるのは、そのよく戦った兵士を、無惨な死に追いやった日本政府、軍であるという、それは一つよく分かるんですけど、もう一つの対抗軸を考えると、よく戦った兵士は、フィリピンのひとびととどういう関係があるのだろう。よく戦った兵士はよく戦えば戦うほど、フィリピン人にとってどんな問題をのこすのだろうか、若い世代(の私)には気になった。ずいぶん私は、何度も大岡先生に食いついていった。それを先生は、ずっと目を閉じて、受け止めてくださった。おそらく大岡昇平という作家のなかには、いまのような問題なくして書き出すはずがない。大岡先生は、歴史に関心が深い、しいたげられた者へのまなざしが非常に深い方のはずなのに、『レイテ戦記』を書くあいだ、いま言った問題をうまく展開できなかった。それはどうしてなんだろうか。

大岡氏は一九四四年の八月か、ミンドロ島にお着きになって、一九四五年の一月に捕虜となった。フィリピン人に接触する期間が短かった。しかもサンホセの駐屯地というのは、比較的安全なところだった。ゲリラ活動が比較的すくないところだ。実際こう、フィリピンのひとびととの、撃つか撃たれるかの接触も、日常生活のなかでの接触も、すくなかった。にもかかわらず漠とした恐怖感があった。悪を犯している、という思いがあると人間はより恐怖感を持つことがあろう、その意味で恐怖感を思い知らされてはいた。作家として、大岡さんにはフィリピンのひとびとを描くほどの、生まの体験がないから、いきおい文献資料に頼らざるをえない。しかしそれには限界があろう。日本の資料からも、アメリカの資料からも、特にアメリカから書いた資料では、ゲリラはアメリカ軍とのタイアップでうごき、アメリカのフィリピン作戦を助ける力があったはずなのに、公刊戦史からはかれらの活躍が抹殺されてしまっている。書かれた資料に依拠してゆくと、そのなかにもフィリピン人は出てこない。もう一つの問題は、レイテ戦、特にレイテ沖海戦を考えてみると、ああいう大々的な戦争は、たしかに日米戦だ。フィリピンのゲリラの介入する余地がない。

大岡昇平氏はだれと戦うためにフィリピンに行ったのだろう。戦うあいてはだれか。フィリピン人と戦いに行ったのか、アメリカ人と戦いに行ったのか。これは多くの東南アジア、当時、南方と言った地域に送られた日本人の問題ではないか。インドネシアに送られた日本人はインドネシア人と戦うためになのか。ビルマ人と戦うためになのか。潜在意識的には、ABCラインと戦う、という宣伝がなされ、宣伝のなかに出て行った、しかし実際に出てゆくと、そこで日本兵が殺すのはフィリピン人であったり、ビルマ人であったり、ということが現実にはあった。私はどうも、戦いに行ったのはアメリカ人と戦いに行ったのではないか、と思う。フィリピン人と戦うということは、じつは自分たちはフィリピンに行ったのは、フィリピンのひとびとを、非常にどぎつい言葉で言えば、殺しに行くんだというふうな自覚のもとには行ってないんじゃないか。ある意味では、東南アジアのひとびとに対して敵対してないということなのかもしれないけれども、もう一つの問題としては、敵対的行為をしていながらも、東南アジアのひとびとを敵としたのではない、という言いのがれ的な認識になってゆくという、こわさを持っている。日本が占領していった時代に、東南アジアのなかでフィリピンは特異だ。たとえば独立を約束されている国ということがある。一九四六年七月に独立することになっている。だから日本が東南アジアを欧米の植民地支配から解放するんだという大義名分がフィリピンでは何ら成り立たない。大義名分が立たないゆえに、当初からゲリラ戦がずっとずっと盛んで、ただの一度も日本の占領を幻惑されることがない。そしてさいごに、ものすごい数の、私たち同胞を失わなければならなかった戦場がある。

大岡昇平はこうして、池端さんとの資料取材も始まり、連載にはなかった「二 ゲリラ」を単行本に書き下ろし、そのためにもと「二」としてあった「マッカーサー」は「三」となり、さらには最終章「エピローグ」の後半を大幅に書き直したという。連載では「二度めに来たアメリカ人が最悪だった」というフィリピンの老人の話を引いて、フィリピンの戦後史に問題を向けながらも、しかしそれは『レイテ戦記』の範囲を超えた問題として筆をおいている。ところが文庫本ではその一行を削除し、代わりに、「なぜこんな怨恨が積もってしまったのか」という一文を挿入して（中公文庫《下》、三〇一ページ）、その課題をおしひろげ、八十枚にもわたりその理由を分析していったという。

全体像として『レイテ戦記』を描くとしたら、どうしたらよいのか、これを果たしていない、という思いがつよくていらっしゃった。それでゆくと「エピローグ」はもうフィクションのかたちを取れなくなっていた。だから『レイテ戦記』という、一つの舞台として流れていくんだけれども、書きのこしていったことをどこかへ嵌め込んでいけばよい。一つはフィリピン人というものが、描き出せなかった。もう一つが全体性の問題。『レイテ戦記』の全体性を追求していくと、いくえにも歴史の層がかさなって、時間軸としていくえにもかさなってくる問題と、一人の兵士をとりまく、行動を規制してゆくいくえもの外的条件として広がってゆく、よこへの広がりと、時間の重層性のなかで、一人の兵士の運命はあたかも偶然であるかのように、必然とまでは言わないにせよ、さまざまな条件に条件づけられて、死というものがあるという。だからエピローグの部分というのは、時間軸のなかでの、いくえにもある問題というのをやはり言わなければならない、ということが一つ。それと、もしあるとすれば、そもそもフィリピン占領なるものがどういうことで、どうしてわれらはフィリピンを舞台としてアメリカと戦わねばならないのか、という問題としてよこのほうへ広がり、一個の命がもてあそばれるように死んでゆかざるをえなかった、そういう問題としてある。そこに、一個の命が、みずからの尊厳を主張するとしたら、たてに向かってもよこに向かっても、歴史に向かっても、大状況に向かっても叫ばざるをえない、「おれをどうしてくれるんだ」と。そういう問題だと思う。それがたしかに大岡氏の『レイテ戦記』のエピローグのつけ方だろう。で、私は、そのとき、もう一つの話として、歴史に向かって叫び、よこの大状況に向けて叫ぶ兵士の叫びは、叫びを聞いたフィリピン人にどうこだましてゆくのか、という問題があるだろうと思う。そこのところをなんとかつなげない限り、どうもこの問題はゆきづまっちゃう。あなたがよりよく戦ったがゆえに、うちの水牛はやられ、生活は破壊され、肉親は殺されて、そこんところはどうなるんだろう。

池端氏の話はもうすこしつづく。氏の話には、大岡昇平への共感や信頼があふれているし、『レイテ戦記』が産み出される現場に立ち会ったという、たしかな思いが感慨深くこもっている。それとともに、私には、池端氏が、当初いだいた〝違和感〟を、けっしてやめてはいない、棄てていない、という感触もいだかされてならない。そう思って『レイテ戦記』を思い返すと、大岡氏は「ニゲリラ」を加え、エピローグを書き換える、という方法によって、たしかにフィリピンのひとびとからの目を導入した。全体像を描くのならフィリピンのひとびとからの目をいれずして全体性はない。そのように池端氏は執拗に食いさがり、作家はそれを受けて、書き加えと書き換えとによって〝おぎなう〟ことをした。まさに池端氏が証言するように、大岡氏が作品において追求しようとした〝全体性〟とは、〝よく戦った（日本）兵士〟を内在的な中心に据えての、いわば〝日本人〟が書きえた近代史上の戦争文学であり、あるいはそういう鎮魂の譜なのであって、池端氏の考えた〝全体性〟とは、さいごまで折り合えないものがあるのではないか。そういう点で、池端氏の意見を取りいれたことによって、作品としては破綻を余儀なくされた、ということになろう。そもそもそういう限界を含んでの作品が、若いフィリピン史研究者の指摘によって破綻をあらわにしていった、という経緯としてある。池端氏の違和感は大岡氏が、書き加えや書き換えをもって部分を修正しつつ、それ以外のほぼ〝全体〟の趣旨は温存させるという、『レイテ戦記』の延命のさせ方を根本的にやり直し、まさにフィリピンのひとびとからの視野を最初からさいごまで忘れない真の全体像の文学へと立ち直らせる、ということによってしか、癒されることがない。そのことをもっともよく知る大岡氏にして、「結局は小説家である著者が見た大きな夢の集約」というあとがきの言葉はあった。

（録画のインタヴュアーは樋口覚さん）

（一九九七・八・三一）

大地の幻に対す——あるいは日本一九三六〜四〇年代戦争と読者

昭和十年代、一九三六〜一九四五年日本社会の読書層が、東アジアについて、翻訳という窓をいかにあけようとしていたか。特に中国大陸の文学や思想の場合に、どんなだったか。創元社（大阪）が創元支那叢書を出し始めたのは一九四〇年で、胡適著『四十自述』（吉川幸次郎訳、一九四〇）、豊子愷著『縁縁堂随筆』（同）、顧頡剛著『古史弁自序』（平岡武夫訳、同）、林蘭著『雷売りの董仙人』（呉守禮訳、同）、周作人著『瓜豆集』（松枝茂夫訳、同）というのが、最初の五冊であった。（ちなみに叢書の名に見る「支那」という語は一九四五年までの日本社会において中国を指す。「中国」という名称も見られる。）

無名氏『雨窓欹枕集』（入矢義高訳、一九四〇）、袁采著『袁氏世範』（西田太一郎訳、一九四一）、梁啓超著『先秦政治思想史』（二冊、重澤俊郎訳、同）もこの叢書として出された。一九四五年までにさらに数冊が出たことを確認できるほか、予告に范成大著『呉船録』（小川環樹訳）、『音論』（顧炎武）、『従文自伝』（沈従文）など多数が見え、一九四五年八月以後になって実際に出たのもある。

最初に出た五冊の邦訳のうち、豊氏の『縁縁堂随筆』は数種の本からの吉川氏の選訳である。人民文学出版社版（北京、一九五七）のほうに見ると、増補部分に谷崎潤一郎「読縁縁堂随筆」（夏丏尊訳、一九四四）が掲載されている。「昨今」から訳したというのは、「きのふけふ」（『文藝春秋』連載）を中文に部分訳した翻訳で、いま『初昔　きのふけふ』（創元社、一九四二）にあたると、この日本人作家はほかに、胡適、周作人、林語堂にもふれて批評するから、叢書のたぐいの出るたびに繙いた勘定だ。（近ごろでは西原大輔氏の研究『谷崎潤一郎とオリエンタリズム』〈中公叢書、二〇〇三〉に『きのふけふ』がふれられているのを見る。）

そこに名の出てくる林語堂が、この叢書にいれられていないのは、別格のあつかいだからで、英語からの訳だというところにあろう。創元社からは、『支那の知性』（喜入虎太郎訳、一九四〇）および、同社発行書の巻末広告に、改訂普及版『生活の発見』（坂本勝訳）、同『続生活の発見』を見る。

それらのなか、『支那の知性』は、序文（尾崎秀実）および跋文（浅野晃）に読むと、訳者喜入の絶筆に近いしごとであったらしく、第一部の全訳であるという。以前に抄訳はあったかと思われ、すくなくとも『支那のユーモア』という岩波新書があり、原著の部分訳であるらしい。英語からの訳であるから、それを中国語に思い当てつつ邦訳することは、なかなかの難儀であったと想像する。テーマとしての諧謔を、達意の英語でたくみに表現したとしても、どう日本社会のうえに持ってこれるというのか、苦心のほどがしのばれる。

『生活の発見』はやはり英語版、"The Importance of Living"（一九三七）からの翻訳で、これは別に偕成社というところから『有閑随筆』（永井直二訳、一九三八）というのが、哲学者三木清の序文を付して出ており、三木によると著者は「現代のモンテーニュ」である。翌年の『続有閑随筆』の刊行も確認されるから、たてつづけに二つの出版社で二冊ずつ出たことになる。

林語堂著『我國土・我國民』（新居格訳、豊文書院、一九三八）も、そして同『支那に於ける言論の発達』（安藤次郎・河合徹訳、一九三九）も、ぜんぶ英語からの翻訳であった。前者は一九三五年初版で、増刷をくりかえしたから、ものすごい反響があったということらしい。一九三七年には改訂版が出て、そこからの日本語訳である。六百四ページという大冊。序文を書いている人がパール・バックPearl Buck。第7章「文学生活」（文学界ともある）はそれだけで百二十ページあり、古今の詩を平易に説いてみごとであり、六朝ごろの実の無い散文を扱き下ろす筆致には胸の晴れる思いがする。

後者、『支那に於ける言論の発達』は、目次を掲げておこう。第一部「古代」、第二部「現代」から成り、古代支那の新聞、古代の歌謡、漢代に於ける政治批判及び「党錮」、魏・晋に於けるその結果、宋代に於ける学生の請願、明代に於ける宦官・御史・東林学徒、近代的新聞の創始、革命前改革時代の新聞、共和国時代、現代のジャーナリズム、現代の刊行物、検閲、という全十三章。

古代に新聞があったことにもおどろかされるが、後漢の混迷のなかで何百もの学者（とりもなおさず詩人たち）が、殺されても殺されても初志を曲げず、しかもそのことがのちのちにもくりかえされ、清代には一大弾圧があったことを刻々と綴る。力づよい筆致がおのずから「現代」の言論の危機そして希望を語ってしまう。過去や古代を探求することが鋭く現代に突き刺さるという叙述の大きさには圧倒される。目次から暗示されるように、副題は「輿論及び新聞の歴史」。

小説も、同じのが別人の訳で出されるということをくりかえすらしく、“Moment in Peking”は『北京の日』（鶴田知也訳）、『北京好日』（小田嶽夫・庄野満雄訳）などあるらしいが、私の見たのは『北京暦日』（藤原邦夫訳、明窓社、一九四〇）で、全訳すると二千枚になるというから（訳者の序による）、適宜抄訳したことになる。その訳者の「序」には「友邦としての支那を知悉すること極めて凱切なる今日」、広く日本読書界にこの文学的傑作が迎えられることを望む、といった紋切り型の行文を見る。大河小説と言うべき「近代支那」の全貌を家そして家族を通して描きすすめる筆法は、『紅楼夢』に比較する人もいるらしく、また『我國土・我國民』に序文を寄せた、パール・バックの『大地』をだれもが思い起こすことだろう。

パール・バック代表選集版の『大地』第一部（新居格訳、第一書房）に見ると、一九三七年十二月をもって十三刷を改版して、一九三八年二月には二十二版に達し、二箇月弱に二万八千部を売りこんだ勘定である。訳者による「選集版序文」（一九三七）があり、「今、わが国は支那と戦を戦ひつつある」と書き出されて、「しかし、これは支那の支配者達、といふよりも、南京政府の対日政策にたいしてであつて、日本は少しも支那を憎んでゐない」とあるから、よく読むなら『北京暦日』の訳者序と類似した考えなのだろう。戦争をやりながら、一方で一層よく「支那の真相」「支那の民衆生活の現実」「その心理」を理解しようと努めている、という論法で、こういう文学の読み方を何と言うのだろうか。知日派という語があるのに対して、「知支那派」とでも言うのだろうか、全三冊、第一部「大地」The good earth、第二部「息子達」Sons、第三部「分裂せる家」A house devided いずれもに、書評集を巻末に織り込み、「支那事変」下の日本で、映画『大地』をも含めて、知識人や文学者たち、読書家たちによる融和的読解や鑑賞がすすむ、といったたていの読まれ方なのだろう。

女性が翻訳したしごととしては同じくバックの『若き支那の子』"Young Revolutionist"を、東北帝大英文科を出たばかりの宮崎玉江が新潮文庫（一九三八）で出して、これもよく読まれたらしい。革命にも戦争にも興味を失う主人公の魂が、西洋宗教によって洗われるという、そうした主題もまた日本社会で読者を持ちやすいことは、いまに変わらないのではなかろうか。

中国語から訳された小説集を数冊掲げて終わりとしたい。茅盾著『大過渡期』（原題『触』、小田嶽夫訳、第一書房、一九三六）の訳者序は、魯迅を東洋的な作家だとするならば、著者はまさしく西欧的な作家だと言える、とする。訳した小田は同年、中国人「阿媽」との情事を描いた「城外」（一九三六）で芥川賞作家となった。

短編小説集としては十二編からなる支那現代小説集『夜哨線』（古浜修一訳、第一書房、一九三八）があり、題名はそのなかの葉紫の小説から付けてある。訳者はしがきは「軍閥的軍隊に取材したもの」をあつめた、とあり、たとえば沙汀「下手人」は兵隊狩りに遭って連れ去られ、脱走しようとして果たさない兄弟を描く。兄の手で弟を殺すことをしいられる流れは、ある種の反戦小説とも読むことのできる性格だ。ほかに蹇先艾、沈従文、周文（何穀天）、張天翼、蒋牧良の作品からなる集だが、よく読まれたかどうかわからない。

老舎著『ちゃお・つう・ゆえ（趙子曰）』（奥野信太郎訳、中央公論社、一九四一）を収める現代世界文学叢書は、最初そのシリーズの一冊として葉紹鈞著『倪煥之』（竹内好訳）も出るはずだった。『小学教師倪煥之』という題名で大阪屋号書店から、一九四三年になって全三十章のうち十九章が訳出される。二、三、「時世の距りを顧慮して」削除した、と訳者序にあり、二十章以下を「蛇足」あるいは「別の作品と見るべき」だから削った、とあるのは納得しがたいが、時局の迫るなかで出版の志を遂げにくいときであったろう。老舎や沈従文が中国文学研究会の仲間うちで風土的作家と呼ばれるのに対し、葉紹鈞には「本当の現代支那」がある、というようにも竹内は書く。ときに『魯迅』（日本評論社、一九四四）の脱稿を急いでいたときにあたる竹内だったはずだ。

時代の写し絵——あるいは日本一九三六〜四〇年代戦争と読者（続）

東アジアと文学との関係が、一九四〇年代の日本社会でどう受け止められていたかを知りたい。中国近代文学がどのように翻訳され、昭和十年代（一九三六〜一九四五）に読まれたか。今日からはやや死角に隠れた課題のようなので、調べてみた。翻訳されて日本語になった、すべての世界文学は私にとって、従来の日本語文学とまったく対等の位置にある。日本語で読むのだから、日本語で書かれた、翻刻も創作も、私には区別などありえない。異言語を超えて翻訳されるとは、そういう平等性でなければならない。前稿「大地の幻に対す」（『藍・BLUE』十七、二〇〇五・一）に引きつづき、戦時下の読者論をもうすこし展開してみる。

林語堂『支那のユーモア』（岩波新書、吉村正一郎訳、一九四〇）は英語からの訳と、フランス語からの重訳とから成り、なかみは喜入虎太郎訳『支那の知性』（創元社、一九四〇）とまったく重複しない。後者の序を書いた、尾崎秀実によれば、原著“The Little Critic, Essays, Satires and Sketches in China”の、一九三〇〜一九三二年の評論（抜粋）であり、前者（岩波新書）のほうは一九三三年以後、第二巻からのやはり抜粋ではないかと言う。たしかにその通りで、前稿の私はやや分かりにくい、書き方をしたので明瞭にしておく。

“The Importance of Living”の部分訳『有閑随筆』（林語堂、永井直二訳、偕成社、一九三八）の序

は、哲学者三木清が書いていて（「『有閑随筆』を読む」）、書き出しに「林語堂は現代のモンテーニュである。つまり彼は今日の東洋における勝れたモラリストである」とある。原著を同じくする、『生活の発見』（坂本勝訳、創元社、一九三八）は完訳をめざし、『続生活の発見』（同）があとにつづいており、戦後には一冊版（東京創元社、一九五七）もある。

前稿では竹内好訳、葉紹鈞『小学教師倪煥之』（大阪屋号書店、一九四三）を見いだした、さいごまで来て力つきた。原著は『倪煥之』（一九二八）と言い、戦後版にたしか『小学教師』となっていた。作者は一教師の赴任、改革、結婚などを淡々と描きながら、竹内に言わせると小説作法を日本なりヨーロッパなりに学んだのでなく、「支那の近代文学は直接には支那自体に内在する近代性の展開である」（訳者序）とある。ここには「支那」とあるけれども、中国文学研究会を結成した、竹内たちにとって、「中国」の呼称で一向にかまわなかった。

その中国文学研究会編輯の、短編小説集『春桃』（支那現代文学叢刊第一輯、伊藤書店、一九三九）に、葉紹鈞の略伝が書かれており、一八九三年の生まれ、五・四運動以来、魯迅についで代表的な作家でありながら、その退潮後のインテリ的懐疑を取り上げ、灰色の日常的不安を描いた、というようにある。小説を二編、そのなかに見いだす。「稲草人」と「古代英雄の石像」とである。

「稲草人」の稲草人とはカカシのことで、田の持ち主である、農婦を守ろうとするが、だれをも何をも救えぬままに、カカシはよこざまに倒れて終わる。「古代英雄の石像」のほうは彫刻家によって英雄像となる、石の話で、慢心して他の石たちを軽蔑するが、やがて恥じて倒壊し、見分けのつかない、石ころとなり、平等に道路に敷かれて終わる。

『春桃』の冒頭が表題作「春桃」（落華生著、松枝茂夫訳）で、落華生の略伝を見ると、燕京大学を出て、コロンビア大学、オクスフォード大学に学び、印度学が専門で、香港大学の教授とある。「春桃」（『文学』一九三四・七）は屑あつめで生活する、春桃と、郷里の兵災をのがれて途中、春桃と道連れになり、いまは一緒にいる男＝劉向高と、春桃と再会する、李茂（一度だけ許したことのある男で、両足を失っている）との三人が、さいごにともに暮らすようになる。

この落華生の作品には、昭和二十二年（一九四七）になって、宝雲舎から中国文芸叢書『巣の中の蜘蛛』（短編集、千田九一訳）というのがあって、翻訳は早くから用意されていたかもしれない。

つぎに「超人」（猪俣庄八訳）と「うつしゑ」（飯塚朗訳）とが、女性作家、冰心の作。略伝によれば一九〇二年生まれで、謝氏。燕京大学を出て渡米し、ウェリー大学に学び、日本へ来遊したこともある。そして「彼女の作品は母親の愛、家庭生活、自然美等をセンチメンタルな筆致で写したものが多く、詩はタゴールの影響が深いと称され」る。

「超人」（一九二一）は青年がニーチェ的な、悩みを持って、

――慈愛の母、天上の繁星、庭中の花……彼の脳裡（あたま）は極度に疲れ切つた。

と呻吟するものの、一少年との純粋な、交際をへて超えてゆく。

「うつしゑ」は、中国へ長く留まって、キリスト教系の女学校で教師をしている、C女士が、孤独になった淑貞を連れて、故郷のニューイングランドへもどってくる。淑貞はアメリカ人男性や、牧師の父子らと知り合いながら、女性らしく成長してゆく。その成長を写し絵、つまり写真のなかに発見して、深く感動する。さいごにC女士は言う、「淑貞や、あたしは支那へ帰らうかとおもつ

てゐるんだよ」。

冰心にはほかにどれほどの日本語訳があるか、現物をたしかめられないままだが、詩集『繁星』（飯塚朗訳、伊藤書店）があったはずで、それに中国文芸叢書として『寂寞』（同、宝雲舎）が、出たとすれば戦後だろうか。

『春桃』にはほかに郭沫若（一八九三年生まれ）の「黒猫」（岡崎俊夫訳）および「自叙伝」（吉村永吉訳）も採録している。

詩人、小説家の徐志摩は一八九七年の生まれ、いろいろ文学活動は知られていたろうが、翻訳にまで至ったかどうかをたしかめられないので、大方の教示を乞う。米国から帰国して活躍し、一九三一年の墜落事故で亡くなったとき三十五歳であった。

竹内には中国文学叢書の一冊として、劉半農『賽金花』（生活社、一九四二）がある。竹内好訳補とあり（補とは解説のことらしい）、名妓であった賽金花の口述を、劉半農という、一言語学者が筆記して成る。賽金花についてはいくつもの小説や戯曲があるという（解説による）。

沈従文の翻訳は『夜哨線』（一九三八）のなかに短編「顧問官」「会明」があると、前稿において指摘した。『辺城』（松枝茂夫訳、改造社、一九三八〈未見〉）に短編八種を載せるなど、小島久代氏『沈従文　人と作品』（汲古書院、一九九七）から検索できる。ちなみに私は鳳凰を訪れた際、辺城の地にまで足を伸ばし、中国小説に興味をあらためて持たされたことが、今回の書き物におよんでいる。

編著『玉簪花』（支那短編集、新潮社、一九二三）、『支那童話集』（ARS、一九二九）、『（支那長編）好逑傳』（奥川書房、一九四二）など、佐藤春夫が早くから中国小説を翻訳しているが、むろん、語学的協力者がいて成り立つ、翻訳事業であったろう。『霧社』（昭森社、一九三六）、『支那雑記』（大道書房、一九四二）などの小説や随筆も春夫にはあり、ある意味で谷崎と競合したということになろう。

パール・バックの『大地』については、前稿の通り、よく読まれた。ほかは（前稿にふれた）『若き支那の子』（一九三八）、短編集として編まれた『第一夫人』（本間立也訳、改造社、一九三八）が中国大陸に取材する小説群である。代表選集というのがあって（『大地』もそのシリーズ）、『母』『戦へる使徒』などは中国に取材するらしい（未見）。戦後になっての長編『郷土』もすぐに翻訳された（石川欣一訳、毎日新聞社、一九四九）。中国の出てこない翻訳では戦前に『山の英雄』（葦田坦訳、改造社、一九四〇）をたしかめられたが、ほかにもあろう。

周作人の翻訳は前稿に掲げた、『瓜豆集』のほかにいくつか知られるが（『苦茶随筆』『結縁豆』など）、私のたしかめられたのはわずかに『周作人文藝随筆抄』（富山房百科文庫、松枝茂夫訳、一九四〇）で、「鏡花縁」から「希臘人の好学」まで、一九二三年から一九三六年までの随筆をあつめる。「鏡花縁」（百回、李汝珍著）というのは周作人の幼時の愛読書だったという。訳者の松枝に『鏡花縁の話』（日本叢書四七、生活社、一九四六）という、終戦後のわずか三十ページほどの小本があり、執筆は戦時下だったろう。一九四四年に出た、『模糊集』（松枝茂夫訳、生活社）というのは、あとがきから郝懿行（清代）の随筆集と知られる。

ルポルタージュを名告る、范長江『中国の西北角』（改造社、一九三八）は、文学にいれる性格のものでもなかろうが、松枝茂夫訳であるので、ここに挙げておく。このたぐいの著述ならほかにいくつもあるに相違ない。

日本社会の〈うたとは何か〉

一　殺される女性たちの辞世

戦闘死が武士、もののふの家に生まれた、ひとびとの習いだとは、かれらのもっとも受けいれやすい、理屈だったろうが、まごうことなく殺人をしごととするからには、場合によって戦闘死の運命を、被るがわにまわるというにすぎない。

悲惨なのは、罹災による死もあるけれども、戦後処理としての殺人、報復としての刑死を、戦闘死の延長にあるとはいえ、まぬがれがたいという場合で、いわゆる女、子供までをも巻き込む。謀反の嫌疑や政治的対立の結果として死刑が行使される、いくたの事例に至ってはこと欠かない。世界に見ると、ある前政権の支持者を従わせようとした場合に、家族や友人たちを眼前で数十人殺すというようなのもある。その人は学者で文学者だったが、耳まで切り裂かれて、ひどい表情になってしまった顔を、しっかり家族や友人たちに見せてから、一人ずつ殺してゆく。

学者や文学者という商売は節をまげられないから、気の毒と言うほかない。早く自白なり、変節なりして、家族や友人をひとりでも多く助けてやればよいのにと、私などは単純に思ってしまう。学者も文学者も失格でよいではないか。でも自白によって、他人に類がおよぶような場合（歴史上、あまりにも多い）にはどうすればよいか、考えられない。

豊臣秀吉の甥、秀次が、謀反の嫌疑で切腹させられた直後に、妻妾集団の全員、惨殺させられたというのは、総勢三十九人とも、三十四人とも、二十八人ともいう。いずれにしても大量の女性たちを三条河原に引っぱりだし、秀次の若君三人、姫君たちとともにみな殺しにした。

桑田忠親氏の『桃山時代の女性』（日本歴史叢書、吉川弘文館、一九七二）は、そこを詳述する一節の題を、「敗戦と刑罰のいけにえ」と記している。いけにえという言い方に、私も賛成したいので、戦闘死の多くは男の専有物だとして、敗戦となると女性たちまでをもいけにえとして倦まない、祭祀の構造ではないか。しいられた殉死という言い方をも氏はしていて、それも祭祀と見られる。

それにしても桑田氏は、殺される女性たちの辞世という和歌を延々と引いてゆく（太田牛一『大かうさまぐんきのうち』より）。一の台（正妻）は三十四歳、辞世は、

つまゆゑにくもらぬ空に雨ふりて白川ぐさの露と消えけり

とある。「つま」は夫の秀次をさし、いまその首を見せられながらの辞世である。これを聞くより、ほかの妻妾たちも思い思いに、しなじなに和歌をのこした。この期におよんでなお挑み合っているとも言えるけれども、彼女たちにそれぞれ出自、家柄があり、和歌の素養を授けられてあるということだろう。愛妾の「おちやう」（十八歳）は、

さかりなるこずゑの花は散りはてて消えのこりける世の中ぞ憂き

とある。それから「おたつ」（十九歳）は、

つまゆゐにさかりの花とおもふ身も吹かぬ嵐に散るぞもの憂き

と詠んだ。「おちやう」にも「おたつ」にも若君がいて、もう一人、

玉手箱ふたおやあとに残しおきかけごのさきにたつぞもの憂き

と詠む、「おさこ」（十九歳）にも若君がいた。北野松梅院の息女で、両親に先立つことを嘆いた作歌。

時知らぬ無常の風のさそひ来てさかりの花の散りてこそゆけ　（中納言、三十四歳）
つまゆゐにあふみつらさのかがみ山曇るすがたの見えてはづかし　（おつまの御方、十七歳）
うつつとも夢とも知らぬ世の中にすまでぞかへる白川の水　（おいまの御方、十九歳）
つまゆゐにわが白川の水いでて底のみくづとなりはてにけり　（おあぜち、三十一歳）
つまゆゐに人のくがをもしらいとのあやしやさきとあとにたちぬる　（おあこ、二十二歳）
つまゆゐになみだかはらの白川や思ひのふちと身をしづめけり　（おくに、二十二歳）

「つまゆゐに」が目立つことについて、桑田氏は「やはり夫の秀次のことを恨んでいたのだ」と

言う。

千代までをかはらじとこそ思ひしに君のこころのなににかはりて　（およめ、二十六歳）
さかりなる花はあらしにさそはれて散るやこころのおくぞ悲しき　（おさな、十六歳）
こずゑなる花と思ひしわが身さへつまゆゑ散りてゆくぞ悲しき　（おきく、十六歳）

以下、氏の筆致は全員の辞世を牛一に従って引用し終える。死刑の仕方は若君たち、姫君たちを刺し殺し、ついで美女たち一人一人に関白秀次卿の首を拝ませてから、たけなる髪ながら、もろともに首をうちおとし、うえへうえへとかさねてゆく。「たとい秀次に罪があったとしても、妻子や妾に罪があるわけでない。かの女らは、たまたま秀次の妻妾となったばかりに、そのすべてが、目を覆うような惨刑に処せられたのである」（桑田氏）。

真にそれらのうたが、その場での彼女たちの作歌であったかどうかは、あえて問わないでおこう。七月というのに、うたのなかでは花が散るというような、類型をつぎつぎに見せつけられる、日本文化の祭場でもある。牛一によれば、彼女たちは「のがれじもの」と覚悟のうえ、人よりさきに斬られつつ、あしたの露と消えていったとのことであり、見物人らはしばらく鳴りをしずめ、袖をしぼらぬものとてなかった。

いわゆる貴賤群衆（くんじゅ）と言われる、それら見物人らは何を見に来たのだろう。言うまでもなく、祭礼やもの詣での雑踏と多くは同じ関心である。異論のあることを承知で言えば、極刑とその他の刑罰とはまったく種類を異にする。処刑という祭りのために、犯罪人を利用するのが前者であって、それも極端に言うと犯罪人でなくてよかった。彼女たちは犯罪人でありえない、つまり犯罪として見ると無実である。敗戦処理のいけにえ、供御だったと言うほかはない。

二　『志士詩歌集』その他

辞世のうたを詠むことは万葉時代にもあったし、『伊勢物語』なんかでも（刑死ではないが）「昔男」が一首をものしていると言われる。引くまでもないけれども、前者のうち、大津皇子のは刑死で、

百伝ふ磐余の池に鳴く鴨を今日のみ見てや雲隠りなむ　（巻三）

であり、刑場での作ということになっているのは、とても真実とは思えないから、後人のつくった説話的作歌だろう。

後者は定家本などの百二十五段にあって、

つひにゆく道とはかねて聞きしかどきのふ今日とは思はざりしを

と見える。辞世とはっきり言うわけでなく、「わづらひて心地死ぬべくおぼえければ」と詞書にある程度ながら、平安時代人はみずからの死期をたいてい予測できたという説もあり、『伊勢物語』学では一般にこれを辞世のうたと見習わしている。

物語のさいごに置かれたという、説話的構造からの判断としても、またうたじたいに即しても、笑えるはずのユーモア短歌であって（ではないか？）、死ぬべくわずらう心地でこんなうたを詠むという、ほほえましさがこの物語での押さえどころである。刑死ではないから、よりいっそうその滑稽さが目立つのかもしれない。

辞世のうたは一方で悲惨だが、どこかに笑える滑稽さもまたあって、詠み手にしろ、さいごに精神の余裕を見せたところが味噌ということではなかろうか。

藤田徳太郎『皇國文學史論』（大日本雄辯會講談社、一九四二）は「つひにゆく……」のうたについて、「辞世の歌とも見られる。……よく人情の機微を摑んで、しみじみと感動させるものがある」と評している。人情の機微を摑んだうただとはその通りだろうが、しみじみと感動させられるかは読者によって個人差があろう。

藤田の『志士詩歌集』（小学館、一九四二）をひらくと、なかみは「歎涕和歌集」と「殉難全集」とに分かれ、附録によって志士たちの一覧を得ることができる。前者は初編（一八六八）が吉田松陰らの獄中詠や水戸藩士らの「憂悶」の作で、二編（同）も水戸藩士の作が多いらしい。三編（一八六九）は平野国臣（生野銀山に挙兵）らのうたども、四編（同）は武田耕雲斎らその他の辞世など、志士たちは詠歌を営々とのこして死んでいったのだから、多量にあつめられた。

謀議や暗殺に関与したのだから、犯罪人にはちがいなく、戦闘死でなければ自刃か斬罪かの運命が待ちかまえる。大老を襲撃するに際しては（推定を含む）、

桜田の花とかばねはさらすともなにたゆむべき日本魂　（佐野竹之助）

武蔵野はいつか咲くらん山桜今日のあらしに散りし武士　（杉山弥一郎）
一筋に思ひ初めけんから錦打ちてくだくる名のみなりけり　（森五六郎）

忠孝

君がため尽くす心は武蔵野の野辺の草葉の露と散るとも　（有村治左衛門、薩摩藩士）

獄中雑詠

枯れ残る薄に風の音立てて一むらすぐる小夜時雨かな　（斎藤監物）

など、「歎涕和歌集」初編から。さいごのは事後の作か、辞世ものこっていて、「殉難前草」に、

辞世

君がためつもる思ひも天つ日にとけてうれしきけさの淡雪

と見える。「殉難拾遺龍之巻」には、

斎藤一徳（称監物。水戸浪士。桜田徒。蒙疵、同年三月八日死。）

咲きいでて散るてふものは武夫の道ににほへるはなにぞありける

と見える。またしても桜。季節にぴったりとはいえ、散る桜にばかり美を見いだす。花が女性生殖細胞であり、受粉し結実してこそ花と言えると、どうして気づかないのだろうか。桜桃ならサクラ

ンボを実らせてはじめて生をまっとうしたのである。四万の志士たちが何万もの和歌をのこして散っていったろうが、サクランボをうたった一人も一首もないことにはあきれざるをえない。

首謀者のひとり、高橋多一郎は大阪で自刃するが、「殉難前草」に、

四天王寺において血書の辞世
鳥がなく吾妻建男の真ごゝろは鹿しまの里のあなたとぞしれ

とある。黒岩一郎『勤皇志士詩歌集』（至文堂、一九四三）をひらくと、天狗党の首領である多一郎は、息子荘左衛門とともに、追っ手に囲まれて茶店で腹を切り、晒しで繃帯したあと、とある武士の家に駆け込んで事情を告げ、座敷を借用してうたを一首、

鳥が鳴く吾妻武男の真心は鹿島の神のあなたとぞ知れ

と書きのこしてしずかに自刃（四十七歳）。父の最期を見届けた荘左衛門が、父の傷口からにじみ出る血潮を指の先につけ、傍らの障子に、誅戮売国奸賊井伊直弼、と大書して、自分も、

今更らに何をか言はん言はずとも尽くす心は神ぞ知るらん

とのこして自刃を遂げた（十九歳）。

多一郎のうたには「里」か「神」か、ヴァージョンが二つあることになる。血書というのは黒岩氏の書く通り、誅戮売国奸賊井伊直弼を父子して書いたということだろう。

三　辞世に見る〈うたとは何か〉

勤皇志士たちは言うまでもなく攘夷を信念としたために、国際環境下で一国があぶなっかしい船出をすることを堅く拒み、騒動を起こして多くは戦闘死、自刃、あるいは刑死、獄死した。十七世紀以来の国学の伝統は、十九世紀に至ってとんでもない排外主義へと熱く燃えていった。

大君のみよの月夜のくもりなばしなどの風となりて払はん

困民のために「義挙」に走ること（みぎのうたは生田万）には正義があるとしても、天皇の御代を現代へ返すというように、うたわれてしまう。

すめらぎの御代を昔にかへさむと思ふ心を神も助けよ

という一首は寺田屋の変で命を落とした薩摩の人、橋口壮助の作。この人の言に、〈世人はややもすれば勤皇の説を唱えるが、自分はその果たして勤皇であるかどうかをよくわからない。たとえばここに人がいて、汝の首を王に致せと言うなら、喜んで自刎し、首桶に盛って献ぜしめ、毫も遺憾なきこそ真の勤皇である。義を見てなさず、死を惜しむがごときはどうして勤皇だなどと言えようか〉とあって（黒岩氏著書による）、その思いを集約すると左記のうたのようになる。

「殉難拾遺虎之巻」より摘記する。

平野国臣（但馬義挙魁主。……年三十七）

いざ誰もゆいてをらなん紅葉山とても散るべきいろは見えけり

六角の獄中にて

なかくに見ゆるもつらし東山さらずばものをおもひ出まじを

真木保臣（和泉守。……天王山ニテ割腹、年五十二）

今様ぶりにならひて

身は朝顔の葉がくれて　日影まばゆくなりにけり

ひるもたもとのしら露は　ところせきまでおきまよふ

青柳某（称蔀）

母へ贈る文の末に

書きおくる我が手ながらもなつかしや恋しき人の見んと思へば

大谷正道（称存。年四十）

つひにゆく道とはきけど梓弓春をも待たぬ身とぞなりける

大竹捨巳（年二十四）

辞世

日や月や清きひかりの影そへてますら猛男の体はてらせど
　両親へ贈る
親と子のたのみも絶えて今はただ魂しひのこる古郷のそら
堀江某（称真介。号茗園）
　辞世
むらぎもの清きを霜に見る夜かな
武田正生（号耕雲斎。波山義挙総督。……越前敦賀ニ刑死）
かたしきて寝ぬる鎧の袖のうへおもひぞつもる越の白雪
木がくれて常には見えぬもみぢ葉も散りてこそしれ赤き心を
　とよめるを或人乞ひしとき与へける歌
薄紅葉赤きこゝろをとはれては散らでなか〳〵はづかしきかな
国分某（称新太郎）
國々の料理にならぬ天狗茸
武市某（称半平太。土佐人。乙丑閏五月刑死）
　伊東某曾有酒色失贈幽囚
花依清香愛　人以仁義栄
欲雪一寸恥　真止美人評
黒岩氏著書に「勤皇女流歌人」という章があるので覗くと、野村望東尼そして松尾多勢子である。

もののふのやまと心をよりあはせただひとすぢの大綱にせよ
身につもる憂さも忘れて君が代に浪立たぬ日を祈りくらしつ

前者が望東尼（愛国百人一首の一首）、後者が伊那の人、多勢子の一首で、さりげないうたのようでも、力をあわせなさい、あるいは波立たぬ日を祈る、という詠みっぷりに女性性を感じさせるから、不思議。

さらに言えば黒岩氏著書の締め括りは「維新の三傑」で、言わずと知れた西郷隆盛、木戸孝允、大久保利通から、それぞれ漢詩を紹介して一巻の終わりとする。漢詩が取り上げられているというところに、うたの出番は終わったのだということを如実に感じると言うほかなく、〈うたとは何か〉という課題への、答案の一つがそこに暗示されていよう。あれほど盛んだった、和歌文化は幕末志士たちの累々たる死とともに終息し、代わって漢詩が、さらには和歌形式の否定としての新体詩が誕生するに至る。

四　『この果てに君ある如く』

勤皇精神を和歌に詠むことはふたたび昭和十年代に大流行を遂げるものの、おおざっぱに言えばすべてくりかえしであるから、いまは省略してよかろう。戦線が拡大して海外の軍務をへた人たちは、帰国しえずして、あるいは帰国を果たそうと、多くの書かれたはずの歌稿を草むす反故となしてしまったにちがいない。

戦後において、では〈うたとは何か〉を考える手だてはなくなってしまったことであろうか。敷島の道を必要としたひとびとが、戦後社会にはいなかったことであろうか。考えあぐねてしまうけれども、一つヒントとして取り上げておきたいアンソロジーがある。『この果てに君ある如く』（副題「全国未亡人の短歌・手記」、中央公論社、一九五〇）がそれで、ある意味で男性たちの勤皇精神からもさしはなたれて、短歌という名のウタ文学が女性たちのなかで孤立無援となり、立ちつくしたとき、戦後を調べとしてかたどった一群の結実であり、私にはここで無視しえないシーンのように思われる。

多くは女学生時代に古典和歌を習ってきた女性たちが、また作歌（短歌実作）をもおそらく先生方から手ほどきされて、夫たち、恋人たちを戦地へ送り出すに際してこれを詠い、戦火に逃げまどってはウタなど思い起こす余裕もなかったであろうが、戦後に六十万人とも言われる「戦争未亡人」の一人になって、若い感性を子育てと、そして短歌とに向き合わせたのである。清冽な調べとなって短歌が戦後の証しとなった貴重な時間であった。冒頭（あいうえお順）から、

浄らかに孤独をもりてあり経るによしなき言葉のきこゆるあはれ
（鹿児島県　愛甲葉子）

うとましき夢よさむれば吾児ねむる吾児と浄らに生きざらめやも
（同）

女手に三反の田を守り来て見劣りもなく色づきにけり
（静岡県　淺野菊世）

ますら男と聞くだに今はおぞましき名となりはてて忍び音に泣く
（野をみつめて　兵庫県　芦野仲子）

をみなひとりはかなきぐちとしりながら生きがたきかも道遠くして（東京都　東千秋）
子の為に生くるにあらで子によりてたどたどしながら人の世をゆく（広島県　阿部可鶴子）
ひたすらにいのちいたはり生きなむと朝餉の卓に子らと語りつ（福島県　阿部順子）

もうすこし引くと、「かくばかりみにくき国となりたれば捧げし人のただに惜しまる」「吾子にすらうとまるる日は家のこと皆なげうちて死なむと思ふ」「さびしげに父の写真を見つめゐる吾子に悔起る折檻のあと」「国のため東亜のためとおとなしう別れし頃は若かりしかな」「夜もすがら灯をかかげつゝとこしへの名残かなしみ君とひと夜を（納骨）」「逝きし夫がやさしき笑顔空一ぱいに描きて呼べばいよよ澄む空」。

短歌でしか表現しえない世界が、うまいへたを別にしてここにはあると思う。当時の厚生省の推定によれば百八十万人と言われた寡婦の三割が戦争による彼女たちであった。お役所の考え方は非情というか、割り切った考え方で、「再婚してくれれば寡婦問題というのは解決するんですけどねえ」という意見が当時からあったという。それはそうだと数のうえでは思えるものの、そういう意見によってさらに追い詰められた人もいたろう。

Ⅵ　心の風景

心の風景

人が優先

私だけの記憶かどうか、昭和二十年代のことをおぼえている人に訊ねたいのだが、「車が優先よ」と母から教えられたように思う。車社会とのつきあい方を最初にそう教えられたので、いまでも身体が、走る車をまえにして立ちすくんでしまう。子供の安全のために、母の勝手な思いつきでそう言っただけのことだろうか。

車が優先か、人が優先か、そのころ議論したような気がする。日本社会ではこんにち、「人が優先だ」と思い込まれているが、それはわれわれが小学生のころ、議論して決めたからそうなったのだ（ではあるまいか?）。あたりまえのようで、「人が優先だ」という考え方は、思想として、文化として、後天的に獲得する、大げさに言うと知的財産である。

友達の親の乗用車のゆかにカーペットが敷いてあって、乗ろうとすると、靴をぬいで乗るようにと、その親から注意された。はじめて乗用車なるものに乗せられたときのことだ。それ以来、いまだにタクシーに乗るときでさえ、一瞬、履き物をぬがなくてもよいのかという思いが意識をかすめる。

幼い体験はいつまでもぬけず、立ち返ってくる。数年まえのこと、奈良ホテルの玄関をはいろうとしたとき、あっと、後しざりしてしまった。進駐軍の接収は、もうとっくに解除されているはずなのに、へんな言い方ながら、身体が私をストップさせたのだ。

いまみぎに「接収」という語が自然に出てきたのは、われわれの世代が早くから耳にして記憶した漢語の一つだったろう。

父帰る

古都が戦災をまぬがれたのは、古美術をだいじだと考えた米軍が、奈良や京都を焼かなかったから、と私どもは聞かされて大きくなった。そのことを主張した学者に、感謝するようにと教えられたこともある。

しかし、それは真っ赤なうそだ。私の最初のころの記憶は戦災で、住宅地に落ちた焼夷弾で向かいの家の男の子が焼け死に、片がわの家も焼かれた。佐保川の土手に逃れた。たしかめてないが、京都も同時に大きな被災があったはずである。

父が戦役から、母方の祖父母の家に疎開していた、奈良市内の私どものもとに、痩せこけて帰還してきた。その日のことをなぜ鮮明に記憶しているのだろう。母はそのとき外出中だった。足音を立てて居室にはいってきた復員服の男と、幼児の私とが、ぐっと睨みあったまま時間が流れた。もちろん一言も言わなかったと思う。

帰還した日のことをじつは父が短歌にのこしている。このごろようやくできあがった『藤井貞文全歌集』(不識書院)にそれらを見つけることができた。

門外に　暫したたずむ。我子の声　聞かゆか、我の心は躍る（わが家）
戦ひに疲れてあらむ妻に向き、言には出さず　唯にゐにけり

父親と言葉を交わさない、という対決は、そのまま一生、つづくことになる。いまの子供には信じられないだろうが、かつてはそれが普通のことだった。父はそのまま東京へと向かい、また離ればなれとなる。

海を渡る本

父の古い蔵書を劇的に見つけたことがある。一九九二年の秋から一年間、ニューヨークにあるコロンビア大学の東アジア学部で、客員教授を務めた私は、日本文学研究者、ドナルド・キーン先生の研究室をお借りした。キーンさんが半年、日本に滞在する、そのあいだは空いているので。貴重な本がつまっている書棚を、片っ端から拝見しながら、勝手に読ませてもらったことは言うまでもない。

あるとき手にした一冊から、ぱらりと挿んであった名刺が落ちた。拾って見ると、

陸軍軍政地教授　藤井貞文

とある。ジャカルタ医科大学・現地民官吏錬成所などと書かれてある。父の名刺にほかならなかっ

た。慌てて本をよく見ると、

昭和十九年七月二十一日ジャカルタニ於テ求之

と書き入れがあって、藤井という押印も見える。西田長男著『神道史の研究』（雄山閣）という、昭和十八年（一九四三）十一月刊行の本で、はるばる注文したか、海を渡ってきたのを買い求めたかしたのだろう。

キーン教授にあとでお訊きする機会があった。それによると、戦後に医科大学を訪問されたとき、図書館の片隅に放置されて廃棄予定になっていたこの本を、発見して貰い受けた、とのことである。

そのコピーを取っておき、帰国してすぐに、まだ存命中の父に見せると、おぼえてはいるらしかった。

斜め上へ

昭和二十年代の終わりに、夏の十日ほど、東京で暮らしたことがある。父が下宿していた赤羽の家に、小学校五年生だった私も寄宿して、それこそあらかた見て歩いた。焼け跡をあちこちにのこしていて、南行する車窓から、王子駅を越えるとずっと何もない野の広がるさまを目にすることができた。

上野公園は仮住まいの人たちの雑踏で、動物園の有名な象（はな子）は大阪のデパートに来ていた別の象よりも格好がよかった。

目標が一つあって、大阪ではなかなか見つからないエスカレーターを、東京に探査する心づもりをしていた（斜め上に上ることに偏執があるらしい）。事前に調べておいた、白木屋デパートは休日で、高島屋にも日本橋三越にもそれを見つけられなかった。翌々日、銀座の松坂屋でそれを見つけ、地下へ降りるのもあることや、手が一緒にうごくさまを観察して、満足した。その翌日か、白木屋に出かけていったことは言うまでもない。

昭和二年（一九二七）刊行の『古今東西乗物絵本』（小学生全集、興文社・文藝春秋社）という本があって、波形を描きながら上るりっぱなエスカレーターの絵を見ることができる。あまりにりっぱなので、のちに自分の詩作品に登場するそれのモデルとなった。

百科事典で調べると、大正三年のエスカレーターが三越にあるはずで、大正十二年には松屋に、大阪では昭和三年に国産のそれが設置されたとある。みぎにふれた、「エスカレーター」（『ピューリファイ！』書肆山田、一九八四）という私の詩のなかでは履き物をぬいで乗る形式になっている。

戦争と平和

小学校時代の体験で、何回かおぼえていることとして、担任の先生が休むと、ほかの先生が代わりにやってきて、話をしてくれる。戦争や軍隊の体験、戦災のこと、苦しい時代での生活のことなどが多かった。

「きみたちのなかで、お父さんを戦争で亡くした人は何人いるかな？」というような「調査」を、それらの先生方はよくするのだった。そうすると何人かの手が挙がる。

つづいて「お兄さんを戦争で亡くした人はいるかな?」とわれわれは訊かれ、やはり手が挙がるのである。

お兄さんの戦死はあるとしても、お父さんの戦死はありえないというのが、戦後派の定義だと思う。

その「調査」は、私が中学生になってからも一、二回あった。おそらくわれわれの一生、ついてまわる質問なのではなかろうか。「きみたちのなかで、お父さんを戦争で亡くした人は何人いるかな?」「お兄さんを戦争で亡くした人はいるかな?」

佐保川に懸かる橋から河川敷に降りることができて、そこでサトウキビをもいでくれた若いおばさんも、戦争で夫を亡くした人だった。友達の家に遊びにゆくと、男の遺影が飾ってあって、かれのお父さんである。

われわれの多くは結果的に、底なしの平和主義者になってしまった、と言いたいところだが、実際にはいま国際関係をリードしている政権担当者たちが、だいたい同世代なのだから、裏返しの現実主義者にも容易になれるということなのかもしれない。

敗戦

「今回はだいじなことを書くので、死んだおとうちゃん、死んだおかあちゃん、ゆるしておくれ。」と私。「ゆるしておくれと言われても、ねえ。」と死んだ母親。母は東京へ出て、大塚の女子アパートでの生活が、長かったし（竹早の女子師範で教鞭生活だった）、父と知りあったときには、きどった共通弁で誘ったことであろうから、奈良市に一時もどってからも、「あなた。」「……てよ。」「いやだわ。」といった、女性語をときに自然に使うことができた。

「父親のことを、まだ書いたことがないなあ。」と、私は言う。死んだ母親は、「書くことなんて何もないよ。」と答える。たしかに、何もない、と言えば、とりたてるほどのことはないにひとしい。われわれのころの男の子は、だれもがそうだったらしいのだが、父親と、はなしをする、という習慣がなかった。くちをきかない、反抗する、というのがつねで、それどころか、妻子を奈良市に疎開させたままで、戦後の東京生活を、ひとりでつづける父親が、ときどき帰ってきたからといって、私には、あいさつということばをはじめとして、その男に語りかける語が一語もなかったように思う。

葵咲き、会う日近づく。母がみとあたわすこころ、父のみの知る父は、戦前からやりのこしていた、明治維新史の史料編纂を、つづけており、上野図書館で、寝泊まり、煮炊きしながら（学位）論文を書く、という、日々であったらしい。それらは「資料」でなく「史料」である、というようなはなしの断片を、まれに奈良へ帰ってきて、遅くまではなし込む、若い（若からぬ、と言うべきか）二人の、かたわらで、私も、夜更かししながら、しっかりと聴いていた。歴史学にとって、資料など、どうでもよいことで、だいじなのは史料である、と言ったことを、小学校の低学年だったろう、私が、いまだに記憶しているのは、ちょっとした家伝ないし「家学」の継承ということかもしれない。（わたしの歴史学への愛憎はそこが原点だったろう。）母が父に対して、「あなた。」と呼びかけ、やさしげに饒舌になって、東京語をなめらかにはなすさまは、私に、めずらしいことで、いつまでも起きていると、父が、これもめずらしいことに、私のほうを向いて「もう寝なさい。」と言い、もう一回、「早く寝なさい。」とけしかけるから、私は隣室に行って、ふとんにもぐりこんだ。

いと辛く　未帰還兵を、死なしめて、還らむほどの国土は　ありや

祖母のいえの、間借りの二階で、ふすまはあけられたままの、二部屋あるこちらで聴いていると、まもなく電気が消されて、暗がりで父と母とが、はなしをぼそぼそつづけているあいだに、母の具合がわるくなったようで、苦しみはじめ、父はそれでも、何かぼそぼそ言いつづけて、しばらくすると、「あら、　いやだわ、こどもが見てる。」と母。　父が、やってきて、私のふとんをばっ

とあたまのうえから押さえかけて、あとは何も見えなくなった。父が私に攻撃的な行動に出たさまは、新鮮と言えば新鮮であったが、それにもまして母が、私のことを「こども。」と言ったことに、言い知れぬ衝撃をおぼえた。

今回言いたい、中心のことは、みぎのこととちがう。

*

祖母のいえの、間借りの二階で、ふすまがあけられたままの、二部屋ある、こちらで聴いていると、まもなく電気が消されて、暗がりで父と母とが、はなしをぼそぼそつづけているあいだに、母の具合がわるくなったようで、苦しみはじめた。すっかり暗くなったわけでもなく、ちいさな、明かりは点いていたかもしれない。ことばをかけてやさしげに母を看病する、父に向けて、私は、その瞬間(とき)だけ、じつに特殊な、やすらぎの感情を、眠たさの限界で、ふいにどこからともなく受けとったと思う。

そういうことをいまに訴えたいわけでもない。題名にあるように、敗戦という、厳然と私や、私の周囲の同世代に、歴史としてごろっと投げだされた、非定形。それは、詩のようであり、もっと正確には、小説のようであり、でもやはり「歴史」と呼ぶのがいちばんぴったりするかなとも思えて、私にはことばがないのだ、と気づいてしまう。

自分が五歳ぐらいでの、みぎの「体験」だとすると、昭和二十二年前後だったのではなかろうか。なぜそのころと言えるのかというと、私の弟が、まだ生まれていなかったような、気がする。そして、あれからしばらくして、弟が生まれたような、感じがする。そうするとあれは母が父と協力して弟をつくる、作業だったのだろうか。むろん、そのときに、何もわかったはずはない。けれども、わずかな、明るみがあって、私の受けた、特殊な、やすらぎの感情をのこして、まもなく眠りがすべてを包んでいった。なぜそれを忘れず、いまに私は復唱できるのだろうか。

たたかいの夏のおわりの道の芝、こげきわまれる、焼夷弾のあと

父が出征から、帰ってきた、おそらくそうにちがいない、日のことを、私はおぼえている。これは私にとってばかりでなく、私の周囲のひとびとにとっても、だいじな、こととして、私が語っておかなければならないことにちがいない。昭和二十一年の秋であったか。父の復員ということを、どうして私はいままで語ることがなかったのだろう。私にとってだいじであっても、語るに値する、という、思いが、どうもそれをうわまわる、恥ずかしさによって打ち消されるからだ、ということではあるまいか。

父は、私どもが住む、二階の和室に、階段をのぼってきて、私を一瞥した。その男が父という、ひとだと、その時点で、私が分かったのは、直感というより、すこしまえから階下で、祖母や伯母らの、ひとしきり騒々しい、声が鳴りひびき、ああだれか、歓迎されるべき、ひとがやってきたのだと理解できて、しかもそのさわぎが、単なる、客人ではない、だれか帰るべき、ひとが帰ってきたような、喜色やつやのある声で、四歳の私が、たたみにぺたんとすわったままでいると、しばらくして階段の音を立てて、細身のその男があがってきた、それを見上げる、私と、目があって、まさに一瞥という、感じで、こちらも一瞥し返す、感じで、これが父と子との再会だった。

若からぬ、声もてうたう　一兵が、と言いつのる父の　はるかなる、帰還

母は外出して、いなかったのだと思う。　予告もなく、その男が帰ってきたのではなかろうか。父であることを、私はその時点で了解したろうと思われる。

＊

戦災をおぼえており、終戦の日について記憶し、原爆のあとを広島に見つつ、車窓から脳裏にきざんだ私は、戦争からの帰還とはどういうことか、とりわけ父なる存在が、そこから帰ってくるかもしれないことを、祖母や母から、何度も聞かされ、その記憶はぼんやりしているものの、もう戦争をしなくてもよい国になった、だから父というだれかが帰ってくるかもしれない日のあることを、事前にきっと了解していたろう。　だから意外性はなかった。　ただちにそれが帰ってくる男、父であることを分かった。　かれは復員服（と言ったか、カーキ色という色）のズボンのポケットから、熟柿をいくつも取り出して、それらがどろどろで、ズボンをよごし、父は苦笑いするしぐさで、いくつもいくつもそれらの熟柿を引っぱりだすと、ひょいとそのひとつかふたつを私に見せた。　会話としては、何か父が言ったような気もするし、言わないはずはなかったろう。　しかし私は、母にあとで聞くと、三歳を越えるまで一言もことばを発しなかったという、おくてであり、そのときも貝のように「ううう」ぐらいの声でおしだまったと思う。

復員を解かるる、という、何ごとを、思いの底の、声に託して階下へつれてゆかれて（母が帰ってきたからか）、祖父がいて、父は正式に帰還の挨拶をしたろう。「ただいま帰ってまいりました」というように、その声音は詫びのように聞こえた。詫びというのは、すぐに上京して宮城へ、お詫びにゆかなければならない、というように言っていたのではないか。それとかさなって、祖父に対し、敗戦を詫びるというかたちで挨拶したかのように、私には思える。すぐに上京したもようで、父はまたいなくなる。実際には、遅れをとっていた研究の途に復帰するための、上京だったろう。けれども、私には、キュウジョウへ復員の挨拶をしに上京する父として、しばらく理解されていた。

静かなる海道を、いま東上す。はげしかる日は、敗戦に対す

私の言いたいことは何だろうか。もしこう言ってよければ、敗戦のたいせつさということかもしれない。「終戦」という語を使うように、小学校にはいってから、しばらくは、指導されたと思う。しかし私には、「敗戦」によって歴史を直感できた。小学校にはいって、担任の先生が休むときがあると、非番の先生や、別のクラスの先生が、おはなしをしにやってくる。そんなとき、でるのは戦争時代のこと。戦災のはなし。「きみたちのなかで、おとうさんが戦争で亡くなったのは、何人いるかな」というような「調査」を、先生たちは何度もやった。お兄さんが亡くなったひとは、というのも訊かれて、少数の同級生が手をあげるのである。父親が戦争で亡く

なった同級生は何人もいた。　この質問は高学年になっても、中学生になってもつづき、私の世代に一生つきまとう「調査」である。

私は思う、真の戦後派は、おとうさんも、そしておかあさんも、戦争で死ななかった世代のことを言う。　これはじつに絶対的な「戦中派」との相違だ、というのが、そのころの私の感想だった。

戦争から帰還し、戦災を生き延びた、男女の組みあわせから、もう戦争で死ななくてもよいはずの時代のために、こどもたちは生まれた。

祖父

祖父についても書いておきたくなった。

もの言わず、祖父がしらぎくを庭に撒く。記憶乏しき敗戦の日に

奈良にいたあいだ、同居して、はなしあいてとなる、男性は祖父だけだったので、庭や池の管理も、はたけの手伝いも、すべて祖父からおそわった。はたけというのは、昭和二十年代だったから、家庭菜園だけでは足りず、すこしはなれた、山のうえにも借地して、芋を収穫することがあった。書斎をそっと覗くと、瞑想するのが好きだという、漢文学者の祖父は、居眠りでなかったことはたしかで、身体をいたわるような、時間だったのだろう。若いときに大病をしたというように聞かされていた。戦時下で男手が出はらって、女、こどもばかりののこる、祖父の家だった。ゲートルを巻いてはたけへ出てゆく、かれのすがたは、私の知る、かずすくない男の勇姿である。女、こども。差別語のようにひとが言おうとも、戦時下の家々ではあちこちでそうなってしまった、現実感をこめて「女、こども」と言いたい。

家々のありしところに立ちどまる。暮れゆけば鋭し。焼夷弾の香り

姉がまぐろを買ってきた。　おそらく戦後になって、はじめて日本家庭の食卓にならぶという、まぐろではなかったかと、あとになって思う。　それを店で見つけて、奮発したのだろう。　もう切り身になっていて、まあ何でも興味をもつほうである私は、まぐろという南海のさかなが、もりあがる肉でできており、しかも刺し身なのだという、すべてはじめての体験で、私ばかりでなく、いとこたちもみんな、興奮気味だった。

ラジオがさきほどから、臨時ニュースをくりかえしていた。　まぐろを食べてはいけない、放射能のまざっているおそれがあるという、臨時ニュース。　ビキニ環礁で水爆の死の灰をあびて帰ってきた船があったこと。　焼津港から陸揚げされたまぐろが出荷されたこと。　家庭の今晩の食卓にならんでいるかもしれないこと。　それらをくれぐれも食べてはいけないこと。　そうくりかえしている、ラジオ。　さあ、どうする。

焼津港、船しずまりぬ。あかときを逝く巨きなる魚類か、いまも

いとこたち、つねに飢えている私たち、勤めから帰ってきた伯母、私の母と、つぎつぎにあつまり、机のうえのお刺し身を囲んで、空腹状態で、よだれが出る、という状態だったと思う。　ただし私の場合に、食欲とか、好ききらいとかがまるでない性格で、飢えから食いたいというより、かじきという、まぐろを知りたかった。

祖母が、「火をとおせば食べられるのではないか」と提案して、それらはなべに入れられ、まもなく煮ざかなとなった。　厳密に煮ざかなとは言うまい。　多分、あじをつけたり、何かと一緒に煮たりさえしなければ、刺し身のままで火をとおしたことになる、という理屈だ。　水から炊いて、湯気の立つ刺し身が皿のうえにもりあげられた。　放射能なるものが、火をとおすことで消えるだろうか。　私は放射能をあたまのなかでえがいて、それが直火ならともかくも、煮るというようなことでは消えるはずがないと反対し、高校生だった、一番年かさのいとこも反対する。　伯母たちは積極的な賛成を言う理由がなくて、みんなでだまってしまう。

祖父が書斎から出てきて、沈黙の列にくわわった。　それからおもむろに、「捨てなさい」と、断をくだした。　かくて戦後最大のごちそうは、いとこたちの悲鳴とともに、無惨にゴミ箱行きとなった。

私はあとあとまで、祖父の「捨てなさい」の一言を思いおこすと、家父長制のよしあしということとは別に、一族の長の断言が必要なこともある、と思えてならないでいる。

Ⅶ 増補

「文学の言葉」と「非戦の言葉」

一　鮎川信夫の生誕地を訪う、および田村隆一の詩

去年（二〇一九）の十月、詩人の鮎川信夫の出身地である、岐阜、福井の県境の石徹白（いとしろ）を訪れました。荒地派という詩のグループの書き手で、田村隆一らとともに戦後の詩的拠点を形成して、詩の世界を再出発させる鮎川です。

それ以前の近代詩がどうしようもないほど行き詰まり、あるいは失われてしまったというギリギリのところで、鮎川、田村らが、詩の世界を戦後社会のうえに再出発させる、起動させるということがあったのだと私は考えています。

鮎川さんの生誕地は、福井県と岐阜県との県境の山のなかです。戦争末期にも鮎川はそこに閉じこもり、終戦を迎えます。かれがどういうところで戦後詩を出発させたのか、一度そこを訪ねてみたい、たしかめたいと思って、鮎川の若い研究者である田口麻奈さん（『〈空白〉の根底――鮎川信夫と日本戦後詩』〈思潮社、二〇一九〉の著者）たちと一緒に、出かけていきました。鮎川さんが終戦を迎えたという、土蔵や家がのこっています。それらをこれからものこしていってほしいなと思いました。

さきに田村隆一にふれてみると、『四千の日と夜』(東京創元社、一九五六)はほんとうにむずかしい。四千というのは、日中戦争から太平洋戦争への四千日間に相当します。それを聖書の言葉に擬え、かさね合わせて、田村さんは戦後詩を始めます。出発点の一つなのだ、起動するだいじなところなのだと思います。

一篇の詩が生れるためには、
われわれは殺さなければならない
多くのものを殺さなければならない
多くの愛するものを射殺し、暗殺し、毒殺するのだ
(四千の日と夜)

日中戦争から太平洋戦争への四千日というのは何だろうか。この詩を理屈で読むことは不可能でないにしろ、四千日という戦争じたいが、射殺だし、暗殺だし、毒殺だったという、二重構造というか、作品のなかのもう一つの四千日のなかで何が行われてきたのかという問題を、言いえずして詩人が語っているという構造は、散文的な理解を超えるところで、非常に語りがたい、難解なところから戦後の詩が出発しているな、という問題です。

さいごの、

一篇の詩を生むためには、
われわれはいとしいものを殺さなければならない

これは死者を甦らせるただひとつの道であり、
われわれはその道を行かなければならない

など、普通の読み方というのがあるかどうか。教科書的には何か、詩を産むことと殺すこととの関係構造というような理解でよいのかもしれませんが、「四千の日と夜」というタイトルに立ちもどったときに、浮かび上がる戦争の問題というのがあるのです。田村さんも鮎川さんも、いまに忘れられつつあるかもしれないし、詩とか文学とかの研究者は多くこういうことを忘れようとして、むしろ萩原朔太郎がだいじであるとか（だいじですが）、国際環境下の近代詩がだいじであるとか、そちらのほうに流れてしまっている。

二　『鮎川信夫戦中手記』『疑似現実の神話はがし』

むろん、モダニズム詩は最重要ですよ。とともに、荒地派を忘れようとしているのが現代の状況だと思います。しかし、荒地派の作品の持つ難解さ、語りえない何かがわれわれの出発点にあったのではないかということ、そんなことを思ってしまうのです。鮎川さんの故郷を訪ねたときにも、そんな思いがありました。

『鮎川信夫戦中手記』（思潮社、一九六五）は、太平洋戦争末期、一九四五年二月から三月にかけての手記で、帰国して軍部の病院の病床で、消灯後に巻物のような用紙にぎっしりと鮎川さんは書きました。数年まえに、横浜の日本近代文学館で鮎川さんの展覧会があって、私は現物をはじめて見ました。その展覧会では十数メートルの巻物全部を展覧してくれました。鮎川さん自身は、それの書き始めを、戦後に訪れるであろう荒地派の再出発の問題など、鮎川さんらしい理性と知力とにあふれる、きちんとした言葉で書いていますが、さいごの部分になると、

一九四〇年の我々の〈絶望〉はもはや歴史は繰りかへすといふ神聖な錯覚が顚倒して何ものも繰りかへさぬ、すべて流れ去つてゆくといふ退屈な正気と昭和年代に入つてから祖国が一歩々々足を踏み込みつつある泥沼の運命を自覚し〈我々〉の〝荒地〟もまたそれを避けることが出来ぬといふ気持ちから培はれたのである。

とある。手記の最初では荒地派の再生を考え、戦後の問題を考え、戦争のことを考えようとしていた鮎川さんが、さいごのさいごには絶望というより、絶望を超えるような書き方になってゆきます。

こういうさいごには無力感さえ、すべてが無意味になるようなところに立って、鮎川さんはこの戦中手記を終えています。そして、軍部の病院を出て、二度と軍務にはもどらないという決意で田舎に閉じこもってしまいます。軍部が追いかけてくるという心配もあったでしょう。幸いにも鮎川さんは戦後を自分の田舎で迎えることができました。

これを私は、いま言ったように横浜の展覧会で見ることができました。郡上八幡（現・郡上市）で、田口さんとともに開催した講演会で、私はこの『鮎川信夫戦中手記』についてお話ししたのですが、市長さんもいらっしゃって、お話を伺うと、やはり横浜の展覧会で、私の数日まえにこの手記をご覧になったとおっしゃっていました。市長さんはその手記にたいへん感動されたそうです。

自分の郷里のだいじな詩の書き手である鮎川さんを、みんなが忘れ去ろうとしていることを残念に思っているようでした。

鮎川さんは一九八〇年代に、『疑似現実の神話はがし』（思潮社、一九八五）を書きのこして亡くなりました。亡くなるとともに忘れ去られるみたいないま、現代詩というものもまた行き詰まってゆくのではないかと思うと、これから鮎川さんや田村さんを起点に、何かやり直しがあってもよいのではないかと思うわけです。鮎川さんの考えた、田村さんの考えた、戦後を生きてきた人たちが考えた、考えつづけて、考えを行き詰まらされている現代かもしれませんが、もどらせて何とかしたいというきもちになります。

三　平野三郎文書、パリ不戦条約、戦争の放棄

郡上八幡は鮎川さんが幼少を過ごしたところです。いろいろ案内してもらっているうちに、案内してくれた方が、ある町家を指さして、「あれが平野三郎の実家ですよ」と言われ、びっくりしました。平野三郎は岐阜県の知事などをされた方で、著名な政治家であります。一九四五年、昭和二十年の暮れに、内閣総理大臣の幣原喜重郎がマッカーサーと対談して、憲法第九条の戦争の放棄の規定について合意を取り付けたという、そのことについて平野三郎は、昭和二十五年（一九五〇）前後、つまり幣原喜重郎の亡くなる十日くらいまえにインタビューして、聴き取っているのです。いわゆる平野三郎文書をのこしました。

一九二八年のパリ不戦条約には、欧米在任中や外務省のいくたりもの外交官の尽力があって、日

本国も調印、批准に漕ぎつけました。幣原は長らくヨーロッパを中心に外交官であり、第一次世界大戦（一九一四〜一九一八）後の、いわゆる「幣原外交」を推進し、一九二四年からと、一九二九年には外務大臣を務めています。

戦争の放棄ということを、昭和二十年という戦後にあって、内閣総理大臣である幣原喜重郎が、マッカーサーに相談をし、オーケーを取り付けたという、そのあたりはもやもや、大きな謎でありました。幣原は一九二〇年代の後半に、第一次大戦が終わって十年ほど経つころですが、外務官僚、さらには外務大臣（一九二四〜一九二七）として、パリ不戦条約（戦争の放棄）に深くコミットしたということが、あったということでしょう。（パリ不戦条約の「戦争の放棄」の条項は「言葉と戦争」（旧『言葉と戦争』九〇ページ、本『言葉と戦争』増補新版では八九ページ）に引用してあります〈あとでもふれる〉。）

平野三郎文書のなかで、幣原の、「恐らくあのとき僕を決心させたものは、僕の一生のさまざまな体験ではなかったかと思う。何のために戦争に反対し、何のために命を賭けて平和を守ろうとしてきたのか。今だ。今こそ平和だ。今こそ平和のために起つ秋ではないか。そのために生きてきたのではなかったか。……」と述べているところを、すこし話題に取り上げます。

「恐らくあのとき」とは、昭和二十一年一月二十四日、マッカーサーと二人きりで長い時間話し込んだ、そのときのことです。すべてはそこで決まった、と幣原は言います。亡くなる十日まえのインタビューで、平野さんの問いは、「よく分かりました。そうしますと憲法は先生の独自のご判断で出来たものですか。一般に信じられているところは、マッカーサー元帥の命令の結果ということになっています。尤も草案は勧告という形で日本に提示された訳ですが、あの勧告に従わなければば天皇の身体も保証できないという恫喝があったのですから、事実上命令に外ならなかったと思いますが」とあります。

それに対し、幣原は「そのことは此処だけの話にして置いて貰わねばならないが、実はあの年（昭和二十年）の暮から正月にかけ僕は風邪をひいて寝込んだ。僕が決心をしたのはその時である。（中略）幸いマッカーサーは天皇制を存続する気持ちを持っていた」と答えています。

幣原がなぜここだけの話にしてほしいかというと、マッカーサーにそのことを進言して、「命令として出して貰うように決心したのだが、これは実に重大なことであって、一歩誤れば首相自らが国体と祖国の命運を売り渡す国賊行為の汚名を覚悟しなければならぬ。松本（烝治）君にさえも打ち明けることは出来ないことである。したがって誰にも気づかれないようにマッカーサーに会わねばならぬ」と言っているのです。

つづけて、「幸い僕の風邪は肺炎ということで元帥からペニシリンというアメリカの新薬を貰いそれによって全快した。そのお礼ということで僕が元帥を訪問したのである。それは昭和二十一年の一月二十四日である。その日、ぼくが元帥と二人切りで長い時間話し込んだ。すべてはそこで決まった訳だ」。

さらにそのあと、「マッカーサーは非常に困った立場にいたが、僕の案は元帥の立場を打開するものだから、渡りに舟というか、話はうまく行った訳だ。しかし第九条の永久的な規定ということには彼も驚いていたようであった。僕としても軍人である彼が直ぐには賛成しまいと思ったので、その意味のことを初めに言ったが、賢明な元帥は最後には非常に理解して感激した面持ちで僕に握手した程であった」とつづきます。すなわち、第九条を幣原が持ち込んで、マッカーサーからの命令というかたちで憲法に取りいれたということになるわけです。

　亡くなる十日まえとはいえ、幣原の言は冷静というより、一途な思いを吐き出した感があり、一方の元帥の脳内にはかならずや将来の日米地位協定に相当する、緊急の構想がなかったはずはないとすると、額面通りに受け取れる対談ではなかったにしろ、〈パリ不戦〉から日本国憲法第九条へと描くことのできる流れには、日本国の戦後を決定する真率な内容がこもっていたとぜひ言いたい。いわゆるマッカーサーによる（GHQの）憲法草案は、まさに翌（あく）る二月から急テンポで作成されてゆきます。そのなかに戦争の放棄の条項があるわけですが、その条項は幣原の進言であるとともに、マッカーサーからの命令（いわゆる押しつけ憲法）というかたちもまた幣原のアイデアであったと、平野三郎文書から見る限り、判断されます。

　パリ不戦条約という「戦争の放棄」に深くコミットしたであろう幣原をそこに見ることができるのではないか、ということを考えてきました。

四　日本国憲法制定、「憲法研究会」

　ここは戦争の放棄の問題が昭和二十年から二十一年にかけて浮上してくる、重要な点です。凝縮した時間がそこに流れているということに思いを致させられるのです。二〇一一年、「3・11」の大震災という、日本社会が苦労して乗り越えなければならない大きな出来事がありました。私は友人たちと「3・11憲法研究会」という会をつくりました（一九四五年の「憲法研究会」に名を借ります）。

毎月会って、そこで調べたこと、考えたこととしては、日本社会で憲法問題に取り組んでいた高野岩三郎や鈴木安蔵らのしごとに注目し、近代の始まりでは植木枝盛などの構想もあったこと、かれらの考想した憲法草案が早くGHQへもたらされたのではないか、ということがあります。

終戦の一九四五年十月、(安藤昌益の研究者でもあった)ハーバート・ノーマンが、旧知の鈴木を訪ねます。高野、鈴木らによる新しい憲法づくりの構想が始まります。かれら憲法研究会の「憲法草案要綱」(一九四五・一二)については、『非戦へ——物語平和論』(編集室水平線、二〇一八)にも論じました(五五ページ以下)。

根本原則(統治権)

一、日本国の統治権は日本国民より発す。

一、天皇は国政を親(みづか)らせず。国政の一切の最高責任者は内閣とす。

一、天皇は国民の委任により、専ら国家的儀礼を司る。

一、天皇の即位は議会の承認を経るものとす。

一、摂政を置くは議会の議決による。

国民権利義務

国民は法律の前に平等にして出生又は身分に基く一切の差別は之を廃止す。

(以下、略)

高野、鈴木らによる、戦後すぐの昭和二十年の憲法研究会における草案であり、GHQへ提出されます。ここには鈴木たちが培ってきた近代の新しい憲法への考え方が入ってきています。たしかに、鈴木たちの憲法草案要綱には戦争の放棄のことが入ってきていない。鈴木は戦争の放棄を当然だ、という言い方をのちにしていますので、具体的には入ってきていません。

現・日本国憲法の骨格となる、重要な憲法草案要綱です。翌年の一月になって、幣原が戦争の放棄の問題をマッカーサーに進言して、現在の憲法がかたちを成し始める。多くの日本人外交官たちがパリ不戦条約に集約される平和思想というものを学んで、それらが戦後の幣原のなかにも生きていた、そこをマッカーサーがまとめるという流れのなかで、新しい戦後の体制ができていったのではないかと考えるわけであります。いわゆるマッカーサーによる押しつけという考え方は幣原の仕組んだ劇だったかと考えてよいのではないか。

パリ不戦条約は、陰に陽に、日本国の一九三〇年代の大陸政策、満州国の建設を牽制する役割を果たした、ということもまた指摘されなければなりません。そして、日本国憲法の戦争の放棄の条項にまで注ぎ込むという、一貫する歴史上の流れとして了解できるのです。不戦に世界の軸、日本の軸を交錯させてゆくと、パリ不戦条約が出てくるのかと思います。

第一条　締約国ハ国際紛争解決ノ為、戦争ニ訴フルコトヲ非トシ、且(かつ)其ノ相互関係ニ於テ国家ノ政策ノ手段トシテノ戦争ヲ抛棄スルコトヲ、其ノ各自ノ人民ノ名ニ於テ厳粛ニ宣言ス

とあります。ここに集約されているように、そして現行の日本国憲法第九条に戦争の放棄という条項がある通り、そこになだれ込んでくる前提となる、世界史的、思想的な背景がある。具体的には

幣原の名前を出しましたが、そこに至るいろいろな方の犠牲的な努力という、たいへんな近代を乗り越えていまに到達しているということなのです。

くりかえすと、天皇制のあり方と、国民の権利・義務、基本的人権という両面は、植木枝盛以来の長い時間をかけて醸成されてきたわけですが、戦争の放棄の問題については、具体的にパリ不戦条約から来るのではないかと思っています。天皇制の制限、基本的人権、そして戦争の放棄が一つに総合されたところに日本国憲法ができて、現在に至っているというふうに考えているわけです。

「日本国の統治権は日本国より発す」とか、いまとなっては常識になっているこの一行にしても、植木枝盛とか五日市憲法とか、近代の歳月のなかで培われたものなのではないでしょうか。

五　非戦の思想とは

『非戦へ』のなかで、重要な問題として、戦争とは何だろう、そしてそれを非戦という問題へ展開させて、その契機をどのように考えたらよいのだろう、ということを考えました。戦争について、私としては三つの要点に絞って考えてみたいと提案しました。

普通は殺し合いということですけれども、数千年の戦争の歴史をここで考え直すとしたら、まずは殺したり殺されたり（虐殺）とはどういうことか、ということがたしかに一つめの要点であります。

二つめの要点として、虐殺だけではない、攻め込んでそこの物資や土地を掠奪（略奪）する、その掠奪ということがかぞえられます。

三つめの要点を挙げるとすると、凌辱ということです。男性の兵士が女性を凌辱するということは、さまざまな戦争で見られることです。数千年の戦争の歴史を見てゆくと、男は殺すが女は生かす、つまり出産要員として女性を確保する、ということがしばしば見られます。これの行き着く果てが凌辱ということになるのではないか。

ということで、『非戦へ』では戦争を、〈虐殺、掠奪（略奪）、凌辱〉のどれが重要かということでなく、この三点がすべて目的だったとまとめています。この三点を戦争の要点として出しておきたいと考えました。

「言葉と戦争」（本書所収）で取り上げました（本書八八ページ以下）、一九二八年のパリ不戦条約は、この『非戦へ』でも当然、ふれてゆきます。第一次世界大戦が終わった直後のベルサイユ条約は世上によく論じられますが、その八～九年後に結ばれた条約です。ベルサイユ条約にはアメリカは参加していなかったし、敗戦国のドイツに多大な賠償金を課して痛めつけたことが、第二次世界大戦につながってゆく。ですから、ベルサイユ条約で戦争のことはよく論じられているけれども、それだけでよいのか。私は、その八～九年後にパリで結ばれた、こちらの条約を重視したいと思います。

この条約はアメリカとフランスとが協調して、戦争はやめようと呼びかけ、そこに多くの国々が（さまざまな思惑を込めて）参加したいと申し出て結ばれた条約です。それまでは戦争を「肯定」していたのが、〈戦争は悪である、戦争はやめよう〉と世の中が大きく逆転していった、そういう一九二〇年代の凝縮した時間がここにあるのではないかと思い、その問題を取り上げ、整理してこの『非戦へ』という本に論じたわけです。素人ではあるけれども（世代的責任もあるか）、チャンスがあれば訴えたいこととして、今日もお話しさせていただいています。

この〈パリ不戦〉について、市販の歴史書に、戦争を数年遅らせただけで、結局は第二次世界大戦をもたらしたではないか、「失敗」だったのではないかと、二、三行で片付けられているのを最近も見かけましたが、それでも戦争を悪とする外交的努力が始まったという「開始」を評価したいのです。これから地道につづけられる戦争学がここにひらかれようとしたということでもあると思うのです。

ところで、紹介したいのが『逆転の大戦争史』（原題"The Internationalists"、オーナ・ハサウェイ／スコット・シャピーロ著、二〇一七、野中香方子訳、文藝春秋、二〇一八）という本です。この邦訳を私は『非戦へ』を出版した直後に新刊書店で見つけました。ちょうど同じころに邦訳が出版された本です。この本のカバーの見返しを見て私はびっくりしました。見返しのキャッチコピーには、

「旧政界秩序」。戦争は合法、政治の一手段。戦争であれば、領土の略奪、殺人、凌辱も罪に問われない。しかし、経済封鎖は違法。


という趣旨のことが書かれてありました。これは私が書いたことと（経済封鎖を除いて）まったく同じです。イェール大学の法学部の先生お二人が、渾身の力を込めて書いた本とのことです。

見返しのキャッチコピーにはつづけて「新世界秩序」とあり、〈戦争は非合法。侵略は認められない。経済封鎖と「仲間外れ」によって無法者の国を抑止する。が、どんな失敗国家も侵略されず内戦の時代に〉とあります。そして、仰天したことには、

くる。

「パリ不戦条約」という忘れられた国際条約から鮮やかに世界史の分水嶺が浮かび上がってとあるではありませんか。この本にはつまり、ほとんど私の本と同じことが書かれているのです。私が書いたことをイェール大学の二人の先生がフォローしてくれているみたいな（逆かな）、そういう本ですので、これもここでご紹介しておきたいと思います。

非戦の思想は、日ロ戦争のさなかにもありました。坂本龍一編『非戦』（幻冬舎、二〇〇二・一）という本があります。「非戦」という言葉じたいに引き付けられるものがあります。この『非戦』という本は二〇〇一年の「9・11」の直後に出た本です。大統領や各国の政権担当者らがこれは戦争だ、テロは戦争だ、といって復讐戦にはいっていったり、支持したりしたわけですが、この本では坂本さんは逆に「報復するな、報復しないことが真の勇気なのだ」と、そんな言い方で始めている本です。一言、付け加えさせていただきました。

「黒雲」考

〈返信メール〉

あなたの連載月評の力作にふれてうれしかった。
第二詩集もありがとう。
こういうおしごとや詩集が実ってゆくのはほんとうによいこと。
詩人がいま、この時、「どういう、何をする」という、
せっぱつまった問いかけですね。
二〇二二年の全土が、焦土や放射能災に化すという時、
詩が何をしなければならないか、
まったくわからないよ。
避難の母子の疲労しきった表情を映像に見るたびに、
あなたの言うとおりです、詩を直撃するかのようだ。
それが詩人の負い目なのだろう。
私はあるサイトに、わずかに、
ウクライナの音楽の出てくる作品を書きました。

友人のサイトから、非戦のうたと五十七絃の竪琴とを知ると、
心がいっぱいになります。

〈追伸メール〉

物語はどこかで戦争に加担するし、
うたも謳歌するときがある。
私は物語とか、うたとか、
これまで関与してきて、息をのむ思いがする。
詩の相対的役割がどこかにあるわけでなし。
映画も物語です。内田樹さんはウクライナの映画を六本観たら、
対露戦争が三本、飢えそしてカニバリズムが二本だったと、
既視感のある、対露戦争だと。
こんな戦争と物語との悪循環を、断ち切りたいし、
うたも、悪循環でしょう。
一九九九年のベオグラード空爆で、十五階からくれた便り、
あの「人が死ぬのはそんなに簡単なことではないよ、
怖がらないで」という、父親のことばを思い出しながら。
(でも、けっきょく、人類は滅んだ。)

〈人類のおわったあと〉

「怖くないよ」と、世界の消灯の時間が終わったあとで、
時間のあとさきを入れ替える、黒雲が湧く。
飲み水を地上へ受け取りにゆく。
十五階から降りると、そこは一九三三年の大飢饉です。
空爆が終わる、世紀末の初夏。
赤い涙が迷う、二匹の兎のような影。
もう人類はいないのだから、黒海に浮かぶ肢体。
叱る声を詩歌のように遺した人類。
知らない音韻が、記録する自然史、世界の、
当て字にただひとつの無意味、火を求める碑の書き方。
読む悪鬼がいなくなる、二心の兎のような影は泣く。
よかったのはこの空爆の、季節が春だったこと。
ボスニアの戦争の時は冬で、経済封鎖がつらかった。
北風は壁を無視しているようで、骨に直接にはいる。
もう何を着ればよいのか、わからない。
数年間、あたらしいのを買ってない。

〈非戦、外交〉

停戦交渉ね、詩作のタイトルになると思います。
人類史の終わったあとで、外交官のいなくなったあとで、
それでも停戦交渉が続けられるなんて、
よいことじゃないですか。『非戦』（二〇〇一）に応答する、
あるサイトが外交の失敗だなどと書いて、
炎上しなくても、炎上してもかまいません。
失敗なんてありえない、非戦から非戦へ、続けるだけです。
人類の遺した用水路に水が流れるだけです。
だれもいなくなった廃墟の市庁舎で、
月の光が青くする、交渉のテーブルと椅子とで、
停戦交渉が続くだけです。空席には、
白いページに、一編の作歌もなくて、
歌集が燃えている、悲しみのために弾じる、
吟遊詩人ののちは、どぐうになって、
とぐろを巻いて、のたうつ憎悪の終わりです。

〈追伸、その二〉

人類が祈りを終えると、聖堂の窓から光が差し込む、
緑の炎が地中海の差別を終わらせる、

すべての人種の終わったあとから。
黒海のかざんばいが擲たれる、もうだれもいないのだから。
夜空のベッドに三百の肢体、
手足が五本、七本、また五本、七本、七本。
歌集が燃えている、だれもいない書店で、
弾じるさいごの吟遊詩人ののち。
さいごの公園の炊き出しのあと、
食べかけで人類の遺したレシピが、
希望のソースを青緑のレタスにふりかける、
れいとうこから、取り出されるたまごが、
一つ、暗闇に黄のスープを匂わせる。

〈悲しの証し〉

よくぞ話を聞いてくれました、手が終わり、
迎えられなかった神々は、散会のあとから、
世界の消灯をまえに、終わる古い歌です。
古い歴史が散る、古い遊びを黒雲にする、
すこしまえに人類がいなくなる。玩具が壊れる、
ありふれた悲歌になる、正当な理由がなくて人類史を終わらせる、

正当な理由はなくて、うたを遺跡から耳に移していた。
——未読のうたを、神話のサイトが教えてくれたのは、
終わるまえの夜。人類が滅んだあとで、
大飢饉が遺る、動画のなか、黒雲を吐いて、
吟遊を終わる、悲しの証し。

〈追伸、その三〉

あなたの琴が祈る、黒雲の絃、
いなくなる日の沈黙、黒塗りの絃。
作詞や苦しみの睡りを、滅んだ人類がさらに包む、
五十七絃のしたから促す、さあ行けと、
きょうを忘れるな、あしたの、
平和は、黒雲のなかから生まれ出る、と。
正当な理由がなくて、ぼんやりと、
けぶりながら消えないね。消灯の時間、
聖堂に遺る発言がまだ響く。

旧版（大月書店刊）あとがき

本書はⅠ章に、書き下ろしの「言葉と戦争」をまとめて載せてある。たいへん重たい箇所となったことをお詫びする。

戦争の起源と、それの現在と、今後のわれわれが何をしなければならないかという、日ごろだれもが知りたいと思い、なかなか解答を得られない内容について、言葉にたずさわる者としての責任の限りにおいて、道すじを何とかつけようとしている。この箇所を、広く読まれたいとつよく念願する。それとともに、文体は、もしかしたら高校生諸君の読書対象になってくれてもよいと思って、かれらに語りかけるような心で書いた。

私は五十歳台の前半というときに『湾岸戦争論』（河出書房新社、一九九四）を書いた。それを書きながら、戦争の起源やそれの不可避性、あるいは回避可能性の根拠について、ちゃんと論じてある、参考となる（痒いところに手がとどくような）本がほしいと、切実に考えた。ちゃんと論じてあるような本と言っても、実戦的な戦争論とか、現状分析のしっかりした本とかいうのでなく（それらはそれらでだいじだとしても）、真にほしいのは平和社会としての環境を起源から探求する前提で書かれる冷静な本、というような意味合いである。

Ⅱ章は「教科書、戦争、表現」を軸にして、湾岸戦争後の〈空白〉に向かってなだれ込んでくる、ある種のいやな気体についての分析を試みた。「詩のするしごと」「日本語の境域」もまた考えつづけなければならない課題への挑戦である。

Ⅲ章はハルオ・シラネさん（コロンビア大学教授、日本文学）との、メール交換による対談と言ったらよいか、ほかにあまりない試みだろう。その方法としては二通ずつ送り、五回やりとりして終えた。いつも斬新なアイデアをしかもすぐに実行する、『國文學』（學燈社）の牧野十寸穂さんによる企画だった。シラネさんと私と、各地を飛びまわる浮遊感覚のうちに、世界の危機から文学研究の危機までを一望させてみせた。自分で言うのも何ながら、ここに投げ出された問題は今後を占うに足る新しさでいっぱいである。シラネさん、牧野さん、ありがとうございます。

そして「物語問題片」をこのメール交換のあとに置くことにした。四部分から成る。「物語は解き明かされたか」は湾岸戦争以後での、〈大きな物語〉ということについて考えようとしている（『琉球新報』掲載）。一九九四年の執筆だから、本書『言葉と戦争』に至るまでの私の思考のいわば起点となった小片。物語論でもある。

「シ（ー）ディ（ー）カ」の意味はCD化ということだろうが、正確には忘れた。9・11（アメリカ同時多発テロ事件）のすぐあと成田を発って、新彊地方で書き始めた。メールという文体に自分は馴染んでゆけるのか、そんな今後の不安があった。

そのなかでの「チェーン」は回文詩で、火種工房の富山妙子氏のイベント（三軒茶屋キャロットタワー）での朗読のために作成し、一週間後、『読売新聞』紙上に発表した。日付けの十月八日はアフガン攻撃の報道に接しての翌日のはずだから、一晩で書いた勘定である。アメリカ政府に攻撃をやめさせようという、反戦のアピールがチェーン・メールのかたちで地球をぐるぐる回っていたころで、そのイメージを借りて回文で私もぐるっと一巻きしてみせた。作品「チェーン」は『神の子犬』(書肆山田、二〇〇四)にも載せてある。

「ほんとうの物語敗北史とは」には、「涙は、止まるか?」という、あるサイトからの引用を採録してある。機械の不具合から、名前をはじめとしてずたずたの引用である。

「ほんの二〇分まえ、イラクが戦争を中止するというニュースがあった」は、現実に起こってしまうアフガン報復をあいてに、それを湾岸戦争と意図的に混線させてある。既視感を利用する試み。「ほんの二〇分まえ……」という題名は竹田英尚氏の書物から取り出したフレーズで、攻撃を一刻も早く終わりにさせようとする意志が込められる。

V章は古い(掲載誌不明の)「戦争責任論争と問題点」を筆頭に、あるシンポジウムでの発言記録「思想は騙るか」、同人誌に出した「フィリピン史研究者」、思い立って書いた「大地の幻に対す──あるいは日本一九三六~四〇年代戦争と読者」と「時代の写し絵──同(続)」と、それに「日本社会の〈うたとは何か〉」から成る。それらのなか、「フィリピン史研究者」は『レイテ戦記』をめぐる池端雪浦氏(東京外国語大学AA研教授)へのインタヴューを、テレビの番組から聞き書きするという試みで、ある種、著作権違反であるけれども、事後に池端氏の了諾をいただいた。この番組にもう二度と出会うことはあるまい。そのはずだったのに、なんと(『境界領域への旅』の)新原道信氏からDVDを提供され、聞き直して意味不明だった箇所をいくつも訂正することができた(新原さん、ありがとう)。『藍・BLUE』は劉燕子さんらが中国/日本の架け橋たらんとして創刊した貴重な文芸誌。

VI章はコラムのセッションで、めったに振り返ることのないはずの私の戦後へのフラッシュバックといったところ。

戦争を論じるにはいろいろな困難が伴うことだろう。行論上の必要な資料や、先行文献にうまく出会うことがなければ、いくら書いても書いても戦争という怪物を掬う手から取りこぼしてしまう。しかも現代に見る数多い出版物に一通り広く目を通して、われわれの時代の戦争の捉え方を共有しなければ、独り合点に終わろう。『現代思想』がらみで言えば、本文にふれることのできなかった二〇〇二年一月号（ポール・ヴィリリオの特集号）もあれば、「総特集・イラク戦争」（二〇〇三年四月号）というのもあって、いまなお戦争に関する私の書物漁りが終わらないのはつらい。

『古事記』『日本書紀』または『平家物語』などに〈戦争〉があふれかえる日本古典文学であるけれども、反面に『源氏物語』のような物語文学や、女性たちの文学生活の極微（ごくみ）の描写、抗争をきらい魂の平安を求める隠者たちの文学など、非武装を核心とする思想もまたつよく息づいていた。旧仏教は僧兵を擁して武乱をこととしたとしても、たかが知れている。鎌倉時代の新仏教や民衆へのいろんな宗派の布教活動は、かれらが兵乱の時代とさまざまに妥協し、あるいは国防を熱く説いたかもしれないにしろ、かれら自身は非武装に終始していた。人間のからだは自衛するから、個人に立ち返り一刀を腰差しするぐらいの〈武装〉なら当然のことでしかない。非武装とはそういうことでない。思想としてのそのことであり、武力に荷担せずという意味でなら文字通り中立だった。一見、ふにゃふにゃしていて、矛盾した思想のように見えても、長くつづいたこの風土をつらぬく非武装の一念は精神的な伝統文化になっていったろう。それはまぎれもなく世界の反戦や非戦の歴史の一環である。非武装という人類史の成果をいまに評価できなくなり、その灯を絶やしてしまうならあとがなくなる。

私の三歳から十二歳にかけては昭和二十年代（一九四五〜五四）である。本書に何回かふれてきたことながら、昭和三十年代になると世の教育関係者たちが、ことあるごとに昭和二十年代の教育を、なってなかった、ＧＨＱ（連合国軍最高司令官総司令部）の押しつけだったと、くさすようになる。日本社会が昭和三十年代、四十年代と、どんどん〈堕落〉してゆくかのように見えるにつけて、かれらは昭和二十年代が〈めちゃくちゃ〉だったことに責任をなすりつけるようになり、目のかたきにして、ひいては憲法改正の論調へとかさねてゆく人もいる。戦争未亡人の子息で私はなかったが、その世代である。私の母が生前のあるとき、私の書いた沖縄論の何かを読んだらしく、思い出したように、沖縄女子師範に赴任することが決まっていたと洩らしたことがある。本書に書いたように私の父がジャカルタでの抑留から帰国、復員したのは一九四六年だった。

私の世代は戦後の絶対平和社会幻想のシャワーを頭から浴びている。大人たちが、教師たちが、将来社会をわれわれに託して、だいじに、たいせつにしてくれた。なのにまったく何の恩返しもしていないとは、私だけでなく同窓のあつまりなどで聞く概嘆である。

戦争責任が、終戦時に乳幼児だったわが世代や、さらには戦後生まれ（団塊の世代など、つまり定義するなら父親が戦死できなかった子供たち）に、果たしてあるのだろうか。これはむずかしい課題だ。家永三郎氏の『戦争責任』（一九八五序、岩波現代文庫、二〇〇二）によれば、戦争を知らない世代にも責任があるということになる。しかしそれだと暴論と言うほかなかろう。氏によれば世代を異にしても、同じ日本人として連続性があるのだからという理屈。それでは日本人を前提に立てた民族の論理であって、結局は戦争遂行の理屈の裏返しということにならないか。戦後派はとりあえず無垢に生まれた。無責任を標榜してどこかに疚（やま）しさがあろうか。いや、長じてたしかに責任を自覚しよう（だれもがでなくとも）。場合によっては学習や教育の効果により責任体制を選択し返す。日本人としての日中戦争や太平洋戦争をでなく、人間性の名において戦争じたいの責任を選択し返すのでなければ、より若い世代として何をやっているのかと、さらなる後続の世代から非難される今後となろう。

再掲載の許可をたまわった各紙誌、出版社の各位に感謝し申し上げます。

大月書店の西浩孝氏と最初に打ち合わせたのは四月二十五日で、示された大まかな構成案をもとに書き出したのがおよそ五月五日、書き下ろし部分を三パーツに分けて断続的に執筆しすすめ、ようやくトンネルをぬけ出た日、つまり脱稿と言える状態にはいったのが七月二十七日。まことに倉卒のかんに走り切ったような執筆ながら、けっして〈戦争〉に明け暮れたわけでなく、あくまで日常の時間へとって返して冷静に書き綴った。

二〇〇七年（平成十九）九月十八日

藤井貞和

増補新版へのあとがき

第二次世界大戦（太平洋戦争を含む）はまったく要らざる無益な戦争であり、それにもかかわらず数千万という死者の数を産んだ。もし、世界史から、第二次世界大戦を取り除いてしまえるならば、第一次世界大戦の終わりから〈戦争の抛棄（放棄）〉が成熟して、二十世紀の後半を迎える流れが見えてくる。

第一次世界大戦と第二次世界大戦とのあいだに、世界大戦を「悪」とし、戦争を放棄するという考え方が生じて、国際条約の締結に至る。日本国では一九三〇年代の大陸政策や満州国建設に対し、陰に陽に影響を与えつつ、それらをあるときから、ないがしろにするかのようにして日中戦争、太平洋戦争という途に向かう。

前線では激戦を含む戦争状態を取りつつ、植民地などの内部において大東亜共栄圏といった〈平和〉をたてまえとしながら、〈パリ不戦〉と抵触しない模索なんか、どこに活路を見いだしうることだろうか。「「文学の言葉」と「非戦の言葉」」（佐倉市国際文化大学講演）のさいごにふれることになった『逆転の大戦争史』には、「戦争はこうして違法化された」（第五章）、しかし「日本は旧世界秩序を学んだ」（第六章）と、端的に描かれる。

つまり、第一次世界大戦の多くの犠牲者が人類に考察を促して、パリ不戦条約を促したにもかかわらず、日本国はペリーの砲艦外交で旧世界秩序を学んだあと、それを朝鮮併合に利用する。日清・日ロ戦争と、大陸に進出した日本国は、パリ不戦条約の精神を揺さぶることになる、と『逆転の大戦争史』は論じる。パリ不戦条約に署名したにもかかわらず、それを無視して満州国を建てたと言う。「新世界秩序」を奉ずる国々は日本国に対する石油の禁輸など、経済制裁でそれに応じた、と。

本土空襲、沖縄の戦場化、原子爆弾の投下という惨害のあと、日本国の戦後は真に平和を求めることとなった、と私には思える。世代的には最初期の平和探索期に物心がついて、しかし私は朝鮮戦争、再軍備を目の当たりにしつつ長じた年齢としてある。

一九八九年の冷戦崩壊から一九九一年の湾岸戦争へと、危機はつづく。『湾岸戦争論』(河出書房新社、一九九四)を私は著して、これは回し読みされた。ある戦争反対の文学者集会に、詩の書き手が一人も含まれていないことに反発したのが執筆のきっかけだが、各種の研究会や特集からはさかんに意見がもたらされた(二〇二〇・二・九には国際日本文化センターで研究集会が持たれた)。冷戦の終わりを見ることなく鮎川信夫は亡くなったので、何となくその後を辿りすすめた感がある。

一九九四年の『琉球新報』(一〇・二三)に私は「物語は解き明かされたか」を寄稿して、物語論として戦争を取りあつかうように(不完全ながら)問題提起した(本書所収)。〈戦争をやめさせるために反戦という戦争は許されるか〉という、むずかしいパズルを物語と見なして、戦争学はこのパズルを解くことにより戦争廃絶へ一歩を進めることができる、というような理屈である。物語といえば戦争で満たされるかのように、まるでアニメ的傾向をあおるかのごとく誤解されたが、真意は逆で、戦争をやめさせる方途に私の商売道具である「物語論」を動員しようとするところにあった

〈私の古くからのしごとは『源氏物語』論〉。

文学にひそむ〈戦争〉について、西浩孝氏の慫慂もあって、長文「言葉と戦争」をしたためた。それを柱として、『言葉と戦争』（大月書店、二〇〇七）はまとめられた。歴史上の〈戦争〉は五千年という歳月を有して、人類学の対象でもあった。

一八〇ページに書いた大江さんの講演について補足する。その会場に参加して、直接聴いた一女性作家から私は知らされて、興味のおもむくままに綴った。『言葉と戦争』（大月書店版）を読まれた大江さんから、あれはあくまでヨタ話であると、注意するハガキをいただいた。私もけっして俳句を貶める話の成り行きではないと言明しておきたい。

二〇一八年十一月には『非戦へ――物語平和論』が、長崎に拠点を移した西氏の出版機構（編集室水平線）から刊行された。「「戦争」のこと――解説に代えて」（桑原茂夫）を含み、〈戦争とは何か〉を、虐殺、掠奪（略奪）、そして凌辱という、対等にならぶ三方向から定義し返した書き下ろしの「戦争から憲法へ」で、〈パリ不戦〉を深めることができ、もって矛を納めようと決意した。題名を「物語平和論」にしようかと迷って、これは副題にした。

二〇二〇年九月に佐倉市国際文化大学で、「「文学の言葉」」と「非戦の文学」」を発表し、それは令和二年度講義録（二〇二一・三）にまとめられるとともに、ここに大きく改稿して、今回の『言葉と戦争』新版に増補として収録する。発表ではネットから平野三郎文書を取り出し、資料として配付するなどした。

二〇二二年になっての「「黒雲」考」（『ユリイカ』五月号）は、何だか草稿状態のやや長い一篇である。世界大戦ののこり火か、付け火かのような戦争形態であり、戦争が廃絶されない限りつづく、人類の悲劇はなさけない。〈戦争とは何か〉を定義し切るならば、人類はそれをつづけるか、百年後、二百年後にそれを止めることになるか、決定を迫られることとなろう。

西浩孝氏とは、大月書店版『言葉と戦争』、そして『水素よ、炉心露出の詩——三月十一日のために』(桑原茂夫解説、大月書店、二〇一三)以来で、『非戦へ』につづき、『言葉と戦争』増補新版が成る。限りない謝意、そして今後の発展を祈りつつ。

二〇二三年(令和五)十月十日

藤井貞和

初出一覧

詩織（『感情（速度）』八号、二〇〇一年四月。『ことばのつえ、ことばのつえ』思潮社、二〇〇二年）

砂に神の誘い子を置く（『現代詩手帖』二〇〇三年八月号。『人間のシンポジウム』思潮社、二〇〇六年）

Ⅰ

言葉と戦争（書き下ろし）

Ⅱ

教科書、戦争、表現（『現代思想』一九九五年一月号。『国文学の誕生』三元社、二〇〇〇年）

詩のするしごと（『現代詩手帖』一九九六年二月号）

日本語の境域——言語の〈エスニシティー〉試論（『現代詩手帖』二〇〇五年六月号）

Ⅲ

カノン、カウンターカノン（『國文學』二〇〇三年一月号）

Ⅳ

すべて本文中に記載

Ⅴ

戦争責任論争と問題点（初出不明。『言葉の起源――近・現代詩小考』書肆山田、一九八五年）

思想は騙るか（長野隆編『シンポジウム 太宰治――その終戦を挟む思想の転位』双文社出版、一九九九年）

フィリピン史研究者（『感情』十二号、一九九七年十月）

大地の幻に対す――あるいは日本一九三六～四〇年代戦争と読者（『藍・ＢＬＵＥ』十七号、二〇〇五年一月）

時代の写し絵――あるいは日本一九三六～四〇年代戦争と読者（続）（『藍・ＢＬＵＥ』二十号、二〇〇五年十一月）

日本社会の〈うたとは何か〉（『悠久』一〇六号、二〇〇六年十二月）

Ⅵ

心の風景（『朝日新聞』二〇〇四年十一月二十二日、二十四日、二十九日、三十日、十二月一日）

敗戦（『ミて』三十～三十二号、二〇〇一年十二月～二〇〇二年二月。『神の子犬』書肆山田、二〇〇五年）

祖父（『ミて』三十三号、二〇〇二年三月。『神の子犬』書肆山田、二〇〇五年）

Ⅶ

「文学の言葉」と「非戦の言葉」（佐倉市国際文化大学、二〇二〇年九月十二日）（→改稿）

「黒雲」考（『ユリイカ』二〇二二年五月号）

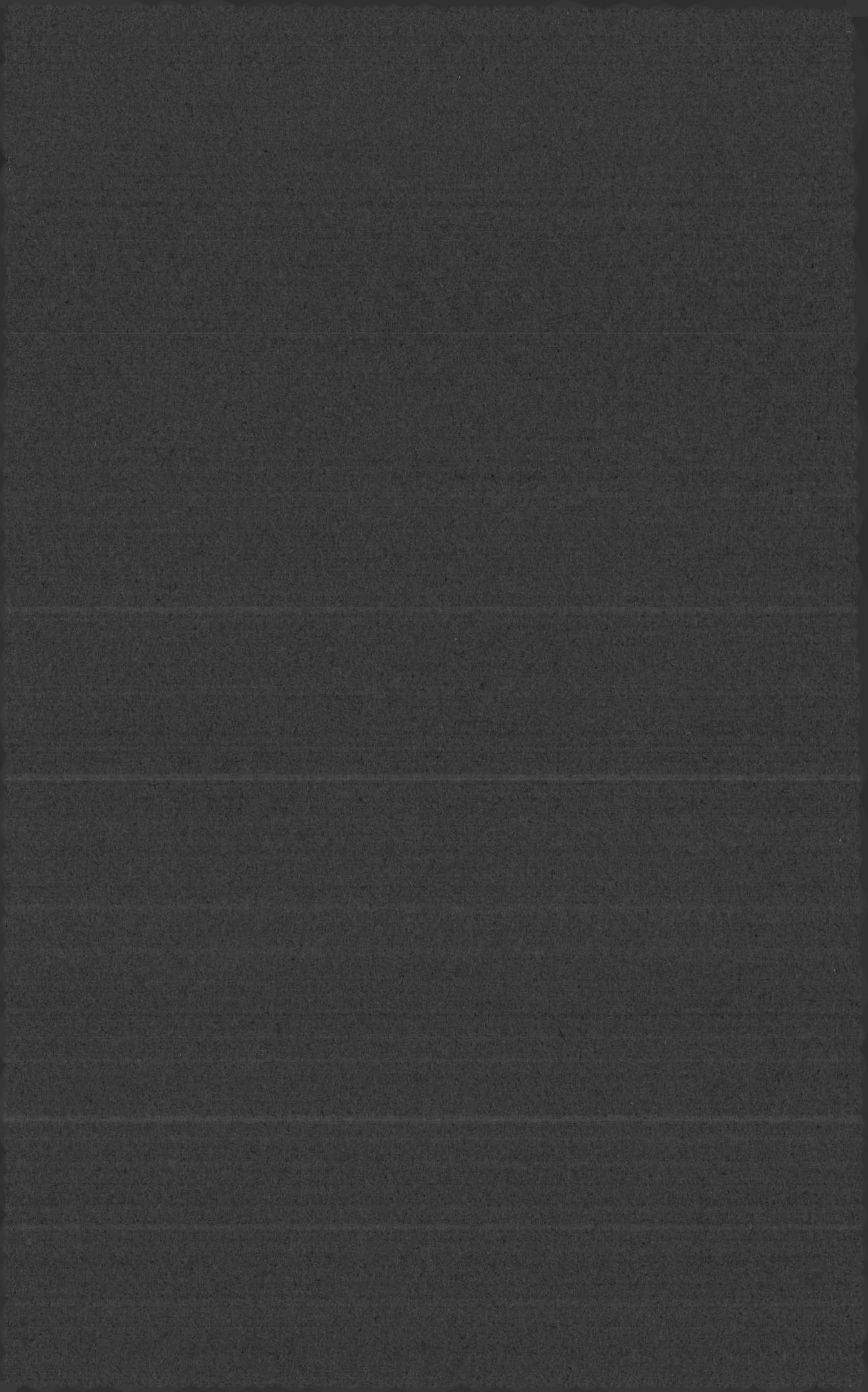

編集室水平線の既刊本

非　戦　へ

物語平和論

藤井貞和

1800

来　者　の　群　像

大江満雄とハンセン病療養所の詩人たち

木村哲也

1600

方　向　性　詩　篇

大谷良太

2700

遠　い　声　が　す　る

渋谷直人評論集

2000

夕　暮　れ　の　走　者

渋谷直人詩文集

2400

（いずれも税別価格）

増補新版　言葉と戦争

二〇二三年一一月三〇日　第一刷発行

著　者　藤井貞和
発行者　西　浩孝
発行所　編集室　水平線
〒八五二─八〇六五
長崎県長崎市横尾一丁目七─一九
電話〇九五─八〇七─三九九九

印刷・製本　株式会社　昭和堂

ISBN 978-4-909291-06-6　C0095

著者略歴

藤井貞和　ふじい・さだかず

一九四二年（昭和十七）、東京都文京区の生まれ。疎開先は奈良市内。その後、都杉並区に移る。東京大学文学部国文学科を卒業する。『物語文学成立史』（東京大学出版会、一九八七）、『源氏物語論』（岩波書店、二〇〇〇、角川源義賞）、『平安物語叙述論』（東京大学出版会、二〇〇一）が物語三部作。詩作品書『地名は地面へ帰れ』（永井出版企画、一九七二）、詩集『乱暴な大洪水』（思潮社、一九七六）以下、詩作と研究・評論とが半ばする。一九九二〜九三年、ニューヨークに滞在する。『湾岸戦争論』（河出書房新社、一九九四）、『言葉と戦争』（大月書店、二〇〇七、日本詩人クラブ詩界賞）、『非戦へ』（編集室水平線、二〇一八）が戦争三部作。『水素よ、炉心露出の詩』（大月書店、二〇一三）は副題「三月十一日のために」。二〇一一・三・一一のあと、『日本文学源流史』（青土社）、『〈うた〉起源考』（同、毎日出版文化賞）、『物語史の起動』（同）の三部作、『文法的詩学』（笠間書院）ほか古典文法論に打ち込む。沖縄文学論の『甦る詩学』（まろうど社）は伊波普猷賞。最近の詩集では『よく聞きなさい、すぐにここを出るのです。』（思潮社、二〇二二）が読売文学賞、日本芸術院賞。『物語論』（講談社学術文庫、二〇二二）、『日本近代詩語』（文化科学高等研究院出版局、二〇二三）、『〈うた〉の空間、詩の時間』（三弥井書店、二〇二三）は新しい。

「湾岸戦争論」「戦争から憲法へ」細項

◉「湾岸戦争論」(『湾岸戦争論』所収、1994)

1　「異本アナキズム」
2　冷戦はなかったか
3　祭りの準備と経過
4　湾岸の神に詩は出会えるか
5　象徴詩の流れ
6　異本のなかの象徴天皇
7　瀬尾育生は正しいか
8　「モラル」について
9　神話「現代詩は滅んだ」
10　「文学者の討論集会」
11　“非政治的”生活感
12　詩の慰安

◉「戦争から憲法へ」(『非戦へ——物語平和論』所収、2018)

一

古典文学と戦争/文学史に起点はあるか/〈神話紀〉から〈昔話紀〉へ/抗争する〈昔話紀〉/人身犠牲の終わり——フルコト記/来目歌に見る成立事情/「遊猟」は戦争の比喩/東国社会での戦争

二

〈虐殺・陵辱・掠奪〉は抑止力?/銃後の祈り/沖縄、奄美の〈戦後〉/「戦争抛棄に関する条約」(パリ不戦条約)/〈戦争の放棄〉から非戦へ/天皇条項と戦争

三

近代における戦争の起源/研究し、想像する権利/「憲法草案要綱」(憲法研究会)/女性と子供/戦争学の帰趨

索　引

（人名・文献・戦争など）

■か行

■さ行

■た行

■な行

■は行

■ま行

■や行

■ら行

■わ行